BASTEI LÜBBE

Von Mirjam Müntefering sind bei BASTEI LÜBBE TASCHENBÜCHER bereits erschienen:

12 878 Ada sucht Eva
14 557 Die schönen Mütter anderer Töchter
14 854 Das Gegenteil von Schokolade
15 480 Emmas Story

Über die Autorin

Mirjam Müntefering, 1969 im Sauerland geboren, lebt heute im Ruhrgebiet. Sie ist ausgebildete Fernsehjournalistin und arbeitet als Schriftstellerin – und sie ist Hundeerzieherin in der eigenen Hundeschule. *Jetzt zu dritt* ist ihr fünfter Roman in der Verlagsgruppe Lübbe.

Mirjam Müntefering

JETZT ZU DRITT

Roman

BASTEI LÜBBE

BASTEI LÜBBE TASCHENBUCH
Band 15663

1. Auflage: April 2006

Vollständige Taschenbuchausgabe

Bastei Lübbe Taschenbücher in
der Verlagsgruppe Lübbe

Originalausgabe

Umschlaggestaltung: Bettina Reubelt
Titelillustration: getty-images / David Lees
Satz: hanseatenSatz-bremen, Bremen
Druck und Verarbeitung: Ebner & Spiegel, Ulm
Printed in Germany
ISBN 978-3-404-15663-4

Sie finden uns im Internet unter
www.luebbe.de

Der Preis dieses Bandes versteht sich einschließlich
der gesetzlichen Mehrwertsteuer.

Für meine Mama Renate,
die sich damals für mich entschieden hat
und damit volles Brett recht hatte

Erstes Kapitel

Dies ist nicht meine Alm.

Mein ruhiger beseelter Ort, an dem liebliches Vogelgezwitscher Sonnenauf- und untergang begleitet. An dem das innere Gleichgewicht sich wie von selbst einfindet. Zu dem – auch wenn es dort keinen Zaun gibt – niemand Zugang findet, den nicht ich selbst dorthin eingeladen habe.

Dies ist ganz sicher nicht der Platz für intime Gespräche unter eng Vertrauten, die sich mitteilen, was sonst nur schwer über die Lippen kommt.

Nein, so etwas wie diesen gewissen verzauberten Ort, den ich so liebe und den meine Freundinnen als so typisch für mich bezeichnen, ist hier ganz sicher nicht zu finden.

Trotzdem: Es ist einfach nur geil, hier zu sein!

Man stelle sich vor: Zehntausend Lesben und Schwule stürmen an einem strahlend sonnigen Sommertag das Phantasialand bei Köln. Sie lassen es sich nicht nehmen, auf Stöckelschuhen um die Wette zu rennen, und sie grölen denjenigen zu, die vom Rücken des mechanischen Bullens in pinkfarbene Kissenberge geschleudert werden. Sämtliche Eis-Pizza-Hamburger-Läden sind von ihnen genauso belagert wie die bunten Varieté-Theater. Überall, wohin man schaut: Frauen, die Hand in Hand gehen und Männer, die sich Kusshändchen zuwerfen. Sie flanieren.

Sie präsentieren. Sie schauen mit strahlenden Augen um sich. Und sie kreischen in den Attraktionen, in denen sie kopfüber in den Sicherheitsbügeln hängen und sich bemühen, sich nicht auf die verschreckten heterosexuellen Schaulustigen unten am Boden zu übergeben.

Hin und wieder bin sogar ich für solch schrille Unternehmungen zu haben. Besonders wenn ich umgeben bin von Menschen, die mir so am Herzen liegen wie meine Freundinnenschar.

Es ist schon selten genug, dass sich drei Lesben-Paare so einig sind wie wir es waren: Zum Fantasy-Pride müssen wir dieses Jahr unbedingt hin!

Jetzt schlendern wir seit etwa fünfzehn Minuten herum und sind bereits bestens dabei, unsere sowieso schon gute Laune an die hier herrschende, aufgedrehte Partystimmung anzupassen.

Aber das, was Jackie uns gerade vorgeschlagen hat, geht natürlich zu weit.

»Bist du sicher?«, hake ich noch einmal nach. »Ich meine, gerade jetzt, wo du eine harmonische Beziehung hast, wo eine Glückssträhne im Job die nächste jagt … ausgerechnet jetzt willst du Selbstmord begehen?« Sie ist neben meiner Exfreundin Ellen meine allerbeste Freundin. Und der Gedanken, sie auf solch eine grausame Weise zu verlieren, ist mir unerträglich.

Jackie grinst breit. Aus ihrem schokoladenfarbigen Gesicht leuchten die weißen Zähne.

»Stell dich nicht so an, Michelin. Das ist nur eine Achterbahn, weiter nichts«, antwortet an ihrer Stelle Frauke.

»Mit drei Loopings«, ergänze ich.

»Der dritte ist immer der beste«, meldet sich Angela. Meine Angela! Die Frau, die ich liebe und die ich bisher bis auf den Grund ihrer blütenreinen Seele zu kennen glaubte. Ellen, die neben meiner Liebsten steht, steckt sich bereits das hüftlange, lockige Haar zusammen, damit es im Fahrgeschäft nicht durcheinandergewirbelt wird. Jackie ist ihrer Partnerin sofort behilflich. Bei so viel Konkurrenz um uns herum gibt sie sich heute besonders viel Mühe, zuvorkommend zu unserem blonden Engel zu sein.

Leider habe ich keine Muße, über dieses hübsche Paar zu schmunzeln.

Ich starre Angela an. »Du willst doch nicht etwa mit da rein?« Der Zeigefinger am Ende meines ausgestreckten Armes deutet leicht zitternd auf das Stahlgerüst, vor dem wir Position bezogen haben.

»Natürlich!«, schmettert Angela und sieht so aus, als könne sie es gar nicht erwarten, in dieses Höllengefährt zu steigen.

In diesem Augenblick donnern die aneinandergereihten Wagen auf den summenden Schienen an uns vorbei. Darin sitzen zwei Dutzend weit aufgerissene Münder und doppelt so viele gen Himmel verdrehte Augen.

Meine Freundinnen kreischen solidarisch auf.

»Ich weiß nicht!«, brülle ich und warte dann lieber ab, bis ich mein eigenes Wort wieder verstehen kann. »Ich weiß nicht«, beginne ich dann noch mal. »Ich dachte, wir fahren hierher, um ganz viel Community zu erleben. Um die Shows zu sehen. Meinetwegen auch um Leute zu treffen. Eben um Spaß zu haben.«

»Ganz richtig!«, strahlt Angela mich an.

Ich wende mich Hilfe suchend an meine liebe Arbeitskollegin Frauke und deren Partnerin Antonie. Frauke ist ein Verstandesmensch. Sie denkt logisch wie keine Zweite. Und Antonie, als examinierte Medizinerin, wenn auch für Tiere, wird sicher bestätigen, dass dieses Vorhaben absolut ungesund, schädlich und daher vollkommen indiskutabel ist.

Doch bevor ich den Mund aufmachen kann, um sie um eine hilfreiche Stellungnahme zu den Themen ›Halswirbeltrauma‹, ›spontaner Tinitus‹ oder einfach ›Menschen-sind-fehlbar-und-daher-kann-jederzeit-so-eine-Bahn-aus-ihren-Schienen-springen‹ bitten kann, schwingt Antonie ihren Rucksack vom Rücken und hält ihn mir hin.

»Wenn du nicht mitkommst, kannst du vielleicht kurz meine Sachen halten?«

Mechanisch greife ich nach dem Rucksack.

»Oh, cool. Meine auch, bitte. Aber pass auf, da ist meine Lesebrille drin«, schließt sich ihr Ellen an.

Innerhalb kürzester Zeit sehe ich aus wie ein Muli. Bestimmt gucke ich auch genauso.

»Wenn du willst, mach doch ein Foto, wenn wir vorbeikommen. Du kannst dich ja da vorne auf die Bank setzen. Dann musst du nicht mit den ganzen Sachen hier rumstehen«, verabschiedet sich die große Liebe meines Lebens. Dann hakt Angela sich bei meinen Freundinnen ein und schreitet ihrem grausamen Schicksal mit erhobenem Kopf lachend entgegen.

Wie schön, dass sie so an mich denkt!

Ich starre der kleinen Gruppe der mir liebsten Menschen hinterher. Vielleicht sind ihre Hinterköpfe, ihre irritierend wippenden Schritte das Letzte, was ich von ihnen in heilem Zustand in Erinnerung behalten werde.

Als sie um die Ecke biegen, um sich in die Schlange der Wartenden einzureihen, muss ich schlucken.

Dann drehe ich mich mit einem tiefen Seufzer um.

Die Bank, auf die Angela mich hingewiesen hat, ist immer noch leer und scheint geradezu auf eine verzweifelte Zurückgelassene zu warten.

Ich schleppe die zig Taschen und Rucksäcke, vielleicht die letzte Hinterlassenschaft meiner Freundinnen, dorthin und lasse mich ächzend auf dem blanken Holz nieder.

Vor mich hin sinnend sitze ich dort und zucke jedes Mal zusammen, wenn wieder eine Bahn mit um Hilfe schreienden Insassen vorbeigedonnert kommt.

Dass Jackie und Ellen vom Wahnsinn nicht weit entfernt sind, war mir schon immer klar.

Wie sonst hätte es geschehen können, dass sich die beiden nach etlichen Jahren, in denen Ellen meine Partnerin und Jackie meine beste Freundin gewesen ist und in denen keine an der anderen ein gutes Haar lassen konnte, plötzlich ineinander verlieben?

Nun sind sie also seit mehr als zwei Jahren ein Paar. Genauso wie meine liebste Angela und ich.

Als ich Angela kennenlernte, lebte sie gerade in Scheidung von ihrem Mann. Dass sie sich mit ihren vierzig Jahren in eine Dreißigjährige – eben mich – verliebte, die ihre erwachsene, lesbische Tochter Lena angeschleppt hatte, kam für sie damals einem Weltuntergang gleich.

Umso erschreckender finde ich, dass sie jetzt zu einem viel größeren Risiko bereit ist – ohne auch nur mit der Wimper zu zucken. Zwei Jahre Lebensgemeinschaft mit mir müssen sie tatsächlich auf links gekrempelt haben.

»Hallo«, sagt da eine sehr hohe Stimme mitten in meine tiefschürfenden Gedanken hinein.

Ich blicke auf und sehe rechts neben der Bank ein kleines Mädchen von vielleicht fünf oder sechs Jahren.

Sie trägt kurze Hosen und ein pinkfarbenes T-Shirt mit einem Pokemon-Aufdruck.

Um den Hals baumelt ihr ein Brustbeutel.

Die Hände hat sie verlegen hinter dem Rücken verschränkt, und ihr Blick ist begehrlich auf die freie Stelle neben mir auf der Bank gerichtet.

»Hallo«, antworte ich freundlich. »Wer bist du denn?«

»Jule«, sagt die Kleine. »Und du?«

»Michelin«, erwidere ich.

Jule kichert hinter vorgehaltener Hand. »Das ist aber ein komischer Name!«

Ich seufze übertrieben. »Ja, das sagen mir viele Leute. Aber irgendwann gewöhnt man sich daran, weißt du.«

Jule schielt wieder auf den freien Platz neben mir.

»Willst du dich zu mir setzen?«, frage ich sie.

Sie nickt. »Ich muss hier warten.«

»Ich warte auch. Na, dann komm mal rauf«, sage ich. »So dick sind wir zwei ja nicht. Wir passen schon beide auf die Bank.«

Die Kleine kichert erneut und setzt sich mit ein wenig Mühe auf die Bank.

Ihre Beine sind so kurz, dass sie den Boden nicht berühren und vor und zurück baumeln.

»Auf wen musst du denn warten?«, frage ich. »Sind deine Eltern etwa auch in der Achterbahn?«

Wieder nickt sie. Und ich wundere mich darüber, wie ein gutes, deutsches Ehepaar auf die Idee kommen kann, ein kleines Mädchen unten vor einer Loopingbahn stehen zu lassen, während es selbst sich diesem zweifelhaften Vergnügen hingibt.

»Mama wollte mit mir warten, aber ich bin doch kein Baby mehr«, erzählt Jule jetzt, als hätte sie meine Gedanken erraten. »Ich komm bald in die Schule.«

Zum ersten Mal sieht sie mich richtig an. In ihren runden, haselnussbraunen Augen liegt die unausgesprochene Aufforderung um gebührende Anerkennung ihres weit fortgeschrittenen Alters.

»Oh, cool!«, erwidere ich mit einem langsamen Kopfnicken. »Das wird dir gefallen. Ich bin auch gerne zur Schule gegangen.«

»Jannis sagt, Schule macht nur den I-Männchen Spaß. Aber ich bin ja auch erst mal ein I-Männchen.«

»So ein Unsinn!«, ereifere ich mich. »Schule macht auch später noch Spaß. Man muss halt nur ein bisschen fleißig sein und genug lernen und die Hausaufgaben immer machen. Außerdem geht es ja in der Schule nicht nur um Rechnen und Schreiben. Du lernst auch eine Menge netter Kinder kennen.«

Kurz, ganz kurz nur, blitzt vor meinem inneren Auge eine Erinnerung an Stefanie und Gudrun auf, die in meiner Grundschulklasse waren und mit denen ich im vierten Schuljahr Nachmittage lang im Gymnastikraum von Gudruns Mutter geknutscht habe. Ich schüttele leicht den Kopf.

»Jannis sagt, die anderen Kinder werden mich bestimmt hänseln, weil ich demnächst eine Zahnspange tragen muss«, weiß Jule zu berichten.

»Quatsch mit Soße!«, kommentiere ich, und sie kichert wieder los. »Wer ist denn eigentlich dieser Jannis, der solche Dummheiten erzählt?«

Jetzt seufzt Jule und schlägt sich mit der flachen Hand auf den dünnen Oberschenkel. »Mein Bruder. Und der tut immer sooo schlau. Weil er älter ist und schon viel mehr darf als ich.«

Bevor ich etwas antworten kann, jagt auf der anderen Seite des Kiesweges eine Bahn vorüber, die einen Schwanz aus lautem Gekreisch hinter sich herzieht.

Die Wagen sind so schnell, dass ich unmöglich erkennen kann, ob Angela und meine Freundinnen drinnen sitzen.

»Die spinnen, oder?«, sagt Jule und sieht mich mit leuchtenden Augen an.

»Total!«, sage ich.

»Wenn ich größer bin und da reindarf, mach ich das auch!«, bekennt sie.

»Echt?« Ich bin beeindruckt. So jung. Und schon so leichtsinnig.

»Ja. Ich bin voll mutig. Wieso machst du nicht mit?«

Der neugierige Blick bereitet mir plötzlich Unbehagen.

Ich räuspere mich.

»Oh, ich muss auf die ganzen Taschen und so aufpassen. Die darf man ja nicht mit reinnehmen.«

Sie verzieht den Mund und mustert mich, als würde meine Aussage ein neues Licht auf mich werfen. »Das ist aber echt lieb von dir, dass du das machst.«

»Ja, so bin ich …«

So bin ich? Ich lüge kleine, fremde Kinder an!

Beklommen starre ich einen Augenblick auf meine Hände, die ich in meinem Schoß gefaltet habe.

»Hast du auch Kinder?«, überrascht Jule mich mit ihrer nächsten Frage.

Ich schüttele den Kopf. »Leider nicht.«

»Wie alt bist du denn?«

»Ehm … zweiunddreißig.«

»Ist das jünger als vierzig?«, erkundigt Jule sich.

»Oh ja!«, nicke ich eifrig. »Sehr, sehr viel jünger als vierzig!« Gut, dass Angela mich jetzt gerade nicht hören kann.

Jule zuckt die Achseln, als hätte sie mit meiner Antwort ein Problem gelöst. »Na, dann kannst du doch noch Kinder bekommen, wenn du willst.«

Ich muss sagen, die Kleine hat es offenbar in sich.

»Woher weißt du das denn?«

Sie schlenkert wieder mit den Beinen.

»Hat Mama gesagt. Sie hat gesagt, dass Tante Patricia auf alle Fälle noch Kinder bekommen kann, weil sie jünger als vierzig ist. Mama ist auch jünger als vierzig. Aber ich kriege trotzdem keine kleine Schwester.«

»Wie schade!«

»Ja! Dann könnte Jannis nämlich einpacken! Wenn wir zwei Mädchen wären, dann würden wir ihn zusammen verkloppen.«

»Aber! Aber!«, bremse ich ihren Eifer ein bisschen.

»Nur im Spaß natürlich«, setzt Jule rasch hinzu. Offenbar ist ihr gerade eingefallen, dass ich eine Erwachsene bin – genau wie ihre Mama.

Die sich im Übrigen wundern würde, wenn sie wüsste, mit wem ihre unschuldige Tochter sich hier die Wartezeit vertreibt.

»Möchtest du ein Schoko-Bonbon?«, frage ich und krame in Jackies Tasche. Sie hat immer irgendwelche Naschereien dabei.

Jule zögert.

Als ich ihr ein Toffee hinhalte, weiten sich ihre Augen noch ein bisschen mehr.

Tapfer schüttelt sie jedoch den Kopf.

»Mutti sagt, das darf ich nicht, wenn sie nicht dabei ist. So ein Bonbon könnte vergiftet sein.«

Ich lache auf. Jule lacht ein bisschen mit. Wohl um mir zu zeigen, dass sie nicht die Bohne an solche Schauermärchen glaubt.

»Okay, pass auf. Dann machen wir jetzt einen Deal …«

»Was ist ein Deal?«, unterbricht sie mich.

Ich überlege. »Eine Art Abkommen. Ein Vertrag. So, dass du ganz sicher sein kannst, dass dein Bonbon nicht vergiftet ist. Bist du bereit?«

Jule nickt.

Ich halte ihr auf der flachen Hand zwei Bonbons hin.

»Wenn ich eins von den Bonbon vergiftet hätte, dann wüsste ich ja nicht, welches du jetzt nehmen würdest, oder?«

Diesmal schüttelt sie den Kopf.

»Dann zeig doch jetzt auf das Bonbon, das du gerne hättest. Ich esse es dann selbst. Dann siehst du, dass es nicht vergiftet ist. Und du kannst dann das andere nehmen. Sollen wir es so machen?«

Einen Moment lang ringt Jule mit ihrem Gewissen, doch dann nickt sie und schluckt rasch den Speichel hinunter, der sich bereits in ihrem kleinen Mund gesammelt hat.

»Das da!« Sie tippt auf eines der beiden Bonbons.

Ich nehme es vorsichtig mit spitzen Fingern von meiner Hand, ziehe das Papier mit den Zähnen auf und schiebe mir die Süßigkeit in den Mund.

»Mmmmmmh!«, mache ich dann. »Das sind zufällig meine Lieblings-Schokoladen-Bonbons.«

»Meine auch«, gesteht Jule, den Blick fest auf das verbliebene Bonbon gehaftet.

»Nicht vergiftet! Siehst du?« Ich lächele sie strahlend an.

Daraufhin greift Jule beherzt das verbliebene, wickelt es in Windeseile aus dem Papier und schiebt es sich genüsslich zwischen die Zähne.

»Coooooler Deal!«, bringt sie am Toffee vorbei heraus.

Ich muss lachen.

Ganz nebenbei stelle ich fest, dass dies der einzige Nachteil ist an einem hauptsächlich homosexuellen Freundeskreis: Es gibt viel zu wenig Kinder in meinem Umfeld!

Denn immer, wenn ich einem begegne, bin ich hin und weg.

Ich finde einfach, Kinder haben in jedem Alter enorme Vorzüge. Zuerst sind sie hilfsbedürftig und kuschelig, riechen so gut und bedienen einfach voll meinen Schutztrieb. Dann sind sie Weltentdecker, neugierig, wissensdurstig, mit enormem Willen, alles zu erobern, was sie noch nicht kennen. Sie besitzen eine solche umwerfende Energie, glauben an alles. Ihre Naivität berührt mich und lässt mich hoffen, dass unsere Welt doch noch nicht verloren ist.

Wenn ich Jule so aus dem Augenwinkel betrachte, wie sie zufrieden das Schokotoffee lutscht, überkommt mich der Wunsch, ihre kleine Hand in meiner zu fühlen.

Verrückt.

»Oh, guck mal, da sind sie!«, ruft Jule da plötzlich, springt von der Bank und rennt den Weg entlang zwischen den flanierenden Menschen hindurch, die den vorbeisausenden Achterbahnen beeindruckt nachschauen.

Jule breitet die Arme aus und fällt einer Frau um den Hals, die sich lachend hinunterbeugt und die Kleine an sich drückt.

Die Frau trägt den gleichen zerstrubbelten Kurzhaarschnitt wie ihre Tochter.

Hinter ihr sieht man das sommersprossenübersäte Gesicht eines pubertären Jungen, der noch ganz unter dem Einfluss der gerade erlebten wilden Fahrt zu stehen scheint. Und direkt neben ihm …

Ich spüre selbst, wie ich beginne, zu starren.

Das heißt, ich bewege den Kopf keinen Millimeter und glotze aus großen Augen auf das, was ich da sehe.

Neben dem Jungen geht eine weitere Frau. Ihre schulterlangen Haare sind zu einem Pferdeschwanz gebunden.

Mit der einen Hand greift sie nach Jules Hand, während die Kleine sie mit Fragen bestürmt. In der anderen Hand aber hält sie die von Jules Mama.

Ein Lesbenpaar!

Ich klappe meinen Mund rasch wieder zu, bevor die Familie bei mir angekommen ist.

»Mama! Mutti! Guckt mal, hier hab ich gewartet!«, ruft Jule, löst sich von der Hand ihrer Mutti und setzt sich noch einmal neben mich auf die Bank.

»Ging es denn?«, wendet sich die kurzhaarige Frau lächelnd an mich.

»Es war toll«, antworte ich wahrheitsgemäß.

»Sie passt auf die Taschen auf. Lieb, ne?« Jule springt wieder auf und hängt sich an den Arm der anderen Frau. »Und sie ist jünger als vierzig!«, trompetet sie dann.

Wir Erwachsenen lachen. Der Junge verzieht das Gesicht zu einer Grimasse.

»Hast du dich denn wenigstens vorgestellt?«, will die langhaarige Frau wissen.

»Hat sie!«, erwidere ich an Jules Stelle.

»Ja, hab ich! Aber deinen Namen hab ich wieder vergessen. Der war schwierig.«

»Michelin«, wiederhole ich langsam.

»Michelin!«, eifert Jule mir nach. Da fällt ihr noch etwas ein. »Michelin hat mir ein Bonbon gegeben. Und mit einem Deal haben wir rausgefunden, dass es nicht vergiftet war.«

»Tatsächlich?« Jules Mütter sehen zuerst sich gegenseitig und dann mich grinsend an.

»Danke dafür«, sagt die eine.

»Gerne«, antworte ich. »Na, dann tschüss.« Die Familie wendet sich zum Gehen.

»Tschüss, Michelin!«, ruft Jule übermütig, schnappt

sich rechts und links je eine Mutterhand und hüpft zwischen ihnen den Weg entlang.

Ich höre noch eine ganze Weile meinen Namen, als Singsang aus ihrem Mund.

Mit heller Stimme perlt es zu mir herüber und wird erst allmählich leiser und leise: »Michelin … Michelin … Michelin … Michelin …«

Als ein paar Minuten später meine Freundinnen mit bleichen Gesichtern wieder bei mir aufschlagen, fühle ich mich immer noch wie betäubt.

»Deine liebe Angela war richtig wild darauf, ganz vorne zu sitzen«, stöhnt Ellen.

»Na, so was!«, mache ich und umarme Angela zärtlich. Doch die wehrt meinen Liebesbeweis sanft ab.

»Gleich geht's wieder«, murmelt sie und hüstelt ein bisschen. »Ich muss erst wieder spüren, dass ich festen Boden unter den Füßen habe.«

Ich kann ein fettes Grinsen nicht unterdrücken. »Es hat euch also gefallen, ja?«

Frauke und Antonie nicken begeistert.

»Am besten war, dass die Frau hinter uns ständig schrie: ›Ich will aussteigen! Ich will aussteigen!‹«, amüsiert Jackie sich.

»Hast du denn die Wartezeit gut rumbekommen?«, will Antonie wissen, die einen Magen aus Stahl zu haben scheint und nicht die Spur mitgenommen aussieht.

Kein Wunder. Wenn ich täglich Katern die Hoden entfernen oder Hunden irgendwelche nässenden Ekzeme behandeln müsste, würde mir wahrscheinlich von einer Achterbahnfahrt auch nicht übel.

»Oh, ja. Ich hatte Besuch«, sage ich schlicht. Wirklich nicht mehr. Aber diese wenigen Worte bringen die lieben Menschen, die mich umstehen, dazu, schlagartig ihre eigenen kleinen Gespräche oder Gedankenketten zu unterbrechen.

Frauke, Antonie, Ellen und Jackie glotzen mich neugierig an. Angelas grüne Augen wirken riesengroß.

»Jemand, den wir kennen?«, fragt Angela und versucht tatsächlich, es ganz nebensächlich klingen zu lassen. Ich muss darüber schmunzeln.

»Wenn, dann ist es eine ›sie‹, die wir kennen«, weiß Ellen mit einem einzigen Blick auf mich. »Michelin hat so einen gewissen Ausdruck im Gesicht.«

Angela mustert mich beunruhigt.

»Nicht, was du denkst«, säusele ich. »Es war nur ein kleines Mädchen. Jule, um genau zu sein. Sie wollte auch nicht in diesem Höllengefährt mitfahren. Und da haben wir eben gemeinsam gewartet.«

»Und Jule hatte nicht zufällig eine attraktive Mutter dabei?«, gräbt Jackie noch etwas tiefer.

Die arme Angela beginnt derweil hektisch in unserem Rucksack nach der Sonnencreme zu suchen.

»Gewartet haben wir allein. Aber die Mutter tauchte tatsächlich noch auf, nachdem sie die Fahrt überlebt hatte. Und zwar tauchte sie nicht allein auf. Jule hat nämlich gleich zwei Mütter.«

»Echt? Wie Susanne und Kerstin«, Jackie nickt allwissend.

»Ach, ich kenn auch mindestens …« Antonie zählt an ihren Fingern ab, wie viele Frauenpaare mit Kindern sie denn nun aus ihrem Bekanntenkreis zusammenbekommt.

Frauke sagt als Einzige nichts. Sie ist nach der Beziehung mit Lothar nun mit Antonie zusammen und hat erst vor Kurzem begonnen, bei lesbenspezifischen Dingen mitzureden. Lesbische Mutterschaft ist aber wohl etwas, womit sie sich noch nicht auseinandergesetzt hat. Ich kann ihre Neugierde an den spitzen Ohren deutlich erkennen.

Frauke sagt als Einzige nichts? Das stimmt nicht ganz. Angela hält sich auch sehr zurück bei dem, was meine Freundinnen nun zum Thema ›Homos kriegen Kinder‹ zu erzählen haben.

Es ist bestimmt nicht so, dass sie Insemination durch eine Ärztin, Samenbanken und die aktuelle Rechtslage zur Adoption nicht interessieren. Angela ist jedoch eine Person, die bei unguten Vorahnungen lieber den Kopf in den Sand steckt als der drohenden Gefahr direkt ins Auge zu sehen.

Und eine ungute Vorahnung hat sie ganz sicher. Denn schließlich haben wir noch nie über so eine Idee gesprochen – und das obwohl ich mich bei jeder Gelegenheit auf anwesende Kinder stürze und mit meiner Begeisterung für die ›kleinen Menschen‹ bestimmt nicht hinterm Berg halte.

Gerade erklärt Ellen mit typisch arrogantem Handgewedel: »Ich bin doch nicht bekloppt und ruiniere meine Figur, nur um dann mindestens ein Jahr lang nicht mehr durchschlafen zu können, stündlich Windeln zu wechseln und Breichen zu kochen.«

Angela scheint diesen infamen Schlag gegen die Mutterschaft überhaupt nicht gehört zu haben.

Statt ein Argument fürs Kinderkriegen in die Waagschale zu werfen, schlägt sie möglichst gelassen vor: »Wo es uns nun wieder besser geht, könnten wir uns doch mal nach einem schicken Restaurant umgucken?«

Damit reißt sie die Aufmerksamkeit der anderen direkt in eine komplett andere Richtung. Und anstatt sich darüber auszutauschen, wieso eine Schwangerschaft oder eine Adoption so gar nicht infrage kommt, wird plötzlich die hitzige Debatte rund um ›Pizza contra Pommes‹ geführt.

An diesem Gespräch beteiligt meine Freundin sich angeregt und gibt sich sogar schließlich mit einem reizenden Lachen geschlagen, als die Pommes-Fraktion gewinnt und wir – jede nun wieder mit ihrem eigenen Rucksack bewaffnet – losziehen, um in einem der vielen kleinen Schnellrestaurants sechs Plätze zu ergattern.

Trotzdem fällt mir auf, dass ihre Art, nach meiner Hand zu greifen und sanft ihren Daumen an meinem zu reiben, etwas Tröstendes hat. Als wolle sie mir darüber hinweghelfen, dass sie gerade bei diesem einen Thema so wenig gesprächsbereit ist.

Es ist aber auch sonderbar.

Jedes Mal, wenn das Gespräch auch nur entfernt auf ›lesbische Mutterschaft‹ kommt, weicht Angela aus, erfindet abstruse andere Gesprächsanlässe oder muss dringend zur Toilette.

Sie gibt mir auch nach zwei Jahren immer noch Rätsel auf. Denn wie einfach wäre es doch für sie, einfach rundheraus zu erklären, dass so eine Idee mit ihr auf keinen Fall umzusetzen ist – weil ihr eine Tochter, und erst recht eine wie Lena, für ein ganzes Leben vollkommen ausreicht. Ich würde es sogar verstehen.

Aber das tut Angela nicht. Sie sagt nicht, dass sie zu solch weitreichenden, großen Plänen nicht bereit ist.

Vermutlich, weil ich sie noch nie konkret danach gefragt habe.

Und das tue ich wiederum nicht, weil ich ihre Antwort bereits kenne. Ich könnte sogar über unseren wortlosen Austausch zu diesem Thema lachen. Aber irgendwie ist mir nicht danach zumute.

Wie wir so in unserem kleinen Clübchen die Hauptstraße des Phantasialandes hinabstreben, zweifelhaften Gaumenfreuden aus mit altem Fett gefüllten Friteusen entgegen, müssen sich meine lieben Freundinnen doch noch einmal über die Achterbahnfahrt austauschen. Es wird gelacht und angegeben. Selbstverständlich ging es allen blendend, und gekreischt haben sie nur aus reinem Vergnügen.

Während Angela und Jackie sich gegenseitig auszustechen versuchen mit ihren Erzählungen über früher getestete Fahrgeschäfte auf den Rummelplätzen dieser Welt, geht plötzlich Frauke neben mir.

Sie schlendert vielmehr und sieht mich immer wieder von der Seite an.

»Was ist denn?«, will ich schließlich wissen.

Frauke vergewissert sich noch einmal rasch, ob ihre Freundin Antonie auch tatsächlich mit den anderen beschäftigt ist. Dann fragte sie leise: »Diese Sache mit den Kindern. Wie geht das eigentlich genau? Ich meine, Samenbanken und so, davon hab ich auch schon gehört. Aber gibt es da mehrere Möglichkeiten?«

Ich blicke sie interessiert an.

Ich weiß, dass sie und mein guter Kumpel, zugleich ihr Ex-Freund, Lothar sich damals durchaus mal dazu Gedanken gemacht haben.

Schließlich fanden aber beide, dass noch Zeit genug sei. Und außerdem hatten sie schon genug damit zu tun, Fraukes getüpfelte Mischlingshündin Loulou und Lothars stilvolle Katzen an der gegenseitigen Ermordung zu hindern. Aber jetzt, wo es für Frauke nur noch Loulou gibt …

»Sag bloß, ihr wollt …?«, flüstere ich, gerade so laut, dass nur sie mich verstehen kann.

Frauke macht große Augen und sieht rasch wieder zu Antonie. »Ach, was! Nein, nein. Darüber haben wir noch nie gesprochen. Ich fragte mich nur gerade so, wie das wohl funktioniert.«

»Tja, das fragen sich bestimmt viele Frauenpaare. Ich selbst hab auch nicht so viel Ahnung davon. Ich weiß eigentlich nur das, was jede weiß. Die einfachste Lösung ist: Bitte einen guten Freund um eine milde Spende. Und halt ihn bei Laune, falls es beim ersten Mal nicht klappt. Dabei müsst ihr euch wahrscheinlich auch noch absichern, damit er nicht sein Sorgerecht einklagen kann und du ihm keine Unterhaltsforderung an den Hals hängen kannst. Aber frag mich nicht, wie das vor sich geht. Keine Ahnung! Ich weiß nur, dass Adoption für Lesbenpaare so gut wie unmöglich ist. Du kannst nur als einzelne Person ein Kind adoptieren. Aber da sehr viele Paare, heterosexuelle versteht sich, auf ein Baby warten, sieht es schlecht aus für einzelne Frauen, die dem Gesetzgeber ja wie Alleinerziehende vorkommen müssen. Adoption scheidet also so gut wie aus. Du kannst auch nicht einfach in eine Samenbank spazieren und dir eine Portion kaufen, weißt du. In Dänemark soll es spezielle Kliniken geben, die Frauenpaaren mit ihrem Kinderwunsch weiterhelfen. Wahrscheinlich unglaublich teuer. Sei also froh, wenn ihr noch nicht drüber gesprochen habt. Falls ihr wirklich ein Kind bekommen wolltet, würdet ihr bestimmt vor einem Berg Probleme stehen.«

Frauke sieht mich nachdenklich an.

»Du scheinst dich dafür zu interessieren. Und als unsere Recherche-Kanone müsstest du eigentlich doch schon viel mehr darüber wissen. Wie kommt es, dass dem nicht so ist?« Wir arbeiten seit ein paar Jahren zusammen in einem kleinen Journalistinnenbüro, dessen einzige Fernsehredakteurinnen wir zwei sind. Daher weiß Frauke, dass derartig schwammige Infos sonst nicht meine Art sind.

Ich winke ab.

»Ach, Frauke. Was hätte das denn für einen Sinn?«

Diesmal werfen Frauke und ich gleichzeitig einen raschen Blick zu Angela.

»Was meint sie dazu?«, will Frauke mit einem leichten Kopfnicken wissen.

Ich seufze. »Das ist es ja. Du weißt doch: Lena ist wirklich Tochter genug. Angela ist daher bei diesem Thema extrem … wie soll ich sagen?«

»Sperrig?«, hilft Frauke mir weiter.

»Genau das wollte ich sagen!«, lächele ich.

Wir haben durch unser scheinbar gemütliches Schlendern mittlerweile ein paar Meter Abstand zum Rest der Gruppe geschaffen.

Ich sehe nach vorn, wo Angela gerade mit Ellen scherzt und lachend den Kopf in den Nacken wirft.

Sie ist eine unschlagbar attraktive Frau. Weil sie alles besitzt, das ich an Frauen umwerfend finde: Sie sieht klasse aus, und zwar auf eine Art und Weise, die allen deutlich macht, dass sie sich ihrer Reize bewusst ist, ohne damit hausieren zu gehen. Sie hat Temperament und Unternehmungsgeist. Seit wir zusammen sind, ist aus der ehemaligen ›Reisenden im Geiste‹, mit 500 Bildbänden über ferne Länder im Regal, auch eine tatsächlich Reisende geworden – denn nichts ist schöner als gemeinsam die Welt zu entdecken. Und sie besitzt einen gelassenen Tiefgang, der trotz seines Ernstes nicht die Spur depressiv und dennoch in der Lage ist, mich auch dann zu erreichen, wenn ich mich mal wieder vor allem weit in mich selbst zurückgezogen habe. Kurz: Sie ist die wunderbarste Frau, die ich mir an meiner Seite nur vorstellen kann.

Alles, was zu ihr gehört, liebe ich mit jeder Faser meines Herzens.

Außer die Tatsache, dass sie eine erwachsene Tochter hat. Denn das ist nicht nur eine Erfahrung, die sie mir voraushat. Das ist vor allem eine Erfahrung, die wahrscheinlich ausschließt, dass es für mich je wichtig sein könnte, meine gerade erwähnten, schlampigen Recherchen in aller Sorgfalt und bis ins kleinste Detail durchzuführen.

Das Thema ›Lena‹ ist für Angela und mich auch deswegen immer mal wieder etwas schwierig, weil wir uns quasi über sie kennengelernt haben. Ich muss nämlich gestehen, dass ich mich auf einer Frauenparty Hals über Kopf in die Neunzehnjährige verknallt hatte. Und wenn sie mich bei unserer ersten Verabredung nicht dumm vor der Wohnungstür hätte stehen lassen, wären Angela und ich uns wahrscheinlich nie begegnet. Im Grunde müsste ich Lena also dankbar sein. Nur dumm, dass eine Affäre mit der Tochter der Liebsten sich nicht wirklich gut macht.

Diese ganze verzwickte Lage würde ein Gespräch über ein gemeinsames Kind höchstwahrscheinlich nicht vereinfachen.

All diese Gedanken schießen mir durch den Kopf, während um uns herum kreischend und kichernd die lesbischschwule Community durchs Phantasialand tobt.

Frauke, mit der ich seit Jahren täglich etwa acht Stunden verbringe und die mich deswegen wirklich gut kennt, betrachtet mich nachdenklich von der Seite.

»Willst du wissen, was ich dazu denke?«, fragt sie dann. Dass sie immer noch so zaghaft ist, was lesbische Themen angeht. Ich glaube, sie hält mich tatsächlich für eine Art Guru für lesbische Weltzusammenhänge.

Ich nicke.

»Ich glaube, du wärst eine tolle Mutter«, sagt meine liebe Arbeitskollegin und Freundin da.

Ich verschlucke mich an meiner eigenen Spucke. Was ein kleines Kunststück ist, denn heute ist der bisher heißeste Tag in diesem Jahr und man sollte meinen, dass Spucke da nicht in solchem Übermaß vorhanden ist, dass sie einem in die Quere kommen kann.

»Nein, im Ernst«, beteuert Frauke in meinen kleinen Hustenanfall hinein. »Ich finde, wenn eine von uns ein Kind bekommen sollte, dann du! Du bist ruhig und gelassen genug, hast feste Wurzeln. Du liebst Kinder und bist nie genervt von noch so blöden Einfällen. Du bist … tolerant. Ja! Ich finde, Toleranz sollte ein unbedingtes Kriterium für gute Elternschaft sein. Denn nur wer tolerant ist, kann lässig dabei zusehen, wie sich das eigene Kind ganz seinen eigenen Vorstellungen und Wünschen entsprechend entwickelt – ohne es in die eine oder andere Richtung zu drängen. Du bist liebevoll und fürsorglich und humorvoll. Was kann sich ein Kind noch mehr wünschen?«

»Eine nette Tante wie dich?!«, kontere ich, bevor ich noch krebsrot anlaufe.

Frauke grinst. »Also, an mir soll es nicht scheitern …«

»Michelin, Frauke, was haltet ihr hiervon?«, ruft Angela da gerade von vorn. Sie deutet auf ein kleines Restaurant, das an einem kleinem Seitenweg liegt.

»Okay!«, rufen Frauke und ich gleichzeitig so rasch, dass wir geradezu verdächtig wirken müssen. Doch keine unserer Freundinnen wittert etwas. Offenbar überdeckt ihr Hunger den sicheren Lesbeninstinkt, der sonst so deutlich Geheimnisse und Vertuschungsversuche anzeigt.

»Ich finde, du solltest mit ihr reden«, wispert Frauke mir noch zu, bevor wir die anderen wieder erreichen.

»Was habt ihr denn da zu munkeln?«, will Angela schmunzelnd wissen.

»Ach, nichts«, antworte ich leichthin.

Ich weiß genau, es wäre aussichtslos.

Zweites Kapitel

»Michelin!« Frauke eilt mit großen Schritten, die bei ihren langen Beinen wirklich gewaltig sind, den Flur meiner Altbauwohnung entlang und schlittert durch die Tür zu unserem gemeinsamen Büro. Knapp hinter ihr erscheint das haarige Gesicht ihrer Mischlingshündin Loulou. Die ist normalerweise eigentlich die Erste von den beiden, die morgens bei mir im Büroraum ankommt. Heute scheint es Frauke wirklich enorm eilig zu haben.

»Hoppla!«, grinse ich. »Was gibt's denn so Wichtiges?«

Es ist der Montagmorgen nach unserem gemeinsamen Trip in den Funpark unter der Regenbogenflagge.

»Ich hab die Lösung gefunden! Irgendwie ging es mir nicht aus dem Kopf. Und als ich heute Morgen wegen dieser verfluchten Hitze nicht mehr schlafen konnte, hab ich mich zu Hause an den PC gesetzt und ein bisschen gesurft. Es gibt ja viel weniger Material dazu, als ich gedacht hatte. Aber ich denke, ich hab das Perfekte gefunden: Hier!«

Triumphierend lässt sie einen Zettel aus ihrer großen, schlanken Hand auf meinen Schreibtisch segeln. Es flattert genau vor meiner Nase nieder und bedeckt die Unterlagen zu lactosefreier Ernährung, die ich gerade für ein Kochmagazin durcharbeite.

»Was soll das sein?«, lache ich.

Frauke wirkt so niedlich, wenn sie aufgeregt ist.

»Eine Klinik in Dänemark. Die scheint super zu sein. Die Frau, die das Ganze aufgebaut hat, ist selbst lesbisch und scheint sowohl rechtlich als auch menschlich echt fit zu sein. Die Preise sind entsprechend. Aber schließlich ist es eine Privatklinik. Und die Betreuung scheint spitze zu sein. Na, was sagst du? So problematisch wäre es also gar nicht.«

Ich starre auf den Zettel vor mir, auf dem in Fraukes ordentlicher, aber dennoch etwas ungelenker Handschrift eine Webadresse und noch ein paar weitere Notizen stehen.

Das fehlt mir gerade noch.

Unser kurzes Gespräch vom Samstag hat mich sowieso das ganze Wochenende immer mal wieder beschäftigt.

Angela war gestern sogar schon recht mürrisch, weil sie ›den Eindruck hatte, ich sei meilenweit von ihr entfernt und sage nicht, wieso‹.

Daher hatte ich mir am Abend fest vorgenommen, nicht mehr darüber nachzudenken und das Thema zusammen mit den immer wieder vor mir aufziehenden Bildern der kleinen Jule in den Tiefen meines Unterbewusstseins zu vergraben.

»Das ist lieb von dir, Frauke«, seufze ich, nehme den Zettel auf und lege ihn in eines meiner Ablagefächer. »Ich kann es mir nachher ja mal ansehen.«

Frauke geht auf die andere Seite des Büros, wo ihr Schreibtisch meinem genau gegenübersteht. Ihre Miene spricht Bände.

»Ich finde es wirklich toll, dass du dich so engagierst,

weißt du«, versuche ich ihr direkt den Wind aus den Segeln zu nehmen. »Aber Plan B steht momentan wirklich nicht an. Vielleicht in ein paar Jahren, wenn Angela und ich länger zusammen sind und ...«

»Michelin?«, unterbricht Frauke mich.

Ich sehe sie aufmerksam an.

»Du bist jetzt zweiunddreißig Jahre alt. Angela ist zehn Jahre älter als du. Um es kurz zu machen: Wenn du irgendwann Ernst machen willst, ist es jetzt allerhöchste Eisenbahn.«

»Hoppla!«, mache ich und tue gekränkt. »Dafür, dass du vor zwei Tagen noch gar keine Ahnung hattest, weißt du jetzt aber schon ganz gut Bescheid über lesbische Mutterschaft.«

Frauke grunzt. »Meine liebe Kollegin und Freundin! Dass eine erste Schwangerschaft ab Mitte dreißig immer risikoreicher wird, ist zufälligerweise bei allen Frauen so, egal ob hetera oder lesbisch.«

Da muss ich ihr nun recht geben.

Wir schweigen eine Weile.

»Weißt du noch, Michelin, wie ich damals rumgeschlichen bin und mich nicht recht entscheiden konnte, ob ich mich nun auf Antonie einlassen soll oder nicht?«

Und ob ich mich an diese Zeit vor einem Jahr erinnern kann! Frauke kam mir vor wie ein zu groß geratener Teenager. Was will sie mir damit jetzt sagen?

Sie fährt fort: »Immerhin war es ja ein gewaltig großer Schritt, den ich da zu tun im Begriff war. Ich hatte ja noch nie vorher was mit einer Frau gehabt. Und lesbisch zu leben ist ja so viel mehr, als nur eine andere Art von

Sexualität zu erfahren. Es hat wirklich Auswirkungen auf das ganze Leben, unser ganzes Sein. Auch darauf, wie andere uns wahrnehmen und beurteilen. Das waren alles Dinge, die mir meine damalige Entscheidung nicht leicht gemacht haben …« Frauke macht eine kleine Pause, um ihren Worten mehr Gewicht zu verleihen.

In dieser Pause unterlasse ich es tunlichst, sie darauf hinzuweisen, dass nicht nur die Selbst- und Fremdwahrnehmung lesbischer Frauen damals ihr Problem gewesen war, sondern in erster Linie die schöne Emma, die neben Antonie auch noch durch Fraukes Hirn und Herz spukte.

»Trotzdem war es etwas, das ich gar nicht anders hätte entscheiden können. Weil ich es nicht mit dem Kopf entscheiden konnte, sondern nur mit dem Bauch. Und der hat einfach klar gesagt, wo es langging.«

Na, das habe ich ein bisschen anders in Erinnerung. Aber mir ist schon klar, was sie mir damit sagen will.

»Natürlich hast du recht«, lächele ich verkrampft. »Aber du musst auch bedenken, dass es hier nicht nur um meinen Bauch geht. Angela und ich wollen demnächst zusammenziehen. Da kann ich so eine Entscheidung nicht einfach über ihren Kopf hinweg treffen.«

Frauke nickt heftig. »Das ist wirklich wahr! Aber!« Sie hebt den Zeigefinger. »Du solltest die Entscheidung auch nicht gegen ein Kind fällen, solange du mit Angela nicht darüber gesprochen hast. Das wäre genauso ein Alleingang wie die Entscheidung für eine Schwangerschaft. Betrüge deinen Bauch nicht, Michelin! Und betrüg Angelas Bauch nicht!«

Wer sich schon mal gefragt haben sollte, was so unglaublich wichtige Fernsehredakteurinnen wie wir in ihrer Arbeitszeit so miteinander zu bereden haben, dem dürfte dies jetzt klar sein.

Ich bin von unserem kleinen Gespräch selbst am Nachmittag noch so angepiekst, dass ich mir unbedingt etwas Luft verschaffen muss.

Also schmeiße ich mich in meinen Laufdress und schlüpfe in meine Joggingschuhe.

Ich fahre ein Stückchen aus der Stadt raus zum Wald und parke meinen Wagen auf dem großen Parkplatz dort.

Hier, zwischen all den großen Laubbäumen, kann ich beim Laufen loswerden, was mich den Tag über bei der Arbeit beschäftigt hat. Lactosefreie Ernährung. Und wie gestalte ich einen fünfminütigen Einspieler für eine Sendung zu diesem Thema, in dem es eigentlich nichts anders zu zeigen gibt als blasse Lebensmittel, die so tun, als seien sie zum Beispiel Kuhmilch oder junger Gouda am Stück?

Sobald ich diesen Ballast auf den weichen Wegen des Waldbodens abgeworfen habe, kann ich in aller Ruhe nachdenken. Meinen Gedanken freien Lauf lassen und sie hoffentlich bald zum Schweigen bringen.

Ich kann mich völlig loslösen vom Alltag. Kann versuchen, die innere Ruhe und Gelassenheit zu gewinnen, die mir normalerweise eigen ist und die ich dringend brauche, um mich wohlzufühlen. Ich hasse es, aus dem Gleichgewicht zu geraten.

Dann fühle ich mich meiner Alm, meinem ruhigen, stillen Ort, so fern.

Doch der Wald ist ein guter Freund, an dessen Seite ich

alles, was mich sonst so ausmacht, vergessen kann – um nur noch Frieden zu sein.

Wie herrlich das ist!

Nicht denken. Nicht grübeln. Alle Fragen einfach fallen lassen. Nur da sein. Ohne Sehnsucht. Ohne Wünsche. Ohne Ängste. Ganz in innerer Ausgeglichenheit. Ganz in Ruhe. Ganz allein.

»Wenn das mal nicht eine wilde Lesbe ist!«, ruft da plötzlich jemand hinter mir.

Ich fahre herum. Zwar habe ich das verräterische Klackern der Stöcke bereits gehört, doch war ich so versunken, dass ich gar nicht hingeschaut habe, wer sich da von einem Seitenweg nähert.

»Hi!«, rufe ich und trabe Jackie und Ellen entgegen, die mit ihrem elastischen Nordic-Walking-Schritt auf mich zukommen.

Jackie strahlt mich an, offenbar erfreut über die überraschende Begegnung. »Wir haben dein Auto auf dem Parkplatz gesehen und gehofft, dass wir dich treffen!«

Ellen hingegen mustert mich mit düsterem Blick.

»Du wirst dir deine Knie noch total versauen mit diesem Gehopse. Warum hast du deine Stöcke nicht dabei und läufst ordentlich, ohne dir deine Bänder und Knorpel zu ruinieren?«

Dreimal darf geraten werden, was Ellen vom Joggen hält.

»Ich brauchte etwas Schnelles heute«, entschuldige ich mich. Damit kriegt sie mich immer noch. Wir sind schon seit drei Jahren kein Paar mehr. Aber manche Muster ziehen auch heute noch.

Jackie betrachtet mich neugierig.

»Wollen wir zusammen weiter?«, schlägt Ellen vor, wobei sie meine letzte Äußerung total ignoriert.

Sie ist leider immer der Meinung, besser zu wissen, was gut für mich ist, als ich selbst. Und mir gefällt gar nicht, dass sie damit in den meisten Fällen auch noch recht hat.

»Au ja!«, strahlt Jackie.

Meine Meinung dazu wird nicht abgewartet und schon stöckeln und ›hopsen‹ wir zu dritt durch den Wald.

Es dauert eine Weile bis wir unser gemeinsames Tempo gefunden haben. Ich jogge eben etwas langsamer. Und die beiden gehen eben etwas schneller.

Nicht den eigenen Rhythmus beibehalten zu können, bringt mich direkt wieder aus dem Konzept. Meine mühsam und einsam erlaufene innere Ruhe beginnt zu bröseln.

Jackie, die übersinnliche Antennen für so etwas besitzt, schaut mich schon komisch an.

»Streit mit Angela?«, fragt sie schließlich einfühlsam.

»Nein«, antworte ich knapp.

Wir laufen weiter.

»Aber du hast doch was. Ich kenn dich. Das Gesicht machst du nur, wenn was in deiner Beziehung nicht stimmt. Was gibt's denn?«, bohrt Jackie nach einer Weile weiter.

Ich schnaube: »Es ist alles in bester Ordnung mit Angela, ehrlich.«

Wieder hören wir eine Weile nur unseren Dreiklangatem.

»Du würdest es uns doch sagen, wenn was wäre, oder?«

»Jackie! Also echt. Wenn Michelin nicht darüber reden will, dann lass sie doch in Ruhe. Dass du immer so aufdringlich werden musst, wenn jemand nicht gleich mit der Sprache rauswill. Menschen haben nicht deswegen Probleme, um sie dir anzuvertrauen, weißt du«, stänkert Ellen.

Aha. Offenbar ist sie auch überzeugt, dass ich ihnen etwas verschweige.

»Ich habe kein Problem«, wende ich vorsichtig ein.

»Hat Angela eins?«, schießt es aus Jackie heraus.

Ich weiß, sie ist nicht bösartig. Sie kann einfach nicht anders.

»Nein, Angela hat auch kein Problem«, seufze ich. »Es ist nur …«

Als ich diese drei letzten Worte ausgesprochen habe, ist mir klar, dass ich jetzt sowieso nicht mehr zurück kann.

Wenn ich einfach beharrlich geschwiegen und geleugnet hätte, wäre ich vielleicht davongekommen – für heute! Aber dieses kleine Einlenken stellt die Weichen für den weiteren Verlauf des Gespräches.

Ellen und Jackie kennen mich beide gut genug, um jetzt nicht nachzufragen.

Jackie beißt sich fest auf die Lippen, während Ellen so tut, als halte sie Ausschau nach dem Specht, den wir schon seit ein paar hundert Metern hören.

»Habt ihr eigentlich schon mal darüber nachgedacht, dass unsere biologischen Uhren beginnen, schneller zu ticken?«, leite ich das Thema behutsam ein.

»Ich wusste es!«, entfährt es Jackie. »Angela kommt in die Wechseljahre, oder?!«

»Nein«, stöhne ich. Sie macht es mir wirklich nicht leicht.

»Biologische Uhr?«, hakt auch Ellen verwirrt nach.

»Ja«, erwidere ich. »Nehmen wir mal an, eine von uns wollte ein Kind bekommen. Dann sollte sie sich das möglichst bald überlegen. Spätgebärende gibt es zwar immer öfter. Aber dennoch ist und bleibt es so: Eine erste Schwangerschaft wird immer risikoreicher, je älter wir werden.«

Ellen bleibt mitten auf dem Weg stehen, sodass Jackie und ich zehn Meter ohne sie weiterlaufen und zu ihr zurückkehren müssen.

»Michelin, du überlegst doch nicht ernsthaft, ob du ein Baby bekommen willst?!«, keucht Ellen.

»Natürlich nicht!«, erwidere ich im Brustton der Überzeugung. »Ich sag ja nur, dass die biologische Uhr tickt. Da kommen einem doch hin und wieder Gedanken. Das ist alles.«

Ich will weiterlaufen, stelle aber nach wenigen Metern fest, dass nun nicht nur Ellen, sondern auch Jackie wie angewurzelt dort steht. Also trabe ich wieder zurück.

Beide sehen mich aus großen Augen an. In Jackies schimmert Faszination und ein gewisser Funke Begeisterung. Sie ist nun mal ein euphorischer Mensch und kann schnell für eine ausgefallene Idee Empathie entwickeln.

Ellen jedoch steht der wahrhaftige Schreck ins Gesicht geschrieben.

»Hey, nun mal keine Angst«, grinse ich betont heiter und knuffe Ellen in die Seite. »Stellt euch das mal vor! Schließlich ist Angelas Tochter schon 21 Jahre alt. Jetzt noch mal mit mir zusammen ein Baby zu haben, kommt überhaupt gar nicht in die Tüte. Und so was ohne Angela anzugehen ist schließlich gar nicht möglich. Also? Können wir jetzt weiterlaufen? Ich bekomme Seitenstechen, wenn ich zwischendurch ne Pause mache.«

Offenbar scheinen meine Worte aber gar nicht bei den beiden angekommen zu sein.

Weder laufen sie weiter, noch verändern sich ihre Mienen.

Ellen öffnet mehrmals den Mund, um etwas zu sagen, und schließt ihn dann wieder. Es dauert eine ganze Weile, bis sie herausbringt: »Ich kapier das nicht! Am Freitag sind wir doch noch zusammen in der frühen Abendvorstellung im Kino gewesen. Wegen dieses Zeichentrickfilms waren da Hunderte von Kindern – ein besonders hässliches hätte fast seine Fanta über meine Hose geschüttet – und du warst genauso genervt von denen wie ich. Und einen Tag später taucht im Phantasialand ein kleines Mädchen auf, das zufällig zwei Mütter hat, und – Peng! – bist du wie ausgewechselt und hast solche Ideen«, wirft sie mir vor.

»Sie ist nicht wie ausgewechselt!«, weiß Jackie es besser, ohne mir die Chance auf eine Antwort zu gönnen. Wie sollte es anders sein? Seit die beiden sich kennen, müssen sie immer genau entgegengesetzter Meinung sein. Ich vermute, das ist genetisch verankert.

»Ach, nein?«, zickt Ellen.

Jackie schüttelt den Kopf. »Zufällig weiß ich genau, dass Michelin sich schon früher immer mal wieder mit ihrem Kinderwunsch beschäftigt hat, lange vor deiner Zeit.«

Oh, jetzt kommt wieder die Masche! Jackie und ich sind nämlich schon seit zehn Jahren eng befreundet. Die drei Jahre Michelin-Kennen, die sie Ellen also immer voraus haben wird, werden ab und zu dramatisch in die Waagschale geworfen. Doch zu meiner Verwunderung poltert Ellen jetzt nicht dagegen, sondern macht ein nachdenkliches Gesicht.

»Stimmt«, murmelt sie plötzlich, eher zu sich selbst, und sieht mich dann mit dem für sie so typischen hellwachen Blick an. »Als Frauke und Lothar damals überlegt haben, ein Baby zu bekommen, warst du wie angestochen. Und dann erst recht, als deine Cousine die beiden Zwillingsmädchen bekam! Meine Güte, was für bekloppte Namen! Katrin-Ann und Ann-Katrin. Das allein war ja schon bescheuert genug. Aber ich weiß noch, dass ich richtig Angst bekam wegen deiner Reaktion darauf. Wir waren gerade mal zwei Jahre zusammen, Mitte zwanzig, und ich wäre nie im Leben bereit gewesen …« Schaudernd bricht Ellen ab.

»Ihr ward auch nicht für lange Zeit füreinander bestimmt«, weiß Jackie zu argumentieren. »Jedenfalls nicht so wie Michelin und Angela oder wie wir zwei es jetzt sind.« Sie unterbricht sich kurz und gibt Ellen, auf deren Gesicht sich ein spontanes Lächeln gezeigt hat, einen zarten Kuss. »Deshalb sollte es damals wohl nicht sein. Aber jetzt? Michelin, ich weiß, dass das wahrscheinlich hart ist, wenn ich das jetzt sage, aber ich finde, dass Angela sich nicht richtig verhält. Na, schön. Sie hat schon eine Tochter. Aber die hatte sie mit ihrem beknackten, treulosen Mann. Und dazu kommt auch noch, dass sie wegen Lena ihre Schauspielkarriere an den Nagel hängen musste. Alles sehr ungute Vorzeichen, wenn du mich fragst. Mit dir wäre es ganz anders. Da bin ich sicher. Ihr habt eine harmonische, ausgewogene Beziehung. Ihr liebt euch von Herzen. Was könnte da schöner sein, als eine Besiegelung dieser Liebe durch ein gemeinsames Kind? Ich finde es einfach nicht richtig, dass Angela dich beschneidet, indem sie sich da verweigert.«

In Jackie vereinen sich mal wieder mühelos die Feministin mit der Frau, die Liebesschinken im Kino liebt.

Mein Herz weitet sich vor liebevoller Zuneigung zu meiner Freundin. Doch vielleicht sollte ich sie über die tatsächlichen Zusammenhänge aufklären?

»Na ja«, stammele ich also und weiß nicht recht, wie ich es rausbringen soll. »Um ehrlich zu sein ... ich habe noch gar nicht so konkret mit Angela ... wie soll ich sagen? Wir haben jedenfalls noch nicht so direkt ...«

»Sie weiß gar nichts davon?«, platzt Jackie heraus.

Ich schüttele etwas verschämt den Kopf.

Ellen gibt einen Ton von sich, der wie ein Zwischending zwischen Grunzen und verzweifeltem Quieken klingt, schwingt ihre Stöcke und läuft wieder los. Jackie und ich beeilen uns, ihr zu folgen.

»Sie weiß nicht, dass du ein Kind willst?«, wiederholt Jackie im Laufen und vergisst, ihre Stöcke einzusetzen, sondern trägt sie in der einen Hand. Nun joggen wir zu zweit, während Ellen verbissen die unteren Enden ihrer Stöcke in den Waldboden bohrt.

Bevor ich Jackie antworten kann, fährt Ellen mich an: »Bist du dir überhaupt bewusst, was für eine Behinderung ein Kind ist? Du bist beruflich selbstständig und kannst nicht mal eben bei deinem Arbeitgeber eine Babypause einreichen. Wie willst du denn deine anstrengende Arbeit machen, wenn du ein Kind hast? Meinst du, du kannst einen 16-Stunden-Dreh mit einem Säugling im Tragetuch bestehen und alle zwei Stunden deinen Still-BH öffnen? Wie stellst du dir das vor?«

Ich schlucke mal wieder überflüssige Spucke hinunter.

In meinem Bauch regt sich etwas. Es ist das Schäbig-Männchen. Dieses miese kleine Ding ist bei mir eingebaut. Es hat sich zur Aufgabe gemacht, mir schöne Dinge fies zu machen, indem es zum Beispiel dumme Argumente aufgreift und in meinem Inneren in ein immer lauter werdendes Echo verwandelt. Jetzt stürzt es sich auf Ellens Worte wie ein halb verhungerter Wolf auf ein Kaninchen.

»Hm«, mache ich. »Das stimmt. So genau habe ich da noch gar nicht drüber nachgedacht. Und ehrlich gesagt weiß ich auch nicht, wie die Rechtslage aussieht, ob Angela eine Babypause könnte, um sich um das Kind zu kümmern.«

Ich kann selbst hören, wie zaghaft meine Stimme plötzlich klingt.

»Ja, ganz genau!«, ereifert Ellen sich, als müsse sie mich auf dem richtigen gedanklichen Weg möglichst energisch unterstützen. »Ein Kind kostet sehr viel Zeit, noch mehr als ein Haustier. Ich meine, mit einem Hund kannst du wenigstens Nordic Walken gehen, eine Katze lässt du derweil allein zu Hause. Du hast einfach nicht mehr die gleichen Möglichkeiten wie vorher …«

An dieser Stelle wird unser Gespräch kurz unterbrochen, weil aus einem Seitenweg eine sportliche junge Frau auf unseren Weg einbiegt. Sie joggt in einem recht flotten Tempo und schiebt vor sich einen Kinderwagen, der auf seinen dicken Gummirädern genauso geländegängig wirkt wie ein Rangerover. Die junge Frau grüßt lächelnd und ist schon an uns vorbei.

Wir laufen eine Weile schweigend weiter.

»Okay«, sagt Ellen schließlich. »Aber das Argument mit dem Geld, das wird ja wohl keiner widerlegen können. Kinder kosten einfach unglaublich viel …«

»Ihr seid Doppelverdiener!«, wirft Jackie ein und haut damit dem Schäbigmännchen ordentlich eins auf die Mütze. »Und ihr wollt sowieso zusammenziehen. Da kriegen noch ganz andere Leute Kinder durch!«

»Stimmt!«, sage ich jetzt zu Jackie. Sie hat wirklich recht. Das dürfte wirklich kein Problem sein. »Ich gehe auch davon aus, dass Angela – in dem Fall, dass sie auch ein Kind wollen würde – sowohl finanziell als auch zeitlich alles möglich machen würde, was in ihrer Macht steht, um sämtliche Belastungen mit mir zu teilen.«

Ich kenne meine Liebste! So ist sie! Für sie ist eine Liebesbeziehung etwas durch und durch Verbindliches, in der wir gemeinsam alle Höhen genießen und alle Tiefen meistern.

»Ich versteh aber nicht, wieso du dir so einen Kopf darum machst, was Angela dazu denken, fühlen oder entscheiden könnte, wenn du sie noch nicht einmal gefragt hast«, meint Ellen schnaufend. Offenbar ist sie durch das Thema aus dem Rhythmus gekommen. »Ich kann dir zwar sagen, dass ich der Göttin danke, dass wir jetzt nicht mehr zusammen sind und ich dich von dieser absurden Idee abbringen muss. Aber du solltest es einfach mit ihr besprechen. Das ist meine Ansicht dazu.«

»Wieso absurde Idee?«, fragt Jackie empört. An mich gewandt fährt sie fort: »Ich finde, das ist eine ganz wundervolle Idee. Ich wollte schon immer ein Baby in der Familie, das ich mal so richtig herzen und knuddeln kann. Ellen und ich würden es uns auch mal für einen Nachmittag oder ein Wochenende ausleihen. Dann hättest du frei und könntest auf die Piste. Und wir würden unsere Müttergelüste mal so richtig ausleben. Schließlich holst du die Kleine dann am Ende ja wieder ab.«

»Welche Müttergelüste?«, will Ellen alarmiert wissen.

Ich lasse die beiden einfach ein bisschen weiter frotzeln und tauche in meine Gedanken ab.

Auch wenn meine Freundinnen so unterschiedlicher Meinung sind, sagen sie mir im Grunde beide das Gleiche. Und sie haben damit auch noch recht: Wieso spreche ich nicht einfach mit Angela darüber?

Auf dem Heimweg fällt mir ein, wieso ich es wohl noch nicht getan habe.

Meine Kette der Argumentation ›pro Kind‹ ist noch lange nicht lückenlos.

Denn schließlich habe ich, die Recherchekanone unter den Fernsehredakteurinnen, noch keinen blassen Schimmer davon, wie das denn eigentlich gehen soll mit so einer lesbischen Schwangerschaft.

Frauke ist natürlich längst nicht mehr im Büro.

Also sitze ich allein an meinem Schreibtisch und starre

den Zettel an, den ich aus meinem Ablagekasten gekramt habe.

Die Webadresse darauf starrt zurück.

Eigentlich war ich doch in den Wald gefahren, um in Ruhe und Einsamkeit zu vergessen, was mich den ganzen Tag beschäftigt hatte.

Nun ist das Gegenteil passiert.

Vielleicht sollte das einfach so sein. Vielleicht soll ich einfach vor manchen Dingen nicht weglaufen, sondern auf sie zu?

Ich werfe den Rechner an und mache mich auf die Suche. Interessanterweise gehe ich hierbei aber überhaupt nicht so vor wie bei einer Recherche für einen neuen Auftrag. Denn in meinem Beruf bin ich schnell, gründlich und effektiv.

Nein, heute lasse ich mir unendlich viel Zeit.

Ich surfe mal hierhin und mal dorthin, lese langsam und schaue mir alle Bilder genau an. Manchmal schweift mein Blick sogar vom Bildschirm ab. Dann gleitet er zur Seite, hinaus aus dem Fenster, in die Baumkronen, in denen hin und wieder ein Vogel herumhüpft. Ich beginne zu träumen, krakele auf dem Zettel vor mir herum und schrecke immer wieder aus den kleinen Filmen vor meinem inneren Auge auf.

Als ich den Rechner wieder herunterfahre, betrachte ich noch einmal die von Frauke begonnenen Notizen, die ich noch um etliche ergänzt habe.

Mein Herz schlägt rasch.

Es fühlt sich ein bisschen so an, als sei ich verliebt. Ganz frisch. Ganz neu. In dieser Phase, in der du selbst es noch nicht wahrhaben willst, es noch nicht begreifen kannst, was mit dir geschieht. Die Phase, in der es aber dennoch kein Zurück mehr gibt.

Was mich aber am meistens rührt, sind die paar Buchstaben, die am Rande all der informativen Notizen stehen. Sie sind verschnörkelt und ausgemalt.

›Angela‹ steht dort.

Und das ist das Wichtigste auf dem ganzen Blatt.

Drittes Kapitel

Zu wissen, dass ich mit Angela reden muss, heißt noch lange nicht, dass ich weiß, wie um Himmels willen ich das anstellen soll.

Mein erster Versuch scheitert daran, dass Angela meine sanften Hinweise zu unserer glücklichen Beziehung vollkommen falsch versteht und wir in kürzester Zeit miteinander im Bett landen. Dagegen ist natürlich nichts einzuwenden, und ich werde einen Teufel tun und ihr wunderbares Engagement durch, in dem Augenblick selbst mir als nebensächlich erscheinende, Erklärungen zu stoppen.

Der zweite Versuch ist schon wesentlich ernsthafter, und ich bin mir sicher, es endlich zu schaffen, als Angelas Handy geht und – wie sollte es anders sein? – Lena dran ist! Nach dem anstrengenden Mutter-Tochter-Gespräch, in dem es um eine gewünschte Zuzahlung zu einem eigenen Auto geht, ist Angela derart angefressen, dass ich es als ausgesprochen unklug einstufe, jetzt noch einmal auf das Thema zurückzukommen.

So vergehen fast zwei Wochen.

Jackie erkundigt sich beinahe täglich, ob ich es endlich getan habe.

Ellen schweigt sich aus. Ihre Neugierde wird ja sowieso gestillt, indem Jackie ihr sicherlich nach jedem Telefonat berichtet, dass es nichts Neues gibt.

Frauke fragt auch nicht nach, wirft mir aber im Laufe unserer langen Arbeitstage auffällig häufig fragende Blicke zu, die ich zu ignorieren versuche.

Wie gut, dass das Leben ansonsten noch weitergeht.

Und so kann ich mich an diesem Samstagabend auf die heutige Einladung zu Frederikes Party freuen.

Frederike ist eine Uraltfreundin von mir. Jede hat doch solche Menschen, mit denen sie quasi aus dem Urschleim erstanden ist. Und Frederike zählt bei mir dazu.

Sie ist in vielfacher Hinsicht eine besondere Frau.

Rein äußerlich fällt sie schon allein dadurch auf, dass sie zwei unterschiedlich farbige Augen hat. Eines ist braun, das andere blau. Frederike selbst behauptet immer, dass sie die zwei Seiten ihres Selbst widerspiegeln.

Denn zum einen ist sie eine eher stille und sanfte Person, die die Ruhe und Zurückgezogenheit liebt. Sie besitzt eine enorme Innensicht und verfügt auch über feine Antennen zu anderen. Nur so kann sie ihre Arbeit als Schriftstellerin wirklich gut hinbekommen. Und als solche ist sie inzwischen in der Lesbenszene recht bekannt. Denn von unserem lesbischen Mit- und manchmal auch Gegeneinander in der und rund um die Szene handeln ihre Romane.

Zum anderen hat Frederike einen enorm großen Bekanntenkreis, in dem sie verrückte und irgendwie außergewöhnliche Leute nur so zu sammeln scheint. Bei Frederike und ihrer langjährigen Freundin Karolin ist immer was los.

Wenn sie – wie heute – zu einer Party anlässlich einer Buchpremiere einlädt, wimmelt es in ihrer Wohnung vor interessanten Menschen. Offenbar haben es Schriftstellerinnen so an sich, schrille Personen, Künstler und Eigenbrötler um sich zu scharen – um aus deren Partygesprächen und am Rande ablaufenden Liebesdramen gleich den Stoff fürs nächste Buch zu sammeln.

Ich bin gern früh auf Frederikes Partys, um in aller Ruhe begutachten zu können, wer so nach und nach zur Tür hereinkommt.

»Mein Herzblatt, könntest du einen Zahn zulegen?«, flöte ich daher durch die geschlossene Badezimmertür. »Ich wär gern da, bevor Jackie ankommt. Damit ich ihr dann erzählen kann, was sie alles verpasst hat.«

»Ich glaube nicht, dass du dir da Sorgen machen musst«, ertönt Angelas Stimme gelassen von drinnen. »Jackie kommt doch immer zu spät. Erst recht gemeinsam mit Madame ›Je-später-der-Abend-desto-schöner-die Gäste‹.« Damit meint sie natürlich Ellen, die sich bei Verabredungen grundsätzlich auf die »akademische halbe Stunde« beruft.

»Aber ich bin trotzdem fertig!« Angela öffnet die Tür, und ich hole erst mal tief Luft.

Sie steht vor mir in einem hauchdünnen, seidig fallenden weißen Sommerkleid, das ihre Taille in seichten Wellen umschmeichelt und ihre schöne Sommerbräune aufs Vorteilhafteste hervorhebt.

»Ist was?«, fragt sie kokett.

Ich trete zu ihr und lege behutsam meine Hände auf ihre Hüften. »Du siehst einfach grandios schön aus!«, hauche ich an ihren Hals.

»Danke«, schmunzelt sie.

Ich küsse sanft ihr Ohr und knabbere vorsichtig daran. »Wie wäre es, wenn wir unseren Aufbruch noch ein bisschen verschieben?«, flüstere ich ihr zärtlich zu.

»Hattest du es nicht eilig?«, grinst Angela, lehnt den Kopf zurück und sieht mich amüsiert an.

»Ach, ob wir jetzt eine Stunde früher oder später da aufschlagen ist doch auch egal«, murmele ich und sehe sie von unten herauf mit einem Augenaufschlag an, den sie normalerweise betörend findet.

»Du hast doch hoffentlich keine unanständigen Sachen im Kopf?«, säuselt meine höllisch attraktive Freundin.

»Und wie!«, antworte ich wahrheitsgemäß.

»Na, hör mal! Du sprichst hier mit einer Mutter«, erwidert sie in gespielter Empörung. »Komm schon! Ich muss mir nur noch die neuen Sandalen anziehen.«

Damit tänzelt sie barfuß durch den Flur davon.

Ich schwöre, damit macht sie mich sonst immer wahnsinnig. Auf die schönste Art, die ich mir vorstellen kann. Aber diesmal muss ich schlucken.

Ich weiß, sie hat ganz sicher nur einen Witz gemacht. Aber trotzdem.

›Ich spreche mit einer Mutter?‹

Macht das etwa einen Unterschied?

* * *

Offenbar haben sich Jackie und Ellen ebenfalls einen unterhaltsamen Abend versprochen, von dem sie nichts verpassen möchten. Sie treffen gleichzeitig mit uns ein.

Während Frederike uns begrüßt und kleine Buchpremierengeschenke lächelnd entgegennimmt, wirft Jackie mir einen fragenden Blick zu.

Ich schüttele knapp den Kopf und hoffe, dass das genug Antwort ist. Doch ich hätte meine Freundin besser kennen müssen.

Jackie hat nun zwei Wochen auf die Gelegenheit gewartet, mir ihre Ideen zum Plan B in aller Ausführlichkeit persönlich mitzuteilen. Daher stürzt sie sich auf mich und wispert – viel zu auffällig, für meinen Geschmack: »Das kann nicht dein Ernst sein! Willst du vorsichtshalber warten bis du in die Menopause kommst? Ich kapier das nicht. Hast du denn gar kein Vertrauen zu deiner Liebsten?«

Ich sehe mich vorsichtig um, ob jemand mithört.

»Du verstehst das nicht, Jackie. Ich weiß doch im Grunde schon, was sie sagen wird. Das ist der einzige Grund, warum ich mich nicht traue. Ich kenne die Antwort. Und deswegen möchte ich ihr wohl ausweichen.«

Jackie betrachtet mich einen Moment lang mitfühlend, dann weiten sich plötzlich ihre ohnehin schon großen Augen, was ihrem haselnussbraunen Gesicht immer eine besondere Ausdruckskraft verleiht, und sie beugt sich nah zu mir.

»Mensch, wäre es heute Abend nicht genau der richtige Zeitpunkt dafür?«, flüstert sie aufgeregt.

Ich öffne den Mund, doch sie ist schneller: »Michelin! Überleg doch mal! Ein Abend wie dieser! Entspannte Wochenlaune! Partystimmung und romantische Musik! Das ist doch eine ideale Gelegenheit!«

Die Worte, die ich gerade noch rausbringen wollte, geraten mir in der Kehle irgendwie schief, und ich verschlucke mich.

»Das glaube ich dir gern, dass du bei diesem Moment gerne dabei wärst, Jackie«, huste ich und winke lächelnd zu Angela hinüber, die noch bei Frederike steht und fragend zu mir hersieht. »Aber ich glaube kaum, dass das angebracht wäre. Angela möchte so ein delikates Thema bestimmt nicht gemeinsam mit meinen Busenfreundinnen besprechen. Also mach nicht so eine Welle, sonst riecht sie noch Lunte. Sie guckt schon so komisch.«

»Ich soll keine Welle machen?«, flüstert sie so überdeutlich, dass sich ein paar junge Männer hinter uns neugierig zu uns umdrehen.

Ich lege den Finger an die Lippen und nicke wieder. »Lass uns doch später drüber sprechen, ja? Es ist alles in Ordnung. Reg dich nicht auf!«

»Ich soll mich nicht aufregen?«, echot Jackie. Einer der Männer kichert. »Hier geht es darum, ob ich Patentante werde oder nicht, und ich soll mich nicht aufregen? Wann soll ich mich denn sonst an deinem Leben beteiligen, wenn nicht zu so einer Gelegenheit?«

»Pssscht!«, zische ich sie an und ziehe sie ein Stückchen zur Seite. Ellen, die gepflegte Konversation mit anderen Partygästen im Eingangsbereich betreibt, sieht irritiert zu uns herüber. »Meine Entscheidung allein bedeutet doch noch gar nichts. Ich bin schließlich nicht schwanger …«

»Leider«, unterbricht Jackie mich kurz.

Ich schaue sie mahnend an. »Und denk doch mal nach. Selbst wenn Angela … dann wüssten wir doch noch nicht, auf welchem Wege wir das angehen könnten.«

»Ihr wüsstet nicht …?« Jackie staunt mich an und deutet dann hinter sich in die überfüllte Wohnung. »Guck dich doch mal um. Hier laufen eine Menge gut aussehender Typen rum.«

»So einfach ist das nicht«, seufze ich. »Wir sind hier nicht in einer amerikanischen TV-Serie, Jackie. Wir sind in Deutschland. Und wir sind in der Realität. Hier kannst du nicht auf einer Party rumlaufen und fremde Männer anzapfen, okay?«

Jackie macht ein Gesicht, das mir sagen soll, dass *sie* sehr wohl könnte, wenn sie nur wollte, zieht es aber vor zu schweigen.

Gerade im richtigen Augenblick, denn nun gesellen sich auch Angela und Ellen wieder zu uns, die beide entspannte Partygesichter zur Schau tragen.

»Sieh doch mal, was Karolin für Frederike gemacht hat«, sagte Ellen halblaut zu Jackie und deutet auf ein riesiges Plakat, das im Wohnzimmer aufgehängt ist und die halbe Wand einnimmt. Es ist das Cover des neuen Buches, über das in leuchtendem Rot ›Herzlichen Glückwunsch!‹ geschrieben steht.

Jackie legt ihren Arm um ihre Freundin.

»Wenn du Bücher schreiben würdest, würde ich bei so einer Premiere …«, höre ich sie noch säuseln. Der Rest ihres Satzes verschwindet ausschließlich in Ellens Gehörgang und veranlasst diese dazu, geschmeichelt zu lächeln.

Angela grinst still in sich hinein.

Kurz: Es ist im Grunde wie auf jeder Party, auf der wir vier gemeinsam unterwegs sind.

Wir stellen unsere mitgebrachten Salate und Ellens

Grünkernbratlinge auf dem übervollen Büffet in der Küche ab. Dabei bemerken wir, dass wir alle unglaublichen Hunger haben und die anderen Sachen einfach verlockend aussehen. Also machen wir uns kurze Zeit später über unsere vollgeladenen Teller her.

»Oh, nein!«, stöhnt Angela plötzlich zwischen zwei Bissen und heftet den Blick magnetisch auf ihre Schafskäseröllchen.

»Was ist denn?«, erkundige ich mich.

»Sieh nicht sofort hin. Aber da hinten, dieser weißblonde Madonnaverschnitt, ist das nicht diese neue Bekannte von Lena?« Sie deutet mit dem Kopf kaum merklich in eine Richtung.

Jackie glotzt natürlich sofort hin, aber ich stoße sie in die Seite. Dann hebe ich unverfänglich den Blick und während ich einen Schluck aus meinem Wasserglas nehme, sehe ich sie auch. Nachdem ich auch den restlichen Raum in meine kleine Musterung mit einbezogen habe, nicke ich Angela zu.

»Ja, das ist sie. Ich glaube, sie heißt Diana. Hab die beiden neulich zusammen in der Stadt gesehen.«

Angela seufzt. »Ich hab keine Ahnung, was zwischen den beiden läuft. Meine werte Tochter hält sich da sehr bedeckt. Ich hab ja den Verdacht, dass Lena was von dieser, wie heißt sie, Diana will und ihre Eitelkeit gekränkt ist, weil es nicht auf Anhieb funktioniert hat. Auf alle Fälle bedeutet ihr Auftauchen hier nichts Gutes.«

Ich schaue sie an.

»Du meinst, Lena wird auch herkommen?«

Angela nickt.

Diesmal seufzen wir alle vier.

Lena ist eine wirklich nette junge Frau. Höllisch attraktiv – sonst wäre ich damals nicht derart auf sie losgegangen –, eben ganz die Mutter. Außerdem ist sie trotz ihres hübschen Gesichts nicht arrogant, sondern freundlich und aufgeschlossen. Aber leider auch etwas anstrengend, sobald Angela und sie gemeinsam in irgendwelchen lesbischen Zusammenhängen auftauchen.

Dass Eltern auch in den heutigen Zeiten noch oft Probleme mit der Homosexualität ihrer Kinder haben, ist ja bekannt. Bis zu Lena war mir jedoch nicht bewusst, dass das umgekehrt auch der Fall sein kann. Insbesondere wenn das Kind selbst auch von unserem Ufer ist.

»Na, das kann ja heiter werden«, brumme ich.

Angela kaut unangemessen lange an einem Stück Käse herum. Offenbar überlegt sie, ob sie zu der Freundin ihrer Tochter hinübergehen soll oder ob das ein Fettnäpfchen wäre, das Lena ihr übel nehmen könnte.

Aber bevor sie sich dazu entschließen kann, sagt Ellen: »Oh, seht mal, da kommt Frauke!«

Tatsächlich steht vorn in der Tür meine liebe Arbeitskollegin, direkt neben ihrer Antonie.

Hinter ihr tauchen zwei weitere bekannte Gesichter auf: Die wunderschöne Emma und deren brasilianische Partnerin Lu.

»Dass Frauke immer noch mit der rumhängen muss«, wispert Jackie missbilligend.

Nach dem misslungenen Start, den Frauke damals mit Emma hinlegte, hielten wir alle es wohl für besser, wenn sie nicht mehr so viel miteinander zu tun hätten. Doch

Frauke hält unbeirrbar an dieser merkwürdigen Freundschaft fest. Und Antonie hat auch nichts dagegen. Meine Arbeitskollegin und ihre Lebensgefährtin sind sich ihrer unanfechtbaren Liebe offenbar vollkommen sicher. Beneidenswert.

Ich glaube, wenn in Angelas Nähe ständig eine derart betörend schöne Frau wie Emma herumscharwenzeln würde, würde mich das zumindest etwas nervös machen.

Wie immer zieht Emma auch jetzt sofort alle Blicke auf sich.

Es ist, als ginge eine leises Raunen durch den Raum. Sämtliche Partygäste schauen zur Tür und sie an. Dabei ist sie gar nicht besonders aufgedonnert, sondern trägt eine weiße Jeans und ein knallrotes Oberteil, was ihr allerdings verteufelt gut steht. Allerdings würde Emma wohl auch im oft zitierten Kartoffelsack noch schön aussehen.

Sie muss auch nichts Besonderes tun. Meistens steht sie einfach nur da, lächelt unverbindlich mal hierhin und mal dahin. Und sofort haben mindestens 2 anwesende Lesben und gewiss 4 anwesende heterosexuelle Männer ihr Herz oder zumindest den Verstand verloren.

Keine Ahnung, ob ihr Aussehen ein Fluch oder ein Segen für sie ist. Leider ist sie auch ein bisschen überheblich und ich bin mit ihr noch nie so persönlich geworden, dass ich sie so etwas Intimes zu fragen gewagt hätte.

»Wer sind denn die beiden Typen?«, will Jackie von mir wissen.

»Keine Ahnung. Wahrscheinlich Freunde von Emma«, gebe ich zurück und mustere das Grüppchen auch heimlich.

»Der eine sieht ja wirklich klasse aus. Diese langen Beine und der knackige Hintern. Und der andere hat ne hübsche Frisur, aber leider eine Nase wie Barbra Streisand«, kichert Ellen.

»Sscht!«, mache ich und winke zu Frauke hinüber, die mich gerade entdeckt hat.

Sie löst sich von ihrer Begleitung und kommt zu uns herüber. Antonie bleibt zurück und unterhält sich offenbar angeregt mit Emmas Freundin Lu.

»Puh«, keucht Frauke, als sie bei uns ankommt. »Ist ja ganz schön voll hier. Wow, Angela, super Kleid! Neu? Sieht jedenfalls spitze aus. Habt ihr unsere Gastgeberin irgendwo gesehen? Wir haben ein kleines Geschenk für sie …«

Kurz: Wir quatschen wie immer, lachen und haben Spaß miteinander, beobachten die anderen Partygäste, die ihrerseits uns beobachten. Sehen und gesehen werden. Alles ist so wie es auf einer Party sein sollte.

Je weiter der Abend fortschreitet, desto ausgelassener wird überall die Stimmung.

Angela unterhält sich sogar prächtig mit Lena, die auch irgendwann eingetroffen ist, und versucht sehr geschickt, ihr ein paar Informationsbrocken zu der neuen Flamme zu entlocken.

Ich störe in diesem Mutter-Tochter-Geplänkel besser nicht.

Stattdessen beschließe ich, dem Büffet noch einen Besuch abzustatten, bevor es vollkommen geplündert ist.

Versonnen stehe ich schließlich mit einem Pappteller voller Obstsalat und Käsespießen in der Küche und schaue aus dem Fenster in den Innenhof.

Die Fenster stehen weit auf. Von unten dringt hin und wieder Kindergekreisch durch all das Stimmengewirr und die Musik hier oben.

Wir haben schon Hochsommer. Die Zeit rast nur so dahin. Bald wird es Herbst sein. Die Blätter werden sich wie jedes Jahr bunt verfärben und dann von den Bäumen fallen. Es wird kalt werden. Langsam wird der Winter einziehen, mit Schnee auf den Straßen und gemütlichen Abenden daheim. Weihnachten und Silvester sind Feste, die ich liebe. Auch der strenge Januar und Februar stehen bei mir hoch in der Gunst. Dann wird sich der Frühling durchsetzen. Erste Blumen werden aus der Erde sprießen, und an den Bäumen werden Knospen erblühen.

Der ewige Kreislauf des Lebens.

Die Kinder, die dort unten in der Dämmerung Verstecken spielen, werden älter, reifer und schon sind sie erwachsen.

Und in diesem wunderbaren Ringelreihen will ich mitspielen?

Ich will selbst – bevor ich alt und verschrumpelt sein werde – ein Kind in diese Welt werfen, in der es so viel Schönes, aber leider auch viel zu viel Hässliches gibt?

Dieser Gedanke kommt mir plötzlich wirklich verrückt vor.

Aber auf eine wunderschöne Weise verrückt, die mir eine Gänsehaut verschafft.

Ich will die Mutter sein für ein ganz eigenes Individuum. Für einen kleinen Menschen, der genau wie ich damals auf Kindergeburtstage eingeladen wird und der – kaum dreißig Jahre später – auf höchst erwachsenen Partys am Büffet herumsteht und über das Leben sinniert. Während ich selbst auf der Veranda ihres oder seines Elternhauses im Schaukelstuhl sitze und knarzend vor und zurückwippe.

Ist das nicht ein wahres Wunder?

Ich bin so gerührt von meinen eigenen Überlegungen, dass ich die ersten Worte nicht bewusst wahrnehme, aber irgendetwas rüttelt mich plötzlich auf.

Die Gruppe der vier Frauen hinter mir unterhält sich laut.

Ich schwöre, ich will nicht lauschen. Aber etwas macht mich stutzig, und plötzlich höre ich eine der Frauen ganz deutlich sagen: »Der Vater ist natürlich enorm wichtig. Immerhin sind das fünfzig Prozent der Erbanlagen, die er mit einbringt. Daher ist es für mich wirklich sehr schwierig, mich für den Richtigen zu entscheiden.«

Sofort sind alle meine Antennen ausgefahren. Ich fasse es nicht! Offenbar will plötzlich alle Welt ein Kind bekommen.

Diese Gelegenheit kann ich mir nicht entgehen lassen! Ohne lange zu überlegen, drehe ich mich abrupt zu den Frauen um.

»Entschuldigt mal!«

Die Frau, die gerade gesprochen hat, ist mir völlig unbekannt. Sie trägt eine heiße Frisur in Cocacolarot und dazu ein waldmeistergrünes Minikleid, aus dem braun gebrannte Sportlerinnenbeine heraussprießen. Sie scheint etwa in meinem Alter zu sein.

Bei ihr stehen Frederike und Karolin. Und alle drei schauen mich nun verwundert an.

»Ich habe zufällig gehört, was du gesagt hast«, setze ich rasch hinzu. »Darf ich mal eine dumme Frage stellen?«

Die Rothaarige lacht. »Frag doch!«

»Hast du denn mehrere potenzielle Väter zur Auswahl? So wie ich gehört habe, scheint es ja enorm schwer zu sein, überhaupt einen zu finden, der geeignet ist.«

Die drei glotzen mich leicht irritiert an.

»Na ja«, meint Frederikes Gast. »So schwer ist es auch wieder nicht. Man muss sich eben nur ganz genau anschauen, ob seine Geschwister, seine Eltern und Großeltern und so gesund sind. Je mehr man über ihn weiß, desto besser.«

Ich bin beeindruckt.

»Oh, wirklich? Man geht dabei so sehr ins Detail? Bis zu den Großeltern?«

»Bis zu den Ur-Ur-Großeltern sogar!«, erklärt Karolin entschieden, die auch schon eine Menge darüber zu wissen scheint.

Wahrscheinlich haben sie recht. Darüber habe ich mir vorher noch nie Gedanken gemacht.

Schließlich kann niemand so gut Auskunft über das Genmaterial eines Menschen geben wie die Verwandtschaft dieses Menschen. Manchmal würde ein einziger Blick ausreichen, um zu wissen, dass so einer als Vater nicht infrage käme. Aber es geht ja nicht nur ums Äußerliche! Es wäre bestimmt auch eine Menge in Erfahrung zu bringen über erbliche Krankheiten oder andere Dispositionen.

Wieso bin ich da selbst noch nicht draufgekommen?

»Aber wenn man einen gefunden hat, der geeignet ist,

heißt das ja noch lange nicht, dass er auch mitmacht, oder?«, gebe ich zu bedenken.

Jetzt wird ein bisschen gekichert.

»Das ist in der Regel das geringere Problem«, meint die Cocarote grinsend. »So was passiert höchstens mal, wenn sie noch keine Erfahrung haben. Ich habe jedenfalls nur ganz vereinzelt gehört, dass einer mal nicht wollte.«

Schlagartig bekomme ich schweißnasse Hände und werfe einen Blick durch die Menge.

So wie sie spricht, scheint sie schon Erfahrung zu haben. Zumindest scheint sie von einem gewaltigen Pool an Männern zu wissen, die durchaus bereit sind, einen kleinen – für mich aber nicht unwesentlichen – Teil von sich kurzfristig zur Verfügung zu stellen.

Wo steckt Angela? Ich schaue rasch durch den Raum. Fehlte mir gerade noch, dass sie jetzt hier zufällig auftaucht. Dieses Gespräch ist jedenfalls brennend interessant.

»Tatsächlich? Ich kenne mich nämlich nicht so wirklich aus«, sage ich und hoffe, dass ich nun ein paar Infos bekomme, ohne dass ich mich als Möchte-gern-Mama outen muss.

»Muss man ja auch nicht. Es sei denn, du hast es selbst vor«, antwortete die Frau im giftgrünen Kleid auch prompt und lächelt unverbindlich.

Soll ich?

Hier und heute?

Jetzt?

Okay! Jetzt!

»Das habe ich tatsächlich!«, platze ich heraus.

Die drei sehen zwar etwas verwundert, aber auch erfreut aus.

Frederikes unterschiedlich farbige Augen blitzen auf. »Was? Du? Davon weiß ich ja noch gar nichts!«

Ich winde mich ein bisschen. Es leuchtet ja ein, dass es nicht schlau wäre, irgendjemandem von meinen Wünschen zu erzählen, bevor ich Angela davon unterrichtet habe.

Und irgendwie kommt es mir schon ziemlich verrückt vor, hier auf einer Party zu stehen und über die Suche nach einem geeigneten Vater für ein Wunschkind zu sprechen. Offenbar haben andere da aber weniger Hemmungen. Vielleicht sollte ich mich einfach nicht so anstellen.

»Na ja, ehrlich gesagt war das bei mir schon lange Thema. Aber so einen Entschluss bricht doch niemand übers Knie. Das will doch gut überlegt sein«, weiche ich ein wenig aus und hoffe, damit nicht allzu viel preiszugeben.

Was, wenn Frederike Angela darauf ansprähe?

Ich würde den Vorgeschmack aufs Fegefeuer kennenlernen.

»Oh, jaaa!«, pflichtet mir Frederikes Bekannte Gott sei Dank bei. »Die Verantwortung, die wir da übernehmen, sollte nicht unterschätzt werden. Ich find's toll, wenn du dich schon vorher gut informierst. So eine Entscheidung ist nicht auf die leichte Schulter zu nehmen.« Sie nickt anerkennend über meine nachdenkliche Miene.

Ich komme mir total verstanden vor. Sie scheint wirklich sehr nett zu sein.

Vor meinem geistigen Auge ziehen spontan Bilder auf:

Die Rothaarige und ich gemeinsam im Schwangerschafts-Gymnastik-Kurs oder beim Babyschwimmen.

Wäre das nicht schön, wenn unsere Kinder etwa gleich alt wären? Wir könnten uns austauschen und hätten eine verständnisvolle Ansprechpartnerin für die kleinen Alltagssorgen. Unsere Kinder würden von Anfang an lernen, dass sie nicht die einzigen sind, die zwei Mütter haben.

Zwei Mütter? Bisher hat meine Gegenüber nur von sich gesprochen.

»Ehm … darf ich dich fragen … ich meine, bist du in einer festen Beziehung? Ich meine, tragt ihr die Verantwortung zu zweit?«, erkundige ich mich vorsichtig.

Miss Coca Cola lacht. »Nein«, grinst sie. Frederike und Karolin schmunzeln beide. Offenbar ist das unvorstellbar.

»Nein, das nun echt nicht. Ich mach das allein, weißt du. Und wenn du es mit deinem Beruf vereinbaren kannst, dann ist es auch kein großes Drama. Dann male ich halt ein paar Wochen nicht so viel. Das hole ich dann später wieder auf.«

Offenbar ist sie eine Künstlerin. Hätte ich mir denken können. Aber ihre Einstellung zum Säuglingsalter kommt mir doch etwas nüchtern vor. Ein paar Wochen?

Sie scheint sich ihrer Sache aber sicher zu sein. So wie sie redet, klingt es, als sei es nicht das erste Mal für sie.

Frederike schüttelt immer noch mit leuchtenden Augen den Kopf.

Karolin sieht eher verwundert aus.

»Ich hatte keine Ahnung, dass du in dieser Hinsicht interessiert bist. Ich meine, du hast doch gar keinen, oder?«, fragt sie.

Ich habe gar keinen?

»Keinen was?«, frage ich irritiert zurück.

»Einen Hund«, sagt sie.

Ich habe keinen Hund?

»Du hast gar keinen?«, erkundigt sich die Rothaarige, nun auch verblüfft. Offenbar ist sie aber noch um Fassung bemüht, denn sie setzt hinzu: »Dann fängst du also jetzt erst mal ganz am Anfang an. Welche Rasse soll es denn werden?«

Ich habe plötzlich so ein ganz dummes Gefühl.

»Rasse?«, wiederhole ich dumpf.

»Die du züchten willst«, hilft sie mir nach. Vielleicht denkt sie, dass ich ein Bierchen zu viel intus habe.

Mir schwant etwas ganz ganz Unangenehmes. Eine wirklich unschlagbare Blamage zieht am Horizont auf. Und ich fürchte, sie ist unabwendbar.

»Monika züchtet Cocker Spaniel, wusstest du das nicht?«, erklärt Frederike. »Darüber haben wir doch gerade gesprochen. Dass sie auf der Suche nach einem Rüden für ihre Hündin ist.«

Die Begeisterung ist aus ihrem Blick gewichen. Nun liegt darin ein interessiertes Lauern, das mir ganz und gar nicht gefällt.

»Cocker Spaniel«, sage ich sehr lahm. »Ach, die sind ja auch wirklich niedlich.«

»Englische, natürlich!«, will Monika noch unbedingt anbringen. »Und bunte. Nur bunte.«

Wir schweigen alle.

Die drei sehen mich erwartungsvoll an.

Dann stellt Karolin fest: »Du willst gar keine Hunde züchten, richtig?«

Ich schlucke und nicke. Dann schüttele ich den Kopf.

»Ich dachte … als ich euch zufällig zuhörte gerade, da hatte ich plötzlich den Eindruck, ihr sprecht über Kinder. Also, über deinen eigenen Kinderwunsch, Monika, und deine Suche nach einem Vater und …«

Ich komme gar nicht weiter, denn Karolin bricht – ganz gegen ihre sonstige zurückhaltende Art – in brüllendes Gelächter aus.

Monika lacht auch mit.

Das Beste, was ich tun kann, ist so zu tun, als wäre mir auch danach. In meinem Bauch kreist allerdings aufgeregt ein Schwarm Heuschrecken.

Ich höre wie in der Nähe eine flüchtige Bekannte sich bei ihrer Freundin erkundigt: »Was ist da denn los?«, und diese antwortet: »Ich frag Karolin später mal«, was nicht zu meiner Beruhigung beiträgt.

Karolin kriegt sich gar nicht mehr ein. Lachtränen rinnen ihr übers Gesicht, während Frederike alarmierend ruhig neben ihr steht und nachdenklich von der sich biegenden Karolin zu Monika und dann zu mir sieht.

Ich fasse meine langjährige gute Freundin am Arm und ziehe sie von diesen, vor Heiterkeit plärrenden Frauen fort.

»Hör mal, meine Liebe!«, raune ich ihr eindringlich zu. »Ich kenne diesen Blick, den du gerade draufhast. Und ich warne dich!«

Frederike tut verwundert. Ihr blaues und ihr braunes

Auge blicken scheinbar erstaunt in mein Gesicht. »Ich weiß nicht, was du meinst.«

Ich lasse die angehaltene Luft mit einem Stoß aus. »Das weißt du genau! Sollte ich diese Geschichte in deinem nächsten Buch wiederfinden, kannst du dich auf was gefasst machen.«

Im Hintergrund kräht Karolin erneut los und schnappt nach Luft.

»Ach, Michelin«, schmollt Frederike. »Du weißt doch, wie das mit dem Schreiben ist. Gute Inspiration liegt nicht auf der Straße. Wenn eine daherkommt, muss ich einfach zugreifen …«

Damit lässt sie mich stehen.

Super.

In zwei Jahren werde ich also diesen Dialog in einem brandneuen Lesbenschmöker zu lesen bekommen.

Als ob das nicht genug wäre, sehe ich gerade noch wie die neugierige Bekannte von nebenan sich unauffällig an Karolin heranschiebt und charmant insistiert, um den Grund für diesen Heiterkeitsausbruch zu erfahren. Sie wird bestimmt nicht die alleinige Informationsträgerin bleiben.

So ganz by the way habe ich nun offenbar alle Anwesenden auf der Party darüber informiert, dass Michelin Schwarz ein Baby haben will. Nur für den Fall, dass es grad nichts zu klatschen gibt.

Da kann ich nur hoffen, dass Angela und ich den Heimweg angetreten haben, bevor das Gerücht wieder bei uns angekommen ist wie ein Bumerang.

Diese gerade verwundene Niederlage hat meinen Appetit auf die Leckereien vom Büffett auf meinem Teller ein wenig gedämpft. So stehe ich betont gelassen mit einem übervollen Teller am Fenster und starre abwesend in den Innenhof, wo sich gerade das fröhliche Kindergekreisch zu infernalischem Gebrüll steigert.

Will ich das wirklich?

»Darf ich dich mal was fragen?«, sagt da jemand hinter mir. Ich wende mich um.

Vor mir steht einer der beiden Männer, die vorhin in Emmas Begleitung erschienen sind. Er ist etwa in meinem Alter, groß, schlank und besitzt sympathische Knopfaugen, die über seine schiefe Nase hinwegschauen lassen.

»Ich bin Armin«, stellt er sich auch jetzt sofort vor und reicht mir sehr förmlich die Hand. Irgendwie rührt mich die höfliche Geste. Ich nehme seine Hand und sage: »Ich bin Michelin.«

»Ich weiß, du bist Fernsehjournalistin und arbeitest mit Frauke zusammen, richtig?«

»Stimmt. Du weißt ja mehr über mich als ich über dich«

»Das kann man ja ändern«, lächelt er. So wie er es sagt, würde ich fast annehmen können, dass er flirten will. Aber seine Stimme und Betonung sind derartig schwul, dass das unmöglich sein kann. »Ich habe gerade zufällig mitgehört, über was ihr Mädels da drüben euch unterhalten habt …« Er deutet auf die Stelle, an der ich gerade meine Schmach erlitten habe.

»Oh.« Ich kann nicht vermeiden, dass ich einen knallroten Kopf bekomme.

»Ich weiß ja nicht, ob bei dir wirkliches Interesse besteht, aber ich …«

»Oh, nein!«, unterbreche ich ihn. »Nein. Ich habe kein

wirkliches Interesse. Echt nicht. Falls du also einen hast und ein passendes Gegenstück suchst, bist du bei mir an der vollkommen falschen Adresse.«

Armin sieht mich ratlos an.

Ich seufze. »Es war einfach ein Missverständnis, weißt du. Ich habe nämlich gar keinen Hund. Und ich will auch nicht züchten.«

An Armins jetzt komplett verdutzter Miene sehe ich, dass hier schon wieder etwas vollkommen falsch läuft.

Mir wird klar, dass ich mich gerade zum zweiten Mal innerhalb kürzester Zeit gründlich blamiert habe.

»Du sprichst gar nicht von Hunden, oder?«, sage ich vorsichtig.

Armin schüttelt den Kopf. »Ursprünglich nicht, nein.«

Ich räuspere mich und schaue mich nach eventuellen Mithörerinnen um. Doch wir stehen ganz allein in unserer kleinen Küchenecke.

»Könnten wir das Gespräch dann noch mal von vorne beginnen?«

Jetzt grinst er.

»Ich wollte von dir wissen, ob du ernsthaft interessiert auf der Suche nach einem potenziellen Vater für ein Kind bist.«

Ich mustere ihn vorsichtig.

»Na ja«, sage ich schließlich. »Wenn zwei Frauen miteinander ein Kind haben wollen, führt an so einer Suche kein Weg vorbei, würde ich mal sagen.«

»Wem sagst du das?«, antwortet Armin. »Wie, meinst du, ist es wohl erst, wenn zwei Männer miteinander ein Kind haben wollen.«

»Sprichst du von irgendwelchen Männern?«, erkundige ich mich.

»Eigentlich spreche ich von meinem Freund und mir«, sagt Armin und sein Blick huscht rasch zur Tür, als befürchte er, dass besagter Freund dort erscheinen und uns bei unserem Gespräch überraschen könnte. Ob sein Liebster genauso Bescheid weiß wie meine Angela? »Daniel und ich, wir haben schon oft darüber geredet, dass wir gern ein Kind hätten. Aber so was ist ja für uns noch viel schwieriger als für euch. Deswegen haben wir uns noch nicht so konkret darum gekümmert. Wir dachten auch immer, es ist ja noch genug Zeit. Schließlich ist unsere Beziehung noch jung.«

»Wie lange seid ihr denn zusammen?«

»Ein Jahr.«

Ich finde ein Jahr Beziehung ziemlich kurz. Muss mir allerdings eingestehen, dass zwei Jahre Beziehung – die mich mittlerweile mit Angela verbinden – auch nicht sehr bedeutend viel länger sind. Andererseits: Wenn es stimmt zwischen zwei Menschen, dann ist die Zeit wirklich relativ. Sie bestimmt nicht die Intensität, noch die Tiefe der Liebe. Mit Angela zusammen war mir auch nach einem Monat, ebenso wie einem Jahr, ebenso wie jetzt nach zwei Jahren klar, dass wir zusammengehören.

Armin deutet mein Schweigen falsch.

Er brummt: »Wie gesagt, so ganz detailliert haben wir noch gar nicht darüber gesprochen. Auch nicht, wie viel Kind wir denn eigentlich wollen.«

Ich stutze. »Wie viel Kind? Du meinst, wie viele Kinder?«

»Eher, wie oft unser Kind bei uns sein soll oder kann. Denn zu einem Kind gibt es ja schließlich auch eine Mutter. Ich meine, wenn man jetzt mal von einer Lesbe als Mutter ausgeht, wird es ja bestimmt eine sein, die ein Kind bekommt, weil sie selbst eins will und nicht weil sie es zum Vater abschieben will, oder? Dann ist doch die Frage, wie die leiblichen Eltern sich einigen, wer das Kind wie oft bei sich hat. Ich denke, eine Wochenendlösung käme gar nicht infrage. Schließlich braucht so ein kleiner Mensch ein ordentliches Zuhause. Also liefe es ja eher auf Nachmittage und hin und wieder mal Wochenenden oder Ferien hinaus. Und schon ist man bei einer eher unbefriedigenden Lösung, bei der wir als Väter zwar zahlen, aber nicht viel davon haben …« Armin zuckt die Achseln, wendet den Kopf und starrt ebenfalls aus dem geöffneten Fenster hinab in den Hof.

In mir regt sich leise etwas.

Es ist nicht das Schäbigmännchen, das spüre ich sofort. Es ist etwas, das an Schicksal glaubt und plötzlich den Beginn von etwas wittert.

Es zittert dort in meinem Bauch. Es flüstert mir leise, aber eindringlich zu: ›Sag etwas! Frag etwas!‹

Da ich viel auf Bauchgefühle halte, öffne ich den Mund und heraus kommt: »Vielleicht sollten wir uns mal in Ruhe unterhalten? Ich meine, du, dein Freund und ich. So ganz unverbindlich. Wie fändest du das?«

Armin legt den Kopf schief und sieht mich wieder an.

Einen kurzen, verschreckten Augenblick lang fürchte ich, dass er entschuldigend den Kopf schüttelt. Aber dann werden seine hübschen, großen Augen schmaler und ein

Lächeln breitet sich von ihnen ausgehend auf seinem Gesicht aus.

Ehrlich, seine Nase ist vielleicht sogar hübsch, finde ich plötzlich.

»Okay«, sagt er. »Ich frag ihn später mal. Vielleicht sollten wir schon mal Telefonnummern austauschen?«

Während wir uns auf die Suche nach Zettel und Papier machen, kommt mir in den Sinn, dass wir zwar nicht in einer amerikanischen Serie sind. Aber wir scheinen auf dem besten Wege dorthin.

Viertes Kapitel

Ich werde auf einer Liege einen langen Korridor entlanggeschoben. Die grellen Lichter unter der Decke blenden mich. Aber ich kann mich nicht aufsetzen, weil mein Bauch ballonartig aufgebläht ist.

Der Boden unter den Rollen ist sonderbar weich. Er gibt nach, als führe ich auf Wolken.

Angela geht neben mir und schaut immer wieder voraus. Dann hält sie die Tür am Ende des Flures weit offen, hinter der es hinausgeht aus dieser bedrückenden Enge.

»Gleich hast du es geschafft!«, lächelt sie mir zu. »Ich bin ja schon so gespannt, welche Farbe es sein wird!«

Verwirrt richte ich mich auf. Plötzlich ist mein Bauch wieder so flach, wie ich es gewohnt bin. Doch mit mir zusammen auf der Liege krabbeln fünf oder sechs kleine Hundewelpen. Sie sind einfach zuckersüß mit ihren kleinen Schnäuzchen und den langen Schlappohren. Und noch dazu so ungewöhnlich. Einer ist blau, der andere rot, der nächste grün, einer gelb und lila getupft … ach, ich werde sie alle lieben.

Aber woher kommt dieses unangenehme Geräusch?

Irritiert schlage ich die Augen auf.

Ich liege auf meinem alten Sofa im Wohnzimmer und blicke an die weiß gestrichene Decke, an der ein Kronleuchter aus Kunststoffglas hängt.

Neben mir piepst mein Handy Alarm. Ich greife danach und schalte es aus.

Benommen richte ich mich auf und schüttele sacht den Kopf. Nachmittagsschläfchen sind wirklich gefährlich. Die Träume, die mich dann einholen, sind meistens ziemlich gruselig.

Verflixt noch mal. Ich hätte diese rothaarige Monika wenigstens danach fragen sollen, was sie damit gemeint hat, als sie sagte, dass sie ›bunte‹ Cocker Spaniel züchtet.

So was kommt jetzt dabei heraus.

Benommen werfe ich einen Blick auf die Uhr. Dabei weiß ich genau, dass der Handyalarm für halb sieben eingestellt war.

Damit ich noch Zeit genug habe, mich frisch zu machen und umzuziehen, bevor ich aufbreche.

Bevor ich ins ›Yellow‹, meine Stammkneipe, hinübergehe.

Bevor ich dort Armin und seinen Freund Daniel treffe.

Mein Magen hebt sich kurz und heftig.

Ich weiß, ich hätte Angela davon erzählen sollen. In der Nacht nach der Party war ich auch wirklich ganz nah dran. Neben ihr im Bett liegend, hatte ich ihr von den Kinderstimmen im Hinterhof erzählt und meinen tiefsinnigen Gedanken zum Kreislauf des Lebens. Ich hatte zaghaft davon erzählt, dass ich mich manchmal frage, ob ich es nicht bereuen werde, wenn ich in diesen Reigen nicht mit einsteige. Dass ich vermute, dass ich sie damit wahrscheinlich erschrecke, aber dass ich mir – so für mich selbst – durchaus vorstellen kann, ein Kind zu haben, es großzuziehen und somit für ein ganz besonderes Individuum Mutter zu sein.

An dieser Stelle hatte ich ängstlich innegehalten.

Ich hatte eine abwehrende Antwort erwartet, ein verlegenes Räuspern, eine Nachfrage oder ein hysterisches Lachen.

Aber alles, was ich hörte, waren Angelas gleichmäßige Atemzüge.

Sie war eingeschlafen.

Und am nächsten Morgen hatte mich natürlich wieder der Mut verlassen.

Als sie sich nur noch vage an meine kleine Rede in der Nacht erinnerte und wissen wollte, worauf ich damit denn hinausgewollt hätte, wiegelte ich ab.

Schließlich war ja gar nicht sicher, dass Armin sich bei mir melden würde.

Womöglich würde sein gut aussehender Freund ihm einen Vogel und sich selbst nicht geneigt zeigen, sein Sperma für solch ein Unternehmen zur Verfügung zu stellen.

Doch tatsächlich rief Armin mich zwei Tage später an und schlug diesen Abend für ein Treffen vor.

Ich habe es wirklich lange ausgehalten. Aber heute Mittag platzte es plötzlich aus mir heraus, und ich habe Frauke davon erzählt.

Die schaute mich nur sehr ernst und sehr angespannt an.

»Sei froh, dass Angela nicht so ein detektivisches Gespür hat wie ich«, war ihr Kommentar. »Ich hätte schon längst gemerkt, dass hier etwas läuft, was ich nicht mitkriegen soll. Und eins kann ich dir sagen: Wenn sie es mitkriegt, dann geht der Schuss nach hinten los. Und zwar mächtig!«

Frauke kennt Angela so lange wie ich und hatte mehr als einmal die Gelegenheit, ihre Temperamentsausbrüche zu bewundern, die hin und wieder die scheinbar gelassene Oberfläche durchbrechen wie ein Lavastoß einen Vulkankrater.

Ehrlich gesagt möchte ich auch nicht wissen, was geschehen würde, wüsste Angela, dass ich hier konspirative Treffen mit potenziellen Vätern unserer nicht geplanten Kinder abhalte.

Entsprechend nervös mache ich mich um sieben auf den Weg.

Es ist nicht weit von meiner Wohnung entfernt.

Das ›Yellow‹ ist die einzige akzeptable Kneipe für Lesben und Schwule im näheren Umkreis. Dieser Treffpunkt war Armins Vorschlag.

Und als ich jetzt auf die vertraute Eingangstür zusteuere, bin ich mir nicht so sicher, ob das eine gute Idee war, sich ausgerechnet hier über so ein pikantes Thema zu unterhalten.

Die Wahrscheinlichkeit, an einem Abend eine oder gleich mehrere bekannte Gestalten zu treffen, ist immens groß.

Doch als ich jetzt hineingehe und vorsichtig das Gelände sondiere, stelle ich erleichtert fest, dass keine vertrauten Gesichter zu sehen sind.

Weil noch nicht viel los ist, wähle ich einen Tisch in einer der Nischen.

Hier sitze ich besonders gern. Nicht nur, weil man hier wirklich ungestört reden kann, sondern auch, weil ich zur Zeit unseres Kennenlernens eines Abends Angela hier getroffen und einen schönen Abend mit ihr verbracht habe.

Versonnen lächele ich vor mich hin.

Wie aufgeregt sie damals gewesen war.

Hatte einen Wein nach dem anderen in sich hineingeschüttet und kokett die eine und andere Frage zum lesbischen Leben, inklusive der Sexualität, gestellt.

Hier habe ich ihr das Du angeboten. Und hier haben sich zur Besiegelung dessen unsere Lippen zum ersten Mal berührt – auch wenn sich ihre dabei anfühlten, als stelle sie sich vor, eine Scheibe Toastbrot zu küssen.

Es war – trotz aller Unsicherheiten und meiner Verwirrung, zwischen Tochter und Mutter geraten zu sein – doch eine wunderbare Zeit. So spannend. So bezaubernd.

In Erinnerung daran muss ich einfach tief seufzen.

Gerade noch rechtzeitig.

Denn meine romantischen Gedanken werden brüsk unterbrochen, als direkt vor meinem Nischenplatz Armin auftaucht.

Hinter ihm erscheint sein wirklich fantastisch aussehender Freund.

Und hinter dem … ich glaube, mir fallen gleich die Augen raus, steht Emma.

Die schöne Emma.

»Oh, hallo!«, rufe ich, mindestens drei Nummern zu laut. Beim abrupten Aufstehen stoße ich an die Tischkante, und meine Apfelschorle gerät bedrohlich ins Schwanken.

»Hallo auch!«, erwidert Armin, mindestens ebenso laut.

Er versteht es, sogar mit erhobener Stimme das typisch schwule Näseln einzubauen.

Ein paar Sekunden ist es peinlich still zwischen uns vieren.

Emma steht immer noch hinter Armin und fixiert mich düster.

Ich lächele sie kurzerhand an.

Armin dreht sich um und schiebt seine Freundin ein Stückchen weiter.

»Geh schon, Emma. Lass Hannelore nicht warten.«

Vom anderen Ende des großen Raumes winkt eine ältere Dame mit einem bunten Seidenschal herüber.

Emma zögert noch kurz, doch dann verabschiedet sie sich mit einem kurzen Nicken und geht ... nein, es ist wohl eher ein Tänzeln, sie tänzelt also zu ihrer Freundin hinüber, die sie gleich umarmt und zu sich auf die Bank in der Ecke zieht.

Armin grinst verlegen.

»Emma kann es nicht lassen, die besorgte große Schwester zu mimen«, erklärt er mir.

»Wieso besorgt? Was denkt sie denn, was ich euch antun kann?«, frage ich verblüfft.

»Alimente«, sagt Daniel. Es ist das erste Wort, das er sagt. Und zwar mit einer mächtig tiefen Stimme, die angenehm brummt. Dann streckt er mir die Hand entgegen. »Ich bin übrigens Daniel.«

Als ich seine warme Hand spüre, jagt so etwas wie ein elektrischer Schauer durch meinen Körper.

Ich stutze. So etwas habe ich bei einem Mann noch nie gehabt. Kann es sein, dass meine Eierstöcke fühlen, dass hier der Vater unseres gemeinsamen Kindes vor mir steht?

»Setzt euch doch endlich«, grinse ich und lasse mich selbst wieder nieder.

Die beiden folgen meinem Beispiel.

Als die Bedienung kommt, bestellen die beiden Cola.

Dann sitzen wir da und sehen uns etwas betreten an.

»Das war ne coole Party bei Frederike, nicht?«, frage ich schließlich, weil mir nichts anderes einfällt.

Armin und Daniel nicken sofort betont begeistert.

»Sie kennt wirklich eine Menge interessanter Leute«, meint Daniel.

»Ihre Wohnung gefällt mir«, setzt Armin rasch hinzu. »Sie hat Stil. Und ist trotzdem sehr individuell eingerichtet.

»Oh ja, sie hat auf alle Fälle einen klasse Geschmack!«

Eine Weile halten Frederikes Wohnung, ihre Gäste und die Party unser Gespräch über Wasser.

Wir nippen an unseren Getränken, während unsere Hände mit den Bierdeckeln spielen und unsere Gedanken wahrscheinlich Purzelbäume schlagen.

Irgendwie scheint niemand so recht den Anfang machen zu wollen.

Währenddessen erfahre ich, dass Armin einen älteren Bruder hat und Daniel Einzelkind ist, dass die beiden sich witzigerweise bei einer Wohnungsbesichtigung kennengelernt haben und beide auf Opern abfahren. Ich erzähle ihnen, dass ich ein naturverbundener Mensch bin, mich gern draußen aufhalte und alle heimischen Bäume und Sträucher mit Namen kenne.

Ob diese Dinge uns irgendwie dafür qualifizieren, gute Eltern zu sein, ist fraglich. Aber sie tragen dazu bei, dass wir alle drei langsam, aber sicher lockerer werden.

Nach etwa einer Stunde ist das ›Yellow‹ bereits gut gefüllt. Immer mal wieder lugt jemand zu uns in die Nische, um zu schauen, ob bei uns noch ein Plätzchen zu haben ist.

Ich denke, langsam sollten wir mal auf den eigentlichen Grund unseres Treffens kommen.

Daher setze ich mich zurecht und atme tief ein und wieder aus.

»Okay«, sage ich dann. »Auch wenn es uns allen seltsam erscheint. Aber ich denke, irgendwann werden wir ja doch konkret darüber reden müssen. Sollen wir mal anfangen? Wo fangen wir an?«

Daniel greift sofort zur Getränkekarte und blättert hektisch darin.

»Dazu brauche ich unbedingt etwas Alkoholisches«, murmelt er mit zusammengezogenen Brauen, den Blick in die Karte gesenkt.

Armin räuspert sich und schielt zu mir rüber.

»Aber nicht, dass du denkst, dass wir Säufer sind«, lächelt er, bewusst charmant.

»Unsinn!«, winke ich ab. »Ich hatte selbst gerade überlegt, ob ich mir einen dieser höllischen Cocktails gönne. Solange ich noch darf …«, füge ich süffisant grinsend hinzu.

Die beiden Männer an meinem Tisch sehen mich an und kichern dann.

Plötzlich komme ich mir vor wie bei einer Verschwörung.

»Lasst uns alle einen Orgasmus nehmen«, schlägt Daniel mit gesenkter Stimme vor. »Ich finde, das wäre ein gutes Zeichen.«

»Und ein guter Start für unser Gespräch«, fügt Armin hinzu.

Ich winke die Bedienung heran und bestelle für uns die süßen Cocktailkreationen.

»Das hätten wir schon mal geschafft. Das war einfach«, grinse ich etwas verloren. »Und jetzt?«

Armin hebt den einen Zeigefinger und fummelt mit der anderen Hand in seiner Hosentasche herum. Von dort fördert er einen Zettel zutage, auf dem in gerader, sauberer Handschrift eine kleine Liste von nummerierten Fragen zu sehen ist.

›Alle Achtung! Auf so eine Idee hätte ich ja auch kommen können‹, denkt sich die Fernsehjournalistin da.

»Wir haben mal ein Brainstorming gemacht und dann die Fragen nach Wichtigkeit aufgelistet. Als Allererstes steht da …« Armin bricht ab und sieht Daniel Hilfe suchend an.

»Na ja«, brummt der, offenbar bemüht, seine Verlegenheit zu überspielen. »Das ist gleich eine ziemlich private Frage. Wir hoffen, es ist okay für dich. Aber besonders Armin war es wichtig, das gleich zu klären: Wie habt ihr, deine Freundin und du, euch denn den Vorgang an sich so gedacht?«

Soll ich ihnen sagen, dass meine Freundin gerade bei einer Theaterprobe ihrer Laienspielgruppe weilt und auswendig gelernten Text aufsagt, ohne auch nur im Entferntesten einen einzigen Gedanken an Vorgänge dieser Art zu verschwenden?

Ich beschließe, dass ich ja nicht gleich mit der Tür ins Haus fallen muss.

Daher sage ich vage: »Also, darüber haben wir uns eigentlich noch gar keine rechten Gedanken gemacht. Ich meine, es gibt da ja nicht so unendlich viele Möglichkeiten …«

Armin beugt sich vor. »Aber wir sind uns doch hoffentlich einig, dass … ehm … kein Sex im Spiel sein wird. Ich meine, kein Sex zwischen einem von uns und einer von euch.«

»Natürlich!«, beeile ich mich rasch zu sagen. »Natürlich, kein Sex!«

Die beiden schauen sich gegenseitig an. Mir scheint, sie sind erleichtert. Ich selbst sitze wie vom Donner gerührt. An Sex hatte ich ehrlich gesagt nicht die Bohne gedacht.

Ich versuche, auf den Zettel zu spicken, den Armin zwischen seinen gepflegten Fingern hält. Woran habe ich denn wohl noch alles gar nicht gedacht?

»Dann wäre natürlich zu klären, ob wir die Vaterschaft anerkennen sollen oder nicht«, führt Daniel den nächsten Punkt an.

Was das angeht, weiß ich wenigstens Bescheid!

»Das ist ein wichtiger Punkt! Wenn nicht vielleicht der wichtigste überhaupt!«, sage ich. »Die Anerkennung der Vaterschaft würde bedeuten, dass ihr für das Kind zahlen müsstet. Es würde außerdem bedeuten, dass ihr ein Mitspracherecht einklagen könntet. Das heißt, Entscheidungen zu Erziehung, Kindergarten, Schule oder Ferienlager wären nicht Angelas und meine Sache, sondern müssten eventuell zu viert abgesprochen werden.«

»Das wäre ja fast so kompliziert wie bei einer Eigentumswohnung«, ergänzt Armin meine Ausführungen.

Ich finde, der Vergleich hinkt ein bisschen.

»Was wäre denn die Alternative?«, fragt Daniel.

»Dass wir den Vater als unbekannt angeben und damit also neben den beiden Müttern auch der Staat für das Kind aufkommen muss.«

Die beiden Männer sehen sich an.

»Ist das nicht illegal?«, will Armin wissen.

Ich zucke die Achseln.

Daniel schmunzelt. »Vielleicht läuft es unter einer Art ›Schwarzarbeit‹?«

Wir grinsen uns verschwörerisch an.

Er gefällt mir. Armin gefällt mir auch. Die beiden machen auf mich plötzlich den Eindruck zweier aufgeregter Jungs, die in ein Auf-der-Suche-nach-dem-verlorenen-Schatz-Abenteuer geraten sind.

»Habt ihr euch dazu schon etwas gedacht?«, will Armin wissen.

Ich überlege kurz. »Also, Angela und ich …« Den Kloß in meinem Hals muss ich mal schnell wegräuspern. »Wir hätten es eigentlich am liebsten, wenn wir das Sorgerecht für uns hätten. Es soll unser Kind sein, mit dem wir eine Familie sind, wisst ihr.«

Die beiden sehen mich interessiert und nicht abgeneigt an. Das gibt mit Mut. »Das Kind soll ja auch nicht das Gefühl bekommen, dass von vier Seiten an ihm herumgezerrt wird. Je mehr Leute Mitspracherecht haben, desto komplizierter wird es. Was diese Regelung auch einschließen würde, wäre natürlich die finanzielle Belastung. Die läge dann auch bei uns. Das heißt …« Ich kann nichts dagegen tun, aber mein Blick huscht kurz durch den vollen Laden hinüber zu dem Tisch, an dem Emma sich mit ihrer älteren Freundin angeregt unterhält. »Wegen der Unterhaltsforderungen müsst ihr euch keine Gedanken machen. Kein Mitspracherecht, keine Knete. So wäre es wohl am fairsten für alle Beteiligten. Oder was meint ihr?«

In diesem Moment schwebt unsere Bestellung in den Händen der schwulen Bedienung heran. Drei gewaltige Cocktailgläser, mit Strohhalm und Miniatursonnenschirmchen, die in der verlockenden Sahnehaube stecken.

Wir nehmen sie entgegen und prosten uns zu.

Das Getränk ist süß und verleitet ein bisschen dazu, es in einem Zug auszutrinken.

»Lecker«, schlürfe ich.

»Was habt ihr euch denn vorgestellt, wie oft das Kind dann so bei uns sein könnte?«, fragt Daniel an seinem Strohhalm vorbei.

Ich mustere sie über den Rand meines Glases hinweg.

»Wir wäre es mit ›hin und wieder‹?«, antworte ich schließlich.

»Klingt besser als alle zwei Wochen zum Wochenende«, gesteht Armin. »Ich bin ein Scheidungskind, musst du wissen. Mit solchen Regeln habe ich so meine Probleme.«

»Ich finde es einfach wichtig, dass unser Kind männliche Bezugspersonen hat. Denn … egal, wie gern wir es vielleicht anders hätten: Es gibt einen Unterschied zwischen Männern und Frauen«, gebe ich zu bedenken.

»Allerdings«, stimmt Armin mir heftig nickend zu.

Daniel sieht nachdenklich aus. »Aber was wäre denn eigentlich, wenn euch etwas passiert? Ich meine … so was kann ja vorkommen. Ein Autounfall zum Beispiel. Gibt es da eine Möglichkeit, die Sorgerechtsfolge zu regeln?«

Ratlose Gesichter über dem Tisch.

»Vielleicht durch einen Vertrag, der von einem Notar beglaubigt wird?«, schlage ich vor.

Die beiden sehen sich an.

Armin lächelt seinen Freund an, dass mir geradezu das Herz aufgeht. Mir kommt plötzlich der Verdacht, dass es wahre Liebe auch unter Männern geben kann.

»Ich denke, wir werden uns bestimmt einig werden«, meint Daniel da und nickt Armin zu.

Wie ich die beiden so anschaue, während sie in den Augen des anderen zu versinken scheinen, kommt mir unser Zusammentreffen plötzlich so normal vor wie eine Verabredung zum Kartenspielen.

Ich verstehe nicht mal mehr, wieso wir anfangs solche Scheu hatten, endlich zum Thema zu kommen. Im Grunde ist es doch die natürlichste Sache der Welt. Ich will Mutter werden. Sie wollen Väter werden.

Natürlich können wir zusammen ein Kind haben.

Natürlich werde ich meinen großen Traum erfüllen können.

Natürlich wird es unser Kind mit solchen Eltern einfach wunderbar haben.

Alles scheint doch einfach und klar. Zumindest die sachliche Ebene wirft erst einmal keine Probleme auf.

Kann das denn so einfach sein?

»Es gibt da noch was, was wir uns auch gegenseitig erzählen sollten«, sage ich da und drehe mein Miniatursonnenschirmchen zwischen den Fingern hin und her.

Armin und Daniel wenden sich mir wieder zu.

»Warum wollt ihr eigentlich ein Kind?«, frage ich sie schließlich.

Armin sieht mich eine ganze Weile lang ernst an. Daniel senkt den Blick auf den Tisch.

Aha. Wahrscheinlich gelangen wir jetzt an den Kern. Das müssen wir.

Denn ohne die Antwort auf diese Frage, können wir doch im Grunde keine Entscheidung fällen.

»Ich meine, ihr müsst doch einen Grund haben, wieso ihr bereit seid, so ein Wagnis einzugehen. Natürlich. Wenn es so laufen würde, wie gerade besprochen, dann hättet ihr viel Freude, wenig Verpflichtung. Aber was, wenn tatsächlich Angela und mir etwas geschehen sollte … dann hättet ihr ein Kind am Bein. Seid ihr euch darüber im Klaren? Wenn ich nämlich eins genau weiß, dann ist es das: Kinder bleiben einem ein Leben lang.«

Zunächst ist es eine Weile still am Tisch.

Dann murmelt Armin: »Wir würden es schon irgendwie einrichten.« Er ist so versunken in seine Gedankenwelt, dass er vergisst, seiner Stimme den schwulen Touch zu verleihen. »Nicht, Daniel?«

»Ja. Ja, sicher«, antwortet dieser. Aber ich wette, er hat gerade an etwas anderes gedacht. Daran, was er auf meine Frage antworten könnte. Was er antworten möchte.

Im Grunde ist es eine sehr persönliche Frage. Eine der privatesten, die wir stellen können, wo wir uns doch noch kaum kennen.

»Ich würde ihr gerne vorlesen«, höre ich mich da selbst sagen.

Die beiden Männer schauen mich an.

»Abends am Bett, wisst ihr? Ich habe noch alle meine Kinderbücher. Schöne Geschichten, von Prinzessinnen und Piratinnen, Löwen, Kröten und vor allem von Freundschaften. Ja, Geschichten von ungewöhnlichen Freundschaften, die allen Hindernissen zum Trotz bestehen bleiben, das ist das Größte, finde ich. Ich stelle mir vor, an ihrem Bett zu sitzen und so lange zu lesen, bis wir beide, sie und ich, so eintauchen, dass es ist, als lebe man in der Geschichte. Und zwar so lange, bis sie eingeschlafen ist.« Meine Stimme ist leiser und leiser geworden. Aber die beiden haben mich noch verstehen können. Das sehe ich.

In Armins Augen glitzert es verdächtig.

Seine Mundwinkel sind sanft nach oben gezogen zu einem faszinierenden Lächeln, das Menschen nur selten zeigen. Etwa, wenn sie einen acht Wochen alten Hundewelpen auf dem Arm haben.

Daniel knabbert an seiner Unterlippe und wirkt plötzlich wie ein zehnjähriger Junge, der nach seinem heißesten Wunsch zum Geburtstag gefragt worden ist.

»Fußballspielen!«, sagt er inbrünstig.

Auf meiner Stirn entsteht eine Falte.

»Ich spiele eben gern Fußball. Und der Hammer wäre …« Er hält kurz inne und lacht dann leise. »So ein Vater-Sohn-Fußballturnier, wisst ihr. Wo zwei Mannschaften gegeneinander antreten. Vielleicht zu einem Schulfest oder so. So was habe ich mir als Kind immer gewünscht.

Aber mein Vater war eine echte Sportniete. Guck nicht so, Armin, es reicht doch, wenn einer von uns auf dem Gebiet richtig was draufhat. Du könntest ja am Spielfeldrand stehen und uns anfeuern …«

»Klar! Mit all den anderen Müttern«, wirft Armin mit schmalen Lippen ein.

Daniel grinst. »Und ich würde mit ihm über den Platz rennen, ihm zurufen, einen Pass von ihm annehmen und vielleicht würden wir auch gemeinsam ein Tor schießen.« Mit der Hand macht er eine Bewegung, als wolle er am liebsten auf der Stelle eine Runde Tischfußball praktizieren. »Das fände ich cool!«

Ich räuspere mich.

»Ginge auch ein Vater-Tochter-Fußballturnier?«, hake ich nach.

Daniel stutzt. Doch dann lacht er. »Hauptsache sie kann spielen!«

Nun sehen wir beide Armin an.

Der nuckelt nachdenklich an seinem Strohhalm.

»Ich habe keine bestimmte Situation im Kopf, so wie ihr. Aber ich stelle es mir grandios vor, wenn da ein kleiner Mensch ist, der ein Teil von mir ist. Der mir ähnlich sieht oder auf eine bestimmte Art und Weise läuft oder spricht oder bei dem ich erkenne, dass er lacht wie ich oder die Nase krauszieht …« Armin fasst sich an die Nase und sieht plötzlich auf niedliche Weise erschrocken aus. »Ich hoffe nur, das Kind bekommt nicht meine Nase.«

»Wenn es ein Mädchen wird und sie dann noch eine Stimme wie Barbra Streisand hätte, könnte sie Weltruhm erlangen«, tröstet Daniel ihn.

Ich schlürfe meinen Cocktail aus. Am Boden des Glases ist er besonders süß.

Eine Weile sagt niemand mehr etwas. Ich denke, das was gesagt worden ist, reicht wohl aus. Es fühlt sich an wie eine Entscheidung. Wie eine stille Übereinkunft.

Wir drei wechseln Blicke wie sie zwischen Menschen, die sich eigentlich fremd sind, normalerweise nicht vorkommen.

Blicke, die sagen, dass wir nach einer so kurzen Zeit schon eine Menge über einander wissen.

Dinge, die wir sonst von beinahe Unbekannten niemals erfahren würden. Nämlich, was der größte Wunsch in ihrem Leben ist. Und was sie mit seiner Erfüllung verbinden.

Gerade will ich so richtig in die Harmonie des Augenblicks eintauchen, als Daniel sich erkundigt: »Sag mal, wieso ist Angela eigentlich nicht mit hier? War sie nicht neugierig, uns kennen zu lernen?«

Ich starre ihn an.

Daran, dass diese Frage auftreten könnte, habe ich wirklich nicht gedacht.

Was soll ich jetzt sagen?

Wenn ich Zeitmangel, ihre Probe zum Beispiel, vorschiebe, liegt doch die nächste Frage auf der Hand: Wieso haben wir dann nicht einen anderen Termin gesucht?

Schließlich ist so ein Gespräch wie dieses hier immens wichtig.

Wir haben uns kennengelernt. Wir haben Fragen geklärt. In einem solchen Gespräch werden womöglich Entscheidungen gefällt.

Im Grunde ist es irrwitzig, dass Angela nicht mit uns hier am Tisch sitzt.

»Michelin, hi«, ertönt da hinter mir eine Stimme.

Ich weiß sofort, wer es ist.

Noch bevor ich mich umdrehe.

Es ist der Mensch, den ich jetzt am wenigstens von allen Menschen, die ich kenne, sehen möchte.

»Hi, Lena«, antworte ich lächelnd und klopfe kumpelhaft auf ihre Hand, die sie sanft auf meine Schulter gelegt hat. Sie zieht die Finger zurück.

»Wie geht's dir?«, fragt sie und mustert meine Begleitung, während sie die beiden anstrahlt.

»Oh … prima. Und dir?«

Sie verdreht die Augen. »Ach, du weißt ja … die Liebe! Ich werde es wohl nie in den Griff bekommen.« Dazu setzt sie ihren Schmollmund auf.

»Das kommt doch bestimmt ganz darauf an, mit wem du dich so einlässt«, schmunzele ich.

»Ach, na ja, ich glaube, die, die mir wirklich gut tun würden, sind schon alle vergeben«, erwidert Lena und versucht einen tiefen Blick.

Ich lache aber nur.

»Dann wirst du dein Glück wohl bei der zweiten Wahl suchen müssen.«

Lena schnalzt mit der Zunge. »Du glaubst doch wohl nicht, dass ich zweite Wahl anrühre. Die Frage ist nur, ob ich durch gewisse Personen nicht vielleicht noch ein bisschen unzähmbarer werde, als ich sowieso schon bin.« Dazu seufzt sie, als erörtere sie gerade ein nationales Sicherheitsproblem.

»Ich werde allen Bescheid sagen, für die es gefährlich werden könnte«, schlage ich freundlich vor.

Darauf lächelt sie nur und hebt die Hand zum Gruß.

»Grüß Angela«, zwinkert sie mir zu, nickt Daniel und Armin mit schief gelegtem Kopf einmal zu und ist verschwunden.

»Uih! Wer war denn das?«, grinst Daniel und sieht Lena noch hinterher, wie sie durch den Raum davonstolziert.

Ich weiß, was er in ihr sieht. Nämlich wahrscheinlich genau das, was ich erblickt habe, als sie zum ersten Mal meinen Weg kreuzte: Glutaugen, die vor Neugierde auf das Leben nur so leuchten. Eine charmant zur Schau getragene Scheu, die an ein Reh, und ein geschmeidiger Gang, der an eine Großkatze erinnert. Ihre stolze Haltung in Kombination mit ihrer Jugend verbinden sich zu einer unwiderstehlichen Mischung. Der auch ich erlegen war – bis ich … ja, bis ich dann Angela begegnete.

Ich tue einen tiefen Seufzer.

»Das«, sage ich dann mit Grabesstimme, »war Angelas Tochter. Und der Grund, weswegen Angela heute Abend nicht mit uns hier sitzt.«

Fünftes Kapitel

Armin und Daniel hatten vollstes Verständnis.

Offenbar, so hatte Daniel gemeint, seien sie nicht die Einzigen, die sich jetzt so einiges durch den Kopf gehen lassen müssten. Schließlich müsse auch ich noch eine gewaltige Hürde nehmen, bevor aus unserem gemeinsamen Vorhaben überhaupt etwas werden könne.

Wenn Angela wüsste, dass sie als ›gewaltige Hürde‹ bezeichnet wird, würde sie mir mit der linken Hand den Hals rumdrehen, während sie mit der rechten Daniel eine Ohrfeige verabreichen würde. Das werde ich ihr also auf keinen Fall erzählen.

Daniel, Armin und ich haben verabredet, dass wir uns erst mal eine Woche Zeit lassen, um alles sacken zu lassen und in Ruhe nachdenken zu können, ob wir uns dieses abenteuerliche Projekt tatsächlich miteinander vorstellen können.

Meine Aufgabe in diesen sieben Tagen sollte auch sein, Angela überhaupt erst mal mitzuteilen, dass ihre Lebensgefährtin derzeit solche Überlegungen anstellt.

Ich beschließe, erst einmal an Frauke zu üben.

Die verdreht die Augen, als ich ihr mit nicht zu verheimlichender Euphorie erzähle, wie das besagte Gespräch im ›Yellow‹ verlaufen ist.

»Du musst Angela erzählen, dass du kurz davor bist,

schwanger zu werden, und sie bisher leider davon keinen blanken Schimmer hat«, sagt meine gute Freundin eindringlich. »Wenn sie es selbst irgendwie rausbekommt, wirst du dafür büßen, dass du so ein Feigling bist, Michelin!«

Ihre Weissagung trifft genau den Punkt.

Ich bin mir nicht sicher, ob Angela nicht schon jetzt super sauer sein wird, wenn ich sie von meinen doch recht eigenständigen Unternehmungen unterrichte.

Aber Frauke hat natürlich recht: Ich muss es ihr sagen.

Kontakt zu Jackie oder Ellen meide ich in den nächsten Tagen völlig. Wahrscheinlich würde mir doch etwas rausrutschen, und ich kenn doch meine Freundinnen.

Besonders Jackie ist ja bei brandheißen Geheimnissen manchmal durchlässig wie ein Küchensieb. Nicht, weil sie bösartig wäre, sondern weil sie einfach ihren vorlauten Mund nicht unter Kontrolle hat.

Am ersten Abend ist Angela furchtbar schlecht gelaunt, weil auf der Theaterprobe alles schief gelaufen ist.

Am zweiten Abend hat sie Bauchschmerzen aufgrund ihrer Menstruation und klagt, dass nicht mal dazu die Schwangerschaft mit Lena gut gewesen sei. Denn alle Voraussagen, dass ihre heftigen Beschwerden nach dem Kind verschwunden sein würden, traten nicht ansatzweise ein.

Am dritten Abend sehen wir uns nicht, weil sie mit ihrer Freundin Jana ins Kino geht.

Am späten Nachmittag vor dem vierten Abend spülen Frauke und ich in der Küche gerade unser Bürogeschirr ab, als das Telefon klingelt.

Frauke wirft das Trockentuch auf den Tisch.

»Ist bestimmt dieser Fitnesstrainer wegen des neuen Kults aus Dänemark!« Damit eilt sie in unseren Büroraum hinüber.

Ich höre, wie sie sich mit »Die Kanalhaie, guten Tag?!« meldet.

Nach einer kurzen Pause sagt sie: »Hallo Armin! Ja, Michelin ist zu sprechen. Ich reiche sie dir grade mal rüber.«

Mit großen Schritten kommt sie über den Flur.

Ich bin ihr schon entgegengegangen und übernehme den Hörer.

»Hallo?«

»Ja, hallo Michelin. Armin hier«, meldet sich die inzwischen schon vertraute näselnde Stimme.

»Hi Armin!«, begrüße ich ihn erfreut und nicke Frauke zu, die gespannt wie ein Regenschirm auf ein Zeichen wartet, ob sie bleiben und mithören darf. »Könnt ihr es nicht bis zum Ende der Woche aushalten? Oder gibt's noch ne Frage?«

Das kurze Schweigen am anderen Ende der Leitung wischt mir das Lächeln aus dem Gesicht.

Der Hörer fällt mir fast vor Schreck aus der Hand.

Ich sehe auf den Kalender, der an der Wand hängt. Aber ich habe mich nicht geirrt. Die Woche ist noch nicht rum! Es sind erst drei Tage vergangen seit unserem Treffen.

»Armin?«, sage ich stockend. »Hast du … hast du noch eine Frage oder so was?«

Er räuspert sich kräftig.

Frauke starrt mir ins Gesicht. Offenbar kann sie darin einiges lesen, denn ihre Miene drückt Besorgnis aus.

»Nein, keine Frage«, erwidert Armin schließlich. »Um ehrlich zu sein. Also, ich ... wir ... ich denke, es ist bereits entschieden.«

Mein Herz klopft mir bis zum Hals. Ich wette, Frauke kann es von außen dort pochen sehen.

»Oh, na, das ging ja schnell«, stammele ich.

Armin lacht nervös. Dann senkt er die Stimme. »Daniel und ich haben uns die letzten Tage fast ununterbrochen gestritten.«

Ich behalte für mich, dass ich das für eine schlechte Voraussetzung für zwei werdende Väter halte.

»Und was ist dabei herausgekommen?«, frage ich.

»Wir können es nicht machen«, presst Armin heraus.

Mein Herz, das gerade noch so aufgeregt den Angriffsrhythmus des blanken Überlebens im Dschungel trommelte, steht plötzlich still.

»Michelin?«, flüstert Frauke von gegenüber und sieht mich mit großen Augen fragend an. Ich deute ihre Zeichen, als ein Angebot zur ersten Hilfe. Vielleicht mache ich grad den Eindruck, als bräuchte ich eine Mund-zu-Mund-Beatmung. Hektisch schüttele ich den Kopf.

»Michelin?«, sagt dann auch Armin. »Das ist jetzt wahrscheinlich ein ganz schöner Schock für dich, oder?«

Natürlich. Ich sollte doch jetzt geschockt sein. Soeben entgleitet mir die Erfüllung eines Herzenswunsches, der ich mich schon so nah gewähnt hatte.

Ich nehme an, ich bin so geschockt, dass ich nicht einmal merke, dass ich geschockt bin.

»Und wie«, sage ich vorsichtshalber. »Hat es ...« Ich muss kurz innehalten. Spüre, wie mir das Begreifen des gerade Ausgesprochenen die Luft zum Atmen nimmt. »Hat es irgendwas mit mir zu tun?«

»Aber nein!«, sagt Armin. »Nein, wirklich nicht! Wir finden dich beide sehr nett. Nicht nur nett. Ich meine … wenn wir uns so etwas überhaupt vorstellen könnten, dann wärst du bestimmt unsere Traumkandidatin. Du wärst ganz sicher die ideale Mutter, ehrlich … ach, Mensch, es tut mir wirklich unglaublich leid. Aber nachdem wir uns vor dem ›Yellow‹ getrennt haben, haben wir natürlich über nichts anderes geredet. Wir waren uns so einig in allem. Darin, dass ihr das Sorgerecht haben sollt. Darin, wie oft wir das Kind bei uns haben wollen. Sogar dass wir euch auch gern finanziell ein bisschen unterstützen wollen. Was wir uns so ausmalen und wünschen und hoffen und … alles schien so perfekt. Doch dann stellte sich plötzlich raus, dass wir über einen Punkt noch gar nicht gesprochen hatten: Wer von uns beiden der Vater sein sollte?«

Ich lausche seinen Worten nach.

Von irgendwo, aus einem der Winkel meines beinahe gelähmten Hirns, kommt ein Argument geflogen.

»Das ist doch gleich«, sage ich rasch, fast bittend. »Dadurch, dass es keine eingetragene Vaterschaft gibt, ist es vollkommen egal, wer von euch der leibliche Vater wäre. Genau wie Angela und ich für unser Kind Eltern wären …«

»Da gibt es aber doch einen Unterschied!«, unterbricht mich Armin.

Ich kann ihm nicht mal widersprechen. Es gibt natürlich einen Unterschied.

Diejenige, die das Kind austrägt und bekommt, hat

vielleicht eine etwas innigere Bindung zum Kind. Möglicherweise. Das ist vielleicht ganz automatisch so.

Ich hatte nur nicht darüber nachgedacht, ob ein Mann zu einem Kind ein innigeres Verhältnis haben könnte, nur weil er weiß, dass es sein Sperma war, das das Kind gezeugt hat.

Frauke, mir gegenüber, macht verzweifelte Zeichen, dass ich den Lautsprecher am Hörer anschalten soll. Ich winke ab.

»Für uns ist es nicht egal, wer der Vater ist. Das stellte sich jedenfalls heraus, als wir uns detailliert darüber unterhielten«, erklärt Armin mir. »Es stellte sich raus, dass wir beide damit gerechnet hatten, derjenige welcher zu sein.«

»Oh«, mache ich. Mehr fällt mir dazu nicht ein.

»Genau. Ich dachte ja zuerst noch, dass ich Daniel würde überzeugen können. Immerhin war ich derjenige, der das Ganze angestoßen hat. Und ich bin auch derjenige, der sich schon sehr viel länger mit diesem Wunsch trägt. Aber Daniel ist steinhart, was die Diskussion darum angeht. Er meint, er sei sportlicher und gesünder als ich.«

Ich schweige.

»Und er hat die schönere Nase. Aber das sage ich dir jetzt wirklich nur ganz inoffiziell.«

»Oh nein!«, stöhne ich auf. »Sag bloß, es hat was damit zu tun, dass Daniel glaubt, sportliche Leistungen seien erblich bedingt, oder dass du befürchtest, dein Lächeln könnte auf dem Gesicht des Kindes fehlen?«

»Na ja …«, macht Armin verlegen. »Also, ehrlich gesagt … ja, ich fürchte, das ist so. In etwa jedenfalls.«

Was soll ich dazu noch sagen.

»Ich kann verstehen, wenn du jetzt sauer bist«, fügt er hinzu, als ich nicht antworte. Ich weiß einfach nicht, was ich sagen soll. »Das hätten wir uns schließlich auch vorher überlegen können, denkst du wahrscheinlich. Du wirst es kaum glauben: Aber wir haben vorher gar nicht daran gedacht, diesen Punkt zu besprechen. Für Daniel war klar, dass er der Vater sein würde. Und für mich war klar, dass ich es sein würde. Ich glaube, bei Daniel hat es erst angefangen zu rattern, als er mich sagen hörte, dass ich befürchte, das Kind bekäme meine Nase …«

Ich schlucke und lehne mich gegen die Wand.

»Sauer bin ich gar nicht, Armin«, versuche ich möglichst gelassen zu sagen. Es misslingt mir ziemlich. Meine Stimme klingt wie eine rostige Gießkanne. »Ich bin nur einfach geschockt. Ehrlich gesagt hatte ich gar nicht damit gerechnet, dass ihr euch dagegen entscheiden könntet. Ich habe diese Möglichkeit überhaupt nicht in Erwägung gezogen. Deswegen bin ich jetzt einfach ein bisschen von den Socken.«

Armin atmet tief ein und wieder aus.

»Aber mach dir keine Sorgen!«, fahre ich rasch fort. »Ich bin wirklich nicht sauer. Du kannst es ja nicht ändern. Manche Dinge sollen vielleicht einfach nicht sein.«

Aber dass diese Sache dazugehören sollte, das hätte ich nie im Leben vermutet.

Ich kann hören, wie Armin einen kleinen ratlosen Ton von sich gibt.

»Ja. Das stimmt. Wahrscheinlich ist das so«, antwortet er dann leise.

Er klingt traurig. Als könne er selbst noch gar nicht wirklich glauben, was er mir soeben mitgeteilt hat.

»Na, dann …«, sage ich.

»Na, dann …«, sagt auch er.

»Ich fand den Abend mit euch jedenfalls sehr nett. Vielleicht können wir das ja noch mal wiederholen?«, schlage ich vor, obwohl mir klar ist, dass wir das ganz sicher nicht tun werden.

»Gerne!«, erwidert Armin mit viel Enthusiasmus und wenig Überzeugungskraft.

»Dann grüß Daniel schön von mir.«

»Mach ich. Schönen Abend noch … wenn das geht.«

»Ich werd's schon hinkriegen. Mach es gut.«

»Du auch.«

»Tschüss.«

»Tschüss.«

Ich lege auf.

Frauke steht immer noch im Türrahmen und sieht mich teilnahmsvoll an.

Ihre besorgte Miene macht es fast noch schlimmer für mich.

Irgendwann sage ich: »Ach, was soll's. Ich hätte mich sowieso erst getraut, es Angela zu sagen, wenn das Kind volljährig geworden wäre, oder?«

Das Lachen zu diesen Worten gerät etwas dünn.

Frauke macht ein paar Schritte auf mich zu, legt ihre Arme um mich und drückt mich an sich.

Diese Geste ihres Mitgefühls bricht genau das auf, was ich gerade so sorgsam zu verschließen dachte, und ich heule los.

Es sind nicht nur ein paar Krokodilstränen, die da aus Enttäuschung fließen. Es strömen Heerscharen von ihnen meine Wangen hinunter und befeuchten Fraukes T-Shirt an der Schulter.

Ich sehe die kleine Jule vor mir, wie sie zwischen ihren beiden Müttern davonhüpft.

Und nicht nur sie ist es, die vor meinen Augen tanzt. Es sind Dutzende von Kindern, Babys, Kleinkinder, Schulkinder, die mir ihr Lächeln schenkten, deren Stimmen ich lauschte. Ihrem atemlosen Erzählen, dem Quäken und Plappern. Die Weichheit ihrer kleinen Hände. Zerzauste Haare. Blanke Augen von Schlaf oder Freude oder Neugierde.

Alle Situationen, in denen ich Kinder sah und mir wünschte, eines von ihnen würde zu mir gehören, all diese Bilder, Töne und Gefühle stürmen auf mich ein.

Gut, dass Frauke unbedingt zu den geduldigen Menschen gehört. Sie hält mich so lange im Arm, bis meine Schluchzer leiser werden, und reicht mir dann ein Taschentuch, das sie aus ihrer Immer-bereit-Freundinnen-Tasche zieht.

»Das war jetzt aber echt nötig, scheint mir«, sagt sie leise und schiebt mich ein kleines Stückchen von sich, um mir ins Gesicht sehen zu können.

Da ich eine ganze Ecke kleiner bin als sie, muss sie den Kopf dazu schief legen.

»Geht's wieder?«

Ich nicke und schnäuze noch einmal ins Taschentuch.

»Wär ja auch zu schön gewesen, um wahr zu sein, nicht?«, schniefe ich.

Frauke schüttelt den Kopf. »Ist es nicht! Es ist nicht zu schön, um wahr zu sein. Und so was will ich von dir auch gar nicht hören. Bitterkeit passt nicht zu dir.«

Ich senke den Kopf und blicke auf unsere Schuhe, die nah voreinander stehen.

Fraukes sind eine ganze Ecke größer als meine. Eine große Frau hat eben auch große Schuhe.

Ich möchte, dass kleine Schuhe neben meinen stehen. Ganz kleine. So klein, dass auch eine sehr kleine Frau nicht reinpassen würde.

Ich möchte, dass eine ganze Reihe von diesen kleinen Schuhen in meinem, in unserem Flur stehen. Oder wahrscheinlich liegen. Kinder sind nicht ordentlich. Sie stellen Schuhe nicht hin, sondern ziehen sie einfach aus und lassen sie genau dort liegen.

Ich hatte doch gedacht, dass diese Vorstellung wahr werden könnte. Jetzt mehr denn je.

Wieso nur ist es für Armin und Daniel so wichtig, wessen Nase so ein Kind bekommt?

Meine liebe Arbeitskollegin und Freundin steht immer noch geduldig vor mir und wartet ab. Als ich nichts sage, sondern einfach nur weiter auf unsere Schuhe glotze, fährt sie fort: »Vielleicht bist du einfach zu ungeduldig, hm? Sieh mal, du hast doch erst vor ein paar Wochen entschieden, dass du dich mehr in die Thematik vertiefen willst. So lange ist das noch gar nicht her. Dein Wunsch, egal wie heiß er grade brennt, kann noch keine Entscheidung sein. Denn die muss doch von deiner Beziehung getragen werden. Ich bin sicher: Wenn du es erst Angela gesagt hast und ihr für euch einen Entschluss gefasst habt, dann sieht alles anders aus.«

»Ja, dann werde ich einen Traum komplett begraben können«, knurre ich und verschränke die Arme.

Das sieht Frauke gar nicht gern. Sie nimmt meine Hände und zwingt mich, ihr ins Gesicht zu sehen.

»Jetzt hör mal zu, du mürrische werdende Mama, so eine Einstellung steht dir nicht! Wo ist denn die Michelin, die auf ihrer Alm sitzt und genau weiß, was sie will? Die auf ihre Ziele zusteuert und ihnen nicht mit einem bitteren Lächeln ausweicht? Du solltest dich auf das konzentrieren, was jetzt am wichtigsten ist.«

»Und das wäre?«

»Finde heraus, was Angela dazu meint! Ihr liebt euch doch. Ich bin sicher, sie wird dich nicht einfach abschmettern.«

Mir steigen wieder die Tränen in die Augen.

»Und wenn doch?«

Frauke lächelt. »Ach, Schätzchen, nun sei doch nicht so verzagt. Wag es einfach. Viel schlimmer als jetzt kann es doch wohl nicht kommen, oder?«

›Doch‹, denke ich. Aber ich sage es nicht, um ihr nicht schon wieder das Gefühl zu geben, dass ich verbittert sei. ›Doch, es kann noch viel schlimmer kommen. Wenn Angela nämlich erst einmal Nein gesagt hat, dann gibt es nicht einmal mehr einen Funken Hoffnung.‹

Und das, wird mir plötzlich klar, könnte ich nur sehr schwer verkraften.

* * *

Angela macht sich Sorgen.

Das spüre ich.

Sie sieht mich manchmal auf so eine gewisse Art an, die

mir sagt, dass sie sich Gedanken um mich macht. Aber sie fragt nicht. Als fürchte sie meine Erklärung.

Vielleicht hat sie ja schon eine Ahnung?

Vielleicht will sie es deswegen ja gar nicht so genau wissen?

Zwei Tage nach Armins Anruf – endlich steht das Wochenende vor der Tür – schlägt sie abends spontan vor, ins Kino zu gehen.

Sie ist den ganzen Abend so liebevoll und fürsorglich zu mir, dass ich schon ein kreuzschlechtes Gewissen bekomme.

Ich verschweige ihr etwas.

Ich verschweige ihr den Grund für meinen Kummer. Und das ist etwas, von dem wir uns einmal versprochen haben, dass wir es niemals tun werden.

Als mir klar wurde, dass sie meinen stillen Ort, meine Alm, meine Rückzugsmöglichkeit entdeckt hatte, dass wir dort gemeinsam sein konnten, war mir klar, dass ich sie immer bei mir würde haben wollen.

Niemals hätte ich vermutet, dass es einmal etwas geben könnte, das ich ihr nicht würde sagen können.

Und erst recht hätte ich nie gedacht, dass es etwas sein könnte, was mir selbst doch so wichtig ist.

Weil ich also von meinem Gewissen gepeinigt werde, lasse ich Angela den Film aussuchen, was sie noch stutziger macht. Schließlich bin ich normalerweise als studierte Film- und Fernsehwissenschaftlerin der Meinung, eher den Blick für die sehenswerten Filme zu besitzen.

Aber nun trotte ich lammfromm neben meiner Freundin zur Kinokasse, um mir eine Mainstream-Liebesschmonzette mit populären, aber untalentierten amerikanischen Schauspielern anzusehen.

Im riesigen Kinofoyer stellen wir uns dann an einer der Menschenschlangen an, um Taco-Chips und Popcorn zu ergattern.

»Eigentlich hat sich ja seit dem Mittelalter nicht viel verändert«, sinniert Angela, während ich die Tafel mit den verschiedenen Eissorten inspiziere.

»Du meinst die Gleichberechtigung zwischen Mann und Frau?«, grinse ich.

Sie kichert. »Das vielleicht auch. Aber eigentlich hatte ich eher die Neugier auf Geschichten im Sinn. Im Mittelalter waren die fahrenden Leute unterwegs, die Barden und Geschichtenerzähler, die den Menschen von Schönem, Unheimlichem, Neuem berichteten. Die Leute kamen zusammen, um die Geschichten und Lieder zu hören. Sie wollten teilhaben an der Liebe, dem Leid, den Abenteuern, die da erzählt und besungen wurden. Und ich stelle gerade fest, dass sich diese Neugierde auf Geschichten offenbar bis heute noch nicht gelegt hat. Sieh dich doch nur um, wie viele Menschen heute Abend hier sind, um sich anzusehen, was andere erleben.« Sie deutet mit dem Kopf vage in die Runde.

Ach, ich liebe sie!

Ich liebe sie wahnsinnig für solche Ideen, die sie mir mitteilt und die mir zeigen, welcher Reichtum in ihr wohnt.

Mit einem liebevollen Lächeln neige ich mich noch etwas näher zu ihr, während wir das Publikum um uns herum betrachten.

»Wenn du noch genauer hinsiehst, kannst du sogar erkennen, wer auf welche Art von Geschichten neugierig ist. Wenn du wissen willst, wer sich gern gruselt oder sogar einen echt makabren Humor besitzt, dann guck dir die Leute vor Kino 7 an. Da läuft dieser neue Splatter-Movie. Oder wer möchte selbst ein kleiner Held sein? Bestimmt findest du die am ehesten unter den Leuten, die vor Kino 5 stehen. Ein Action-Film, in dem wahrscheinlich die Stuntmen mehr Geld verdient haben als die Schauspieler. Oder du hältst nach denen Ausschau, die – genau wie wir – eine Liebesgeschichte allem anderen vorziehen. Das sagt doch auch etwas über die Menschen aus, oder?«

Als ich mich umwende, um auch die Liebesgeschichten-Fans hinter uns einmal kurz ins Auge zu nehmen, bleibt mir fast das Herz stehen.

Da kommen über den roten, dicken Teppich zwei Männer auf uns zu.

Der eine groß, schlank, ungewöhnlich gut aussehend. Der andere in perfektem Outfit, mit sympathischer Ausstrahlung und blitzenden Augen.

Es sind Daniel und Armin.

Rasch drehe ich mich wieder weg und hoffe, dass sie einfach vorbeigehen.

Doch offenbar scheinen die beiden auch solche vom Typ ›Liebesschmonzetten‹ zu sein. Sie stellen sich genau hinter uns an.

Ich stehe wie erstarrt.

Angela sieht mich verwundert an.

Ihr Blick fällt an mir vorbei auf Armin und Daniel.

Wahrscheinlich fragt sie sich, woher sie diese Gesichter kennt.

Doch da kommt es schon: »Ach, hallo, Michelin«, sagt Daniels sonore Stimme hinter mir.

Ich drehe mich um und tue erstaunt. »Ja, hallo! Wo kommt ihr denn auf einmal her?«

›Oh, bitte, lass sie nichts Verfängliches sagen!‹, denke ich.

»Scotty, beam me up!«, grunzt Armin mit verstellter, aber immer noch näselnder Stimme.

Daniel und ich lachen darüber so laut, dass man meinen könnte, er hätte den Witz des Jahrhunderts gemacht.

Angela wundert sich. Versucht aber, es zu verbergen.

»Tja, das hier ist also Angela, meine Freundin. Und das sind Armin und Daniel«, stelle ich die drei einander vor. »Die Freunde von Emma. Emma, die Freundin von Frauke, weißt du?!«

»Ich weiß, wer Emma ist«, erwidert Angela, leicht irritiert, und lächelt die beiden Männer freundlich an. »Wir haben uns auf der Party neulich kurz gesehen, richtig?«

»Richtig. Und Michelin und ich haben ein kleines Schwätzchen gehalten«, strahlt Armin, mit Blick auf mich.

Dann stehen wir grinsend, aber stumm voreinander.

Die beiden wissen offenbar nicht, was sie sagen sollen.

In meinem Hirn herrscht ebenso Leere.

Was soll ich mit zwei Männern reden, die ich so gut wie gar nicht kenne, die ich mir aber trotzdem noch vor Kurzem als die idealen Väter für mein Kind vorstellen konnte, die aber letztendlich gekniffen haben? Ich habe keinen blassen Schimmer.

»Geht ihr auch ins Kino 3?«, will Angela schließlich wissen.

Die beiden nicken.

»Soll ja sehr romantisch sein«, freut sich Armin.

Daniel verdreht nur die Augen.

»Wir hatten gerade darüber gesprochen, dass man hier wunderbar Mutmaßungen über den Typ Mensch anstellen kann, der in die jeweiligen Filme geht«, lässt Angela fallen, und schon stecken wir in einer angeregten Unterhaltung über Vorlieben bei Filmen, Büchern und wahren Geschichten.

Ich stelle fest, dass die drei sich wunderbar unterhalten. Und bin heilfroh, dass sowohl Armin als auch Daniel vermeiden, unser Treffen im Allgemeinen sowie das Thema Kind im Besonderen zu erwähnen.

Gott sei Dank gibt es in diesem High-Tec-Kino Karten mit nummerierten Plätzen. Wir bedauern also sehr, dass wir an den jeweils anderen Enden einer langen Reihe sitzen, und wandern, bewaffnet mit Süßigkeiten, zu unseren Plätzen.

»Nett die beiden!«, teilt Angela mir ihre Meinung zu unseren neuen Bekannten mit.

»Du hast ja gar nicht gesagt, dass du dich mit ihnen auf der Party unterhalten hast.«

Ich tue so, als müsse ich den Käsesoßendip auf meinem Taco-Plastik-Teller einer genauen Kontrolle unterziehen.

»Ach, und ich dachte, ich hätte dir davon erzählt …«, murmele ich und dann: »Das sieht aus, als sei da Curry mit drin. Ich hasse es, wenn Curry in den Käsedip gemischt wird.«

»Bestimmt hast du es Jackie oder Ellen oder sonst einer deiner Freundinnen erzählt«, meint Angela amüsiert dazu, greift in die Popcorntüte und wirft sich genüsslich ein paar Stückchen in den Mund. »Ich hoffe nur, dass du nicht auch mal aus Versehen eine von ihnen küsst.«

Das ist natürlich mein Stichwort.

Rasch hebe ich den Blick vom Käsedip, der völlig in Ordnung ist, und gebe Angela einen zarten Kuss, den sie lächelnd erwidert.

Was sonst sollen wir auch tun, bevor wir uns einen romantischen Schinken im Kino ansehen?

Zum Beispiel zum anderen Ende der Reihe schauen und feststellen, dass von dort auch gerade zwei junge Männer neugierig herüberspähen?

Der Film ist besser, als ich gedacht hatte. Aber trotzdem kann ich mich nicht wirklich auf die komischen und gefühlvollen Verwicklungen auf der Leinwand konzentrieren.

Es war sehr lieb und umsichtig von Armin und Daniel, dass sie mit keinem Wort unser Treffen erwähnt haben. Doch ihre bloße Anwesenheit im Kinosaal macht, dass ich an kaum etwas anderes denken kann als an mein großes Thema.

Vielleicht hat Frauke ja recht. Vielleicht sollte ich wirklich nicht so schnell die Flinte ins Korn werfen. Schließlich sind die beiden netten Typen, die da vorn sitzen, nicht die einzigen Männer auf der Welt.

Aber selbst mir ist inzwischen klar, dass ich unmöglich weitere Recherchen anstrengen kann, ohne dass ich meiner Liebsten etwas von meinen Plänen erzähle.

Meine Heimlichkeiten würden uns voneinander entfernen. Und am Ende wäre es so weit, dass ein Gespräch über Kinder, die doch eine Besiegelung einer intakten Partnerschaft sein sollen und nicht ein Mittel, um etwas Kaputtes zu kitten, einfach nur absurd wäre.

Sechstes Kapitel

Etwa eine Woche später, am Donnerstagnachmittag, rekelt Frauke sich auf ihrem Bürostuhl und blickt mich immer wieder versonnen an. In der letzten Zeit haben wir uns nur über diese eine gewisse Sache unterhalten. Ich wette, ihr Blick jetzt hat auch wieder etwas damit zu tun. Vielleicht hat sie eine weitere, neue, geniale Idee, auf welche Weise ich Angela endlich einweihen könnte.

Ich will heute aber genau darüber nicht reden.

Ich will heute einfach nur meinen aktuellen Beitrag recherchieren und ansonsten meiner gepeinigten Seele ein bisschen Ruhe gönnen.

Schließlich kann ich Fraukes Starren aber nicht länger ignorieren.

»Was gibt's denn?«, brumme ich und tue so, als sei mir ihr auffälliges Geglotze nicht mal ein Aufschauen von meinen Papieren wert.

»Ich hab Anfang der Woche den Zuschlag zum Dreh über diesen neuen Fitnesskult in Dänemark bekommen«, sagt sie mit nicht zu überhörender Anspannung in der Stimme.

Ich sehe sie überrascht an.

Dass eine von uns im Ausland dreht, kommt nur selten vor. Daher wundert es mich enorm, dass sie nicht gleich damit rausgeplatzt ist.

»Echt jetzt? Herzlichen Glückwunsch! Und Anfang der Woche schon? Etwa, als du das lange Telefonat mit der Redaktion geführt hast? Wieso sagst du das denn erst jetzt?«

Frauke formt die Lippen zu einem spitzen Mund.

»Ich wollte erst mal abwarten, ob meine Assistentin tatsächlich bewilligt wird.«

Mein Unterkiefer sinkt langsam nach unten. »Du hast eine Assistentin angefordert?«

»Nur auf dem Papier!«, beeilt Frauke sich rasch zu sagen. »Ich dachte dabei eigentlich eher an dich.«

»An mich?« Ich überlege rasch.

Soviel ich mitbekommen habe, hatte Frauke den Dreh in etwa zwei Wochen geplant. Terminlich würde also nichts dagegen sprechen, dass ich sie begleite.

Ich kann selbst spüren, wie sich auf meinem Gesicht ein fettes Grinsen ausbreitet.

»Du bist ja vielleicht eine Überraschungsfee«, sage ich und schüttele den Kopf. »Schlägst für mich einen Trip nach Dänemark raus und verrätst nichts davon …«

Frauke lächelt.

Aber irgendwie wirkt sie unsicher.

»Ich wusste ja nicht, ob es dir überhaupt recht ist.«

»Wieso sollte mir das nicht recht sein? Eine Woche in Dänemark ist doch sehr verlockend.«

»Vier Tage.«

»Na gut, meinetwegen nur vier Tage. Aber immerhin. Wo wird denn überhaupt gedreht?«

»In Kopenhagen natürlich«, antwortet Frauke vorsichtig.

Und da legen sich in meinem Hirn plötzlich ein paar Schalter um. Ich mustere sie.

»Du denkst doch nicht daran, dass ich die vier Tage dazu nutzen sollte, um dieser gewissen Klinik einen Besuch abzustatten?«

Frauke wendet den Kopf zur Seite und gibt vor, gelassen aus dem Fenster zu sehen. In Wahrheit schielt sie aber aus den Augenwinkeln zu mir. »Nicht vorrangig natürlich. Und wenn überhaupt, dann nur zu Informationszwecken …«

»Das kommt gar nicht infrage!«, entscheide ich spontan.

»Wieso nicht?«

»Wieso nicht? Weil ich Angela, der Frau mit der ich zusammenlebe, bisher noch kein Sterbenswort davon erzählt habe, dass ich ein Kind haben möchte. Bevor ich bei einer Inseminationsklinik ein Informationsgespräch führe, müsste ich sie wohl erst einmal aufklären, oder?«

Frauke erwidert meinen provokanten Blick intensiv.

»Es sind noch zwei Wochen bis dahin, Michelin.«

»Vergiss es!«

»In zwei Wochen kann viel passieren …«

»Was sollte in zwei Wochen wohl passieren, was bisher noch nicht geschehen ist? Ich bin eine feige Socke. Der Wahrheit müssen wir wohl beide ins Auge sehen.«

Frauke öffnet gerade den Mund, um etwas zu erwidern, das mich sicherlich auf die Palme bringen würde, doch in diesem Augenblick schellt mein Telefon.

Ich hebe ab.

»Die Kanalhaie, guten Tag«, flöte ich in den Hörer.

Frauke verdreht die Augen.

»Hallo, mein Schatz, ich bin's!«, ertönt es.

An Frauke gewandt sage ich betont erfreut: »Ach, hallo, Mama! Schön, dass du anrufst.«

Meine Kollegin kichert verhalten.

»Passt es gerade nicht?«, fragt meine Mutter misstrauisch.

»Doch. Klar passt es. Ich freue mich wirklich, dass du anrufst. Wie geht's dir denn?«

»Prima geht's mir! Ganz prima! Na ja, die Arthrose macht mir immer wieder zu schaffen. Aber sonst. Wenn es mehr nicht ist, oder? Gibt ja Schlimmeres. Ich dachte, ich sag dir mal Bescheid. Der Großkemper ist gestorben. Weißt du, der hier oben an der Ecke wohnt. Warst du nicht mit dem seinen Sohn in der Schule?«

»Nur in der Fahrschule, Mama. Ach, was. Wie alt war der denn?«

Unser Mutter-Tochter-Gespräch plätschert eine Weile dahin.

Im Grunde habe ich es gern, wenn meine Mutter mich anruft.

Sie und ich haben eine ganz andere Beziehung als zum Beispiel Angela zu Lena. Es ist weniger freundschaftlich zwischen uns. Stattdessen sind die Rollen ganz klar: Ich werde wohl Zeit meines Lebens ihre Kleine bleiben, die immer mal wieder etwas Beglucken und mütterlichen Zuspruch bekommt. Sie ist die Frau im Leben, notfalls auch die Löwin, die ihren Kegelklub verlässt, weil jemand einen Schwulenwitz erzählt hat und alle ›schäbig gelacht‹ haben.

Sie würde niemals auf die Idee kommen, in mir – auf welchen Gebiet auch immer – eine Konkurrentin zu sehen.

Eigentlich, stelle ich gerade fest, während sie mir vom Grillabend bei meiner Tante erzählt, eigentlich ist sie wirklich eine ziemlich klasse Mutter.

»Mama«, unterbreche ich ihren Redefluss.

»Ja?«

»Wie war das eigentlich, als du mich bekommen hast? Hat sich euer Leben da sehr verändert, das von Papa und dir?«

»Wie meinst du das? Verändert?«, fragt meine Mutter verwundert.

Frauke raschelt besonders laut mit ein paar Blättern, in denen sie zu lesen vorgibt.

»Na ja, ich meine, ob sich zwischen euch was verändert hat. So als Paar ohne Kind ist man doch bestimmt anders miteinander als zu dritt, oder?«

Meine Mutter lacht.

»Und wie das anders ist! Da kommt Leben in die Bude, das sag ich dir!«

»Das heißt, es war anstrengend? Hat es Konflikte gegeben zwischen Papa und dir?«

»Konflikte?«, wiederholt sie langsam, als müsse sie das Wort ausprobieren. »Konflikte kann man das nicht nennen. Stell dir mal vor, wenn du nachts ständig aufmusst, um zu stillen. Schlafentzug ist Folter, kann ich dir sagen. Und wenn dein gnädiger Herr Vater dann tagsüber mal die eine oder andere Pflicht vergessen hat, dann hab ich ihm natürlich nicht mehr hinterhergeräumt. Dann wurde gebrüllt.« Sie lacht wieder. Als handele es sich um eine wirklich lustige Erinnerung. »Oder … meine Güte! … als du diese Impfreaktion gezeigt hast. Was haben wir uns Sorgen gemacht! Du warst ja nun mal unser Erstes. Und das Erste im ganzen Freundeskreis. Ich hatte ja niemand, den ich hätte fragen können. Da haben wir uns wirklich so manche Nacht um die Ohren geschlagen.«

»Das klingt anstrengend«, sage ich vorsichtig.

»Sicher«, stimmt meine Mutter mir zu. »Das war irre anstrengend. Aber … ach, je … du warst so niedlich! Ich hätte dich ständig küssen können. Diese weichen kleinen Füße und die kräftigen Fingerchen. Auf der Wickelkommode hattest du den Kopf ständig oben. Du, dein Vater hat immer gesagt: ›Nun leg doch mal das Köpfchen hin! Ruh dich doch aus!‹, aber du wolltest nicht. Wolltest immer alles mitbekommen. Eine kleine Entdeckerin, schon damals. Und wie du gesungen hast! Du hast schon gesungen, bevor du sprechen konntest. Eigentlich dachten wir, dass du Sängerin werden würdest. Das hätte gepasst. Oder vielleicht auch Schauspielerin. Du wolltest immer eine Bühne haben, auf der du deine kleinen Kunststückchen zeigen konntest – egal, ob ein Gesicht oder einen Purzelbaum. Immer brauchtest du Publikum.« Sie lacht inmitten dieser Erinnerungen immer wieder. Liebevoll. Zärtlich. Mein Herz wird plötzlich ganz warm und weit.

Weil sie meine Mutter ist. Mama. Genau wie damals.

Eine zum Ankuscheln, zum Ausheulen, zum Hinrennen und Sicher-Fühlen.

Wer sonst kann so was sein, außer eine Mutter?

»Weißt du, egal wie anstrengend und aufregend das manchmal war mit dir kleinem Fratz«, sagt sie schließlich, und ich kann sie lächeln hören. »Darüber haben wir wohl einfach nicht nachgedacht. Es war einfach so: ›Ab jetzt zu dritt!‹ So einfach war das.«

Ja, so einfach war das.

Damals. Für sie.

Als ich aufgelegt habe, sehe ich eine ganze Weile aus dem Fenster.

Frauke beugt sich klugerweise über die Papiere auf ihrem Schreibtisch, kritzelt eifrig herum und hackt immer mal wieder auf ihre Tastatur.

Schließlich räuspere ich mich, und sie hebt den Blick.

»Also gut«, sage ich. »Aber nur zur Information.«

* * *

Die Fahrt nach Dänemark dauert etliche Stunden. Der Kameramann und der Tonassistent erzählen etwas von ihren letzten Drehs, der Redaktion im Sender und ihren neuen Autos.

Ich kenne eine Menge netter Kamerateams. Und wir sind wirklich mit dem allernettesten unterwegs.

Und trotzdem.

Ich wäre lieber mit Frauke allein. Würde gern mit ihr darüber sprechen, was in mir vorgeht. Welche Gedanken mich bewegen und welche Ängste immer wieder in Wellen über mich hinwegschwappen.

Zum Beispiel das Gespräch mit Jackie, in dem sie riesig große Augen bekam, als ich ihr möglichst nebensächlich von unserem Dreh in Kopenhagen erzählte.

»Michelin«, hatte sie geraunt und meinen Arm gegriffen. »Sei ehrlich! Du fährst nicht nur mit Frauke, um sie beim Dreh zu unterstützen, oder? Du willst dir die Klinik ansehen, richtig?«

Was sollte ich tun?

Sie ist meine älteste Freundin und kennt mich in- und auswendig. Ich hätte ihr sowieso nichts vormachen können.

Also hatte ich genickt, und sie war in ein begeistertes Quietschen ausgebrochen.

»Aber bitte lass nichts davon zu Angela durchdringen!«, hatte ich sie eindringlich gebeten.

Jackie hatte mit dem Zeigefinger und dem Daumen vor ihrem fest geschlossenen Mund eine Geste gemacht, als drehe sie einen kleinen Schlüssel herum.

»Abba Elln daaaf iff doch waff sagn, odda?«, hatte sie herausgepresst.

»Wenn sie den Schnabel hält! Und wenn sie mich nicht anruft, um mich von der Fahrt abzuhalten«, hatte ich geknurrt.

Jackie hatte abgewunken. Was so viel heißen sollte wie, dass Ellen ursprünglich zwar viele Einwände erhoben hatte, jetzt das Ganze aber sicher vollkommen anders sehen würde.

Ich teilte Jackies Ansicht zu Ellens mutmaßlicher Meinungsänderung nicht. Und ich hatte wenig Lust darauf, mich neben meinen eigenen Skrupeln, die mich wegen Angela plagten, auch noch mit Ellens Vorhaltungen herumzuplagen.

Aber ich wurde tatsächlich bis zur Abfahrt in Ruhe gelassen.

Nur um jetzt nervös wie ein ganzer Sack Flöhe hier zu sitzen und unserem Eintreffen in Kopenhagen entgegenzufiebern.

Drei Tage lang werden wir drehen, wobei ich tatsächlich die Aufgaben einer Assistentin übernehmen werde – schließlich werde ich dafür auch bezahlt. Ebenso mein Hotelzimmer und meine Spesen. Das hat sich meine Kollegin fein ausgedacht.

Den Dreh hat sie super vorbereitet.

Für das Hotel war ich zuständig. Ich habe eines ausgesucht, das im gleichen Stadtteil wie die Klinik liegt.

Und so kann ich schon am ersten Abend, unter dem Vorwand, mir noch die Beine vertreten zu wollen, einen kleinen Spaziergang dorthin machen.

Zuerst irre ich ein wenig herum. Die Fahrt war lang. Meine Orientierung ist sowieso nicht die beste. Und dann auch noch diese dänischen Straßennamen.

Aber schließlich werde ich fündig. Ich biege in die Straße ein, in der die Klinik liegt, und wundere mich bereits nach wenigen Schritten, wieso ich nichts sehe, was wie ein Krankenhaus aussieht.

Ein großer Bau, in dem mindestens 30 Zimmer Platz hätten, mit einer Pforte und hin und wieder geschäftig durchs Foyer eilenden Ärztinnen, deren weiße Kittelschöße wichtig hinter ihnen herflattern.

Stattdessen finde ich unter der Adresse auf meinem Zettel ein Haus, das zunächst einmal aussieht wie ein ganz normales Wohnhaus. Wäre da nicht das Schild vorn am Zaun. Denn das besagt, dass ich hier tatsächlich richtig bin.

Ich gehe die Straße viermal auf und ab und mustere jedes Mal bewusst unauffällig besagtes Haus.

Dort passieren also derart wichtige Dinge?

So wichtige Dinge, dass ich in der ersten Nacht – nur wenige Straßen entfernt – so gut wie gar nicht schlafen kann und die beiden nächsten Nächte lauter wirres Zeug träume, über anschwellende Bäuche, fliegende bunte Hunde, über die Autobahn irrende Spermien und einiges Unbeschreibliches mehr.

Die Tage verbringe ich natürlich mit dem Team, fahre mit den anderen dreien in der Stadt herum und bin dabei behilflich, gestählte Körper, schwitzende Männer und Frauen sowie Gewichtstabellen, Körperfettmessgeräte und trainingskultangepasste Nahrungsmittel zu drehen.

Frauke arbeitet hoch konzentriert. Sie führt ihre Interviews freundlich und bestimmt, hat immer ein aufmunterndes Wort für aufgeregte Interviewpartner, immer die richtigen Anweisungen für den Kameramann und ganz nebenbei auch noch Hunderte von mitfühlenden Berührungen für eine vor Aufregung schwächelnde Kollegin und Freundin.

Ich bin nach den vier Tagen hier am Nachmittag unseres letzten Drehtages derart marode, dass mir auch eine Ärztin, die mit einer aufgezogenen Einweg-Spritze winkt, keinen großen Schrecken einjagen könnte.

Ich bin wirklich auf alles vorbereitet.

Wir sind kurz nach Mittag mit dem Dreh fertig. Frauke schlägt den beiden Männern vor, einen Stadtbummel zu unternehmen. Der Tonmann ist besonders begeistert davon. Er hat einen kleinen Jungen zu Hause und würde ihm gern ein ganz besonders hübsches Geschenk mitbringen.

Und so sehe ich den dreien vom Fenster meines Hotels aus zu, wie sie gemeinsam in unseren Teamwagen steigen und davonfahren. Um für einen kleinen fünfjährigen Jungen ein ganz besonderes Mitbringsel zu suchen. Wahrscheinlich, weil der Kleine an sich auch etwas ganz Besonderes ist.

Für seinen Vater auf alle Fälle.

Irgendwie scheint es in meinem Leben in der letzten Zeit nur so zu wimmeln von dramatischen Zeichen, die alle in die gleiche Richtung deuten.

Ich wende mich seufzend vom Fenster ab.

Auf dem Nachttischchen neben dem Bett liegt noch das Buch, mit dem ich mich gestern Abend vergeblich abzulenken versucht habe.

Ich nehme es und will es schon mal in die Tasche stopfen, als mein Lesezeichen herausfällt.

Als ich es aufhebe, fällt mir wieder ein, dass ich es von Angela geschenkt bekommen habe.

Es ist eine aus Holz geschnitzte Feder. ›Ein Hinweis darauf, dass man beim Lesen tatsächlich abheben und fliegen kann‹, hatte Angela mir zugeflüstert, als ich das kleine Geschenk auspackte.

Wir teilen die Liebe zu Büchern und Geschichten.

Beide waren wir schon von Kindesbeinen an Leseratten, vor denen kein Buch sicher war.

Wie oft haben wir uns inzwischen vorgelesen aus unseren liebsten oder aus ganz neuen Büchern.

Wir haben die Andere entdecken lassen, was uns selbst

wertvoll ist, haben sie teilhaben lassen an Dingen, die uns wichtig sind.

Bestürzt stehe ich hier auf dem Hotelzimmerteppich und starre auf die Holzfeder in meiner Hand.

Angela geht daheim durch ihre Tage und hat keine Ahnung davon, dass Fraukes Dreh nicht der einzige Grund für diese Reise war. Sie weiß nichts von all den Gefühlen, die mich nun seit Wochen beschäftigen. Sie weiß nichts davon, weil ich mich ihr nicht mitteile.

Ich teile nicht mehr mit ihr.

Was tue ich hier?

Warum tue ich das nur?

Einen Moment lang spiele ich mit dem Gedanken, in der Klinik anzurufen und meinen Termin abzusagen.

Nur noch eine halbe Stunde.

Doch dann sehe ich wieder die kleine Jule vor mir, höre wieder die Stimme meiner Mutter ›Ab jetzt zu dritt! So einfach war das!‹ und schüttele den Kopf.

Diese eine Sache werde ich noch tun.

Diesen einen Schritt muss ich noch ohne sie machen.

Mich informieren und wissen, was möglich ist.

Dann kann ich heimkehren und Angela endlich erzählen, was mich derart umtreibt, dass sie sich bereits Sorgen zu machen beginnt.

Und dann liegt es nicht mehr in meiner Hand. Ich will nur alles getan haben, was ich tun kann.

Ich zupfe vor dem Spiegel noch mal meine Frisur zurecht, die Ponyfransen wirken heute besonders wild und ungezähmt, dann schultere ich meine Tasche mit meinem Notizbuch.

Genauso werde ich es machen.

Doch während ich hinter mir die Zimmertür abschließe, dämmert es mir, dass meine guten Vorsätze morgen womöglich schon wieder vergangen sein könnten. So groß ist die Angst mittlerweile.

Der Weg zur Klinik ist mir, dank meines Spaziergangs am ersten Abend, bereits vertraut.

Ich gehe gemessenen Schrittes und versuche mir vorzustellen, was mich erwartet.

Als ich mich vor zwei Wochen dort angekündigt hatte, hatte ich mich hinter meinem Beruf versteckt.

»Natürlich können Sie gerne herkommen und sich umschauen«, hatte die Frau am Telefon in fließendem Englisch erklärt. »Für welche Fernsehsendung recherchieren Sie denn?«

»Oh, ich weiß noch nicht genau, wo ich es anbieten werde«, hatte ich ausweichend geantwortet. »Ich denke mal, dass es bestimmt für viele Magazine interessant wäre, etwas über Ihre Arbeit und die Klinik zu erfahren.«

Ich hatte verschwiegen, was der eigentliche Grund für meine Neugierde war. Das schien mir am besten.

Auch als ich jetzt die Stufen zum Eingang hinaufgehe, merke ich, dass es mir hilft, mich hinter dem gewohnten Auftritt als Fernsehredakteurin zu verschanzen.

Die Klinik, die ich mir als ein riesiges Gebäude vorgestellt hatte, nimmt nur ein einziges Stockwerk im Haus ein.

Schon als ich eintrete, fühle ich mich wohl.

Vielleicht liegt es an dem warmen Licht, das von vielen kleinen Lichtquellen die Räume indirekt beleuchtet.

Oder an den schönen, in harmonischen Farben gemalten Bildern. Oder es liegt an der ungewöhnlichen Ruhe, die die Atmosphäre hier beherrscht. Es riecht auch sehr gut hier. Ein bisschen nach Zedernholz und nach etwas Frischem, wie Orange.

Die Frau hinter der Anmeldung telefoniert gerade und winkt mir zu, dass ich mich einen Augenblick auf einen der bereitstehenden Stühle setzen soll.

Ich setze mich aber nicht. Ich bin zu aufgeregt.

Die Räumlichkeiten hier, die lange Holztheke, der dicke Teppich, der direkt dahinter beginnt, machen auf mich eher den Eindruck einer Heilpraktiker-Praxis.

Hier entstehen Babys?

Während ich die Bilder an den Wänden betrachte, dem mittlerweile schon fast gewohnten Singsang der dänischen Vokalisierung dort am Telefon lausche, versuche ich mir vorzustellen, mit Angela hier zu sein. Ich stelle mir vor, mit ihr hier auf den Stühlen zu sitzen und auf unseren Termin zu warten. Der Gedanke löst Schwitzhände aus.

Ausgerechnet da kommt aus einem der Räume, die von dem Flur abgehen, eine Frau und steuert auf mich zu.

Sie ist mir auf den ersten Blick sympathisch, macht einen selbstbewussten und freundlichen Eindruck. Ich schätze sie auf fünfundvierzig.

»Guten Tag«, sagt sie, mit dem typischen Akzent, den die Dänen fürs Deutschsprechen reserviert haben und der einfach nur niedlich klingt. »Sind Sie Michelin Schwarz?«

»Richtig«, antworte ich lächelnd. »Frau Helsen?«

Sie nickt und reicht mir ihre Hand.

Warm und sicher fühlt sich ihr Händedruck an.

Ich wette, dass sie in der Lage ist, jede Frau zu beruhigen, die hier durch die Tür kommt.

»Nina?«

Die Frau hinter der Theke hält kurz die Muschel des Telefonhörers zu. Inga Helsen flüstert auf Dänisch etwas, das in meinen Ohren in etwa wie »Wir gehen in mein Büro« klingt.

Nina nickt.

»Darf ich Sie bitten, die Straßenschuhe gegen unsere wunderbar weichen Pantoffeln einzutauschen?« Frau Helsen deutet auf ein paar Puschen, die aufgereiht an der Seite des Flures stehen.

Rasch ziehe ich meine Sandalen aus und schlüpfe in ein Paar der bereitstehenden Hausschuhe.

Dann folge ich der Klinik-Chefin über den zentimeterdicken Teppich hinüber in ihr Büro. Ein Raum, der diesen Namen nicht wirklich verdient hat, denn es gibt nichts, was an ein Büro erinnert. Keine Aktenordner, kein schwerer Schreibtisch, der uns trennen würde, weil sie dahinter und ich davor Platz nehmen würde. Nur eine kleine Sitzecke und ein wunderschöner Sekretär, der an der einen Seite des Raumes steht.

Eine große Kristallleuchte spendet orangefarbenes Licht, das auch die Bilder an den Wänden lebendig erscheinen lässt.

Ich nehme den angebotenen Platz in der Sitzgruppe und zücke aus meiner Umhängetasche meinen Notizblock.

Das ist tatsächlich der Block, den ich immer benutze, wenn ich in Sachen Recherche unterwegs und auf der Suche nach einem brandneuen Thema für eines der diversen Fernsehmagazine bin, für die Frauke und ich arbeiten.

Für einen Moment geben der vertraute Anblick des Schreibutensils, der dort eingeklemmte Kugelschreiber und die Spuren der letzten Notizen mir meine gewohnte Sicherheit zurück.

Doch dann wird mir der intensive Blick bewusst, der über mein Gesicht wandert.

»Soll ich Ihnen etwas erzählen oder möchten Sie Fragen stellen?«, fragt Inga Helsen.

Ich räuspere mich.

»Ach, wenn es in Ordnung ist, dann erzählen Sie doch erst einmal ein bisschen. Ich denke, viele Fragen werden sich dadurch dann schon klären«, erwidere ich leichthin, froh, erst einmal schweigen und zuhören zu können.

Also erzählt sie.

Davon, dass sie selbst und ihre Freundin schwanger werden wollten. Das war 1999. Doch dann kam ihnen ein neues dänisches Gesetz in die Quere, das Kliniken verbot, Inseminationen bei lesbischen oder alleinstehenden Frauen vorzunehmen.

Sie waren schockiert gewesen. Schließlich galt Dänemark als fortschrittliches Land. Wie konnte es da sein, dass es solche Diskriminierung gab?

Die betroffenen Frauen hatten sich organisiert und Proteste in die Wege geleitet.

Und auf diesem Wege entstand die Klinik. Sie wollte ein Angebot für Frauen bieten, die anderswo nicht aufgenommen werden. Oder die sich einen anderen, einen würdevolleren Rahmen für dieses besondere Ereignis vorstellen.

Ich erfahre, dass nur etwa 40 % der Frauen, die hierher kommen, lesbisch sind.

Die anderen sind heterosexuelle Alleinstehende oder aber auch heterosexuelle Paare, die auf normalem Wege nicht schwanger werden und sich hier Hilfe versprechen.

Die Klinik legt sehr viel Wert auf natürliche Verfahren. Ruhe, Entspannung, Wohlfühlen ohne Druck und Hektik halten die Frauen hier für das beste Mittel, um auf gesunde Weise schwanger zu werden.

Ich erfahre alles über ihre sympathische Mentalität. Aber auch über den Ablauf, von dem Moment an, in dem eine Frau irgendwo in Dänemark, Schweden, Norwegen, Deutschland oder sonst wo eine E-Mail abschickt, um sich über die Vorgehensweise in der Helsenklinik näher zu informieren.

›Gelobt sei das Internet‹, denke ich.

Ohne das hätten bestimmt viele Frauen Mühe, diese Möglichkeit für sich ausfindig zu machen.

Und nun strömen auch meine Fragen. Woher stammt der Samen? Was geschieht, wenn es beim ersten Mal nicht klappt? Wie oft versucht man es? Gibt es Kontakt unter den Frauen, die hier inseminiert worden sind?

Mein Schreiber kritzelt so rasch über die Seiten, dass daraus fast eine kleine Melodie wird.

Schließlich ist alles gesagt und alles gefragt. Ich könnte aus dem Stegreif einen halbstündigen Beitrag drehen. Und fühle mich satt. Gleichzeitig aufgeregt.

»Vielen Dank, dass Sie sich die Zeit genommen haben. Ich hoffe, ich bekomme dieses Thema verkauft. Am besten gleich mehrmals. Ich finde, es sollten so viele Frauen wie möglich von Ihrer Klinik erfahren«, sage ich schließlich, als wir uns aus der gemütlichen Sitzgruppe erheben, um wieder hinauszugehen.

An der Tür stehen wir einen kleinen Moment sehr dicht voreinander.

»Frau Schwarz«, sagt Inga Helsen da und sieht mich mit ihren durchdringenden, warmen und lächelnden Augen an. Ja, Augen können lächeln. Diese jedenfalls. »Kann es sein, dass Sie nicht nur aus beruflichen Gründen hier sind?«

Ich überlege einen winzigen Moment lang, ob ich sie anlügen kann.

Ich könnte einfach die Brauen hochziehen, verwundert schauen und sagen: ›Wie kommen Sie denn darauf?‹

Aber ihre Augen sagen mir, dass ich damit bei ihr gewiss verloren hätte.

Und was ist schon dabei, es einzugestehen? Die letzte Stunde sollte mir gezeigt haben, dass dabei nun wirklich nichts ist.

»Wenn ich ehrlich bin, ist es wohl mein eigener Wunsch, der mich hierher gebracht hat«, sage ich daher langsam. »Ich hoffe, Sie verstehen das nicht falsch. Natürlich geht es mir auch um die Recherche, das Einholen von Informationen für meinen Job. Aber wenn ich wirklich ehrlich bin, dann war es bestimmt die Tatsache, dass ich selbst gern ein Kind hätte.«

Inga Helsen lächelt.

Ihre Freundin ist bestimmt ein Glückspilz.

Genauso wie ich einer bin. Weil Angela mich liebt.

»Ich denke, ich versteh Sie bestimmt nicht falsch«, sagt sie dann.

Auf dem Gang begegnet uns niemand. Und doch spüre ich viele Menschen dort. Frauen, die mit ihren Hoffnungen und Träumen hier anreisten. Die glücklich und mit einem Haufen Zuversicht im Gepäck wieder ihrer Wege gingen.

Es sind die Bilder, die an den Wänden hängen. Der Ernst, mit dem die Frauen hier allen Fragen begegnen. Sie finden nichts Ungewöhnliches an meinem Wunsch, Mutter zu werden. Im Gegenteil. Sie finden es völlig normal.

Plötzlich komme ich mir nicht mehr vor wie eine spinnerte Journalistin, die sich irgendwas Verrücktes in den Kopf gesetzt hat, weil sie mitten in der Midlifecrisis steckt.

Ich komme mir vor wie eine Frau, die ein Kind haben möchte.

Und zwar mit allem Recht dieser Welt.

Siebtes Kapitel

Wir treten die Heimfahrt sehr früh an. Alle wollen wir so bald es geht zu Hause sein.

Ich beteilige mich nur selten an den Gesprächen der anderen. Hin und wieder ernte ich von Frauke einen fragenden Blick von der Seite.

In einer Pinkelpause fragt sie mich: »Bist du sicher, dass das gestern eine Baby-Klinik war und nicht irgendeine religiöse Sekte? Du bist irgendwie vollkommen … verändert.«

Dabei sieht sie mich im Spiegel über dem Waschbecken prüfend an.

Ich lächele etwas schief.

»Ein bisschen hast du vielleicht recht. Ich komme mir tatsächlich so vor, als hätte ich ein religiöses Erlebnis gehabt. Ich bin ruhig, weißt du?! Innerlich bin ich plötzlich total ruhig. Ich weiß, dass ich auf dem richtigen Weg bin, um mein Glück zu finden.«

»Dein Glück hast du schon gefunden«, erwidert Frauke prompt. »Du hast mich als Kollegin. Und Angela als Freundin. Was willst du mehr?«

›Ja, was will ich mehr?‹, überlege ich später bei der Weiterfahrt. Ich werde meiner liebsten Angela von meinem Besuch bei Inga Helsen und ihrem Hebammen-Team erzählen. Werde ihr beschreiben, wie ich mich fühlte dort, an diesem ganz besonderen Ort. Und dann wird sie bestimmt nicht anders können, als an dem Glanz meiner Augen ihr eigenes Herz zu entzünden.

Doch die lange Autofahrt scheint meinen Glauben an den guten Ausgang meiner Mission irgendwie zu zermürben.

Ich bin sicher: Wenn ich Angela sofort nach meinem Besuch in der Klinik getroffen hätte, ich hätte ihr sofort alles gebeichtet – einschließlich meiner verrückten Angst, dass sie mich zum Teufel jagen wird, wenn ich ihr von meinem Vorhaben berichte.

Doch nun scheint jeder gefahrene Kilometer, der zwischen Kopenhagen und mich gerät, meine Zweifel wieder zu vergrößern.

Als wir schließlich in unserer Heimatstadt ankommen, ist es Abend.

Die Tage werden wieder kürzer. Vor drei Wochen war es um diese Uhrzeit noch dämmrig hell. Doch nun fahren wir unter der Beleuchtung von Straßenlaternen durch die Stadt zum Studio.

Wir laden gemeinsam die Technik aus und parken den großen Wagen. Dann steigen Kamera- und Tonmann in ihr Auto, Frauke und ich in meines, und wir winken uns noch einmal zu.

»Kannst du überhaupt noch fahren?«, erkundigt sich Frauke skeptisch. »Du hast die letzte Stunde den Eindruck gemacht, als wärst du kurz vorm Koma.«

»Danke«, antworte ich zerknirscht. »Es geht schon noch. Ich setz dich schnell zu Hause ab, und dann bin ich ja auch bald daheim. Loulou wird sich wahrscheinlich überschlagen, wenn sie dich wiederhat.«

»Ich hoffe, Antonie auch«, grinst Frauke. Auf ihr Gesicht stiehlt sich ein Ausdruck, den ich früher nicht von ihr kannte. Seit sie diese sexy und springlebendige Freundin hat, taucht der öfter mal in ihrer Miene auf.

Die Erwähnung Antonies lässt mich natürlich auch wieder an Angela denken.

Sie hat heute Abend Theaterprobe, die erst spät enden wird. Da ich nicht wusste, wann wir ankommen würden, hatten wir abgemacht, dass sie diese Nacht in ihrer Wohnung schlafen wird und wir uns erst morgen wiedersehen.

Plötzlich ist mir das viel zu lang.

Ich möchte am liebsten zu ihr in das kleine Theater fahren, auf die Bühne springen und sie an mich ziehen.

Ich möchte sie küssen und ihre Arme um mich spüren. Möchte sicher sein, dass sie da ist, dass ihre Wärme, ihr Dasein, all ihre Liebe nicht bloß eine Erfindung von mir ist, die mehr und mehr an Realität verliert, je größer dieser andere Wunsch in mir wird.

»Frauke?«, räuspere ich mich, als ich in ihre Straße einbiege.

»Hm?«

Meine Freundin wendet mir ihr Gesicht zu.

»Meinst du, dass es gut gehen wird zwischen Angela und mir?«

Frauke richtet sich im Beifahrersitz, in den sie hinabgerutscht war, wieder auf.

»Michelin! Aber sicher! Zwischen euch beiden, da stimmt doch einfach alles. Wieso sollte es nicht klappen?«

»Du weißt, was ich meine«, sage ich gepresst, setze

den Blinker und halte am Bürgersteig. »Was ist, wenn sie wirklich nicht will? Ich kann mir mittlerweile schon gar nicht mehr vorstellen, diesen Traum wieder abzustellen. Ich habe mich vielleicht völlig in etwas verrannt. Aber ich kann doch nichts dagegen tun, dass meine Sehnsucht wächst und wächst.«

Ich kann auch nichts dagegen tun, dass mir plötzlich die Tränen die Wange hinabrinnen.

Frauke sieht mich bestürzt an.

Auch sie ist müde und angestrengt von den letzten Tagen, den Drehs und den langen Fahrten. Und nun ist sie auch noch konfrontiert mit einer Kollegin, die hier im Auto einen Nervenzusammenbruch erleidet. Weil sie mir so leidtut, muss ich noch mehr weinen. Ich weine auch, weil ich Jackie und Ellen in den letzten Wochen regelrecht geschnitten habe und das nicht meinem Bild von einer guten Freundschaft entspricht. Ich weine, weil meine Eltern so glücklich über meine Geburt waren und sich dann trotzdem zwanzig Jahre später haben scheiden lassen. Und ich weine, weil nichts auf der Welt so niedlich ist wie Cockerspanielwelpen und ich nicht mal die zustande bringen werde.

Irgendwie, finde ich jetzt gerade, ist das ganze Leben nur zum Heulen.

»Komm!«, sagt Frauke und greift nach meinem Arm. »Du kommst erst mal mit hoch.«

»Aber Antonie …«, schluchze ich herzzerreißend. »Werd euch den ganzen Abend versauen …« und heule wieder auf.

»Du steigst jetzt sofort aus diesem Auto und schwingst

deinen süßen Hintern hoch in meine Wohnung!«, knurrt Frauke, die womöglich auch gleich die Nerven verlieren wird. Für den Fall, dass das passieren könnte, sollte ich besser tun, was sie verlangt. Ich habe ein, zwei Mal erlebt, wie sie ist, wenn sie die Nerven verliert.

Also steige ich brav aus und helfe ihr mit ihren unzähligen Taschen.

»Das wollte ich dich auf dem Hinweg schon fragen. Wieso hast du so viel Gepäck?«, schniefe ich.

»Ein Relikt aus meiner Hetenzeit. Heteras sind so. Fahren fünf Tage weg und packen für drei Wochen«, erklärt sie mir.

Das ist ihre Revanche dafür, dass ich sie ab und zu darüber belehre, was Lesben so tun und lassen, da bin ich sicher. Aber ich fühle mich zu schwach und kraftlos, als dass ich mich gegen diese Frechheit zur Wehr setzen könnte.

Als wir ihre Wohnung erreichen, öffnet uns Antonie von innen die Tür, sobald sie den Schlüssel im Schloss hört.

»Da seid ihr ja schon!«, freut sie sich. »Ich sagte grad zu Loulou, dass es noch zu früh ist, aber sie war der Meinung …« Der Rest ihrer Worte geht in Loulous Begrüßungsgeheul unter.

Die sonst eher gelassene Hündin ist so aus dem Häuschen, dass sie auch mich mit in ihren Begrüßungstanz einbezieht und alles, was sie von mir erwischen kann, mit ihrer nassen Zunge abschleckt, als gäbe es kein Morgen.

Ihre echte Zuneigung und überschwängliche Freude rühren mich derart, dass ich gleich wieder anfange zu heulen.

»Is was?«, fragt Antonie besorgt.

»Ich habe ja schon davon gehört, dass werdende Mütter zu Gefühlsausbrüchen neigen. Aber dass es schon ausreicht, wenn man nur ein Informationsgespräch in einer Inseminationsklinik führt, das wusste ich bisher noch nicht. Ich mach uns jetzt erst mal einen Tee«, sagt Frauke und verschwindet kopfschüttelnd in der Küche.

Antonie sieht mich fragend an. »Muss ich das verstehen?«, sagt sie.

Sie wird im Laufe des Abends noch eine ganze Menge verstehen lernen.

Denn natürlich erzähle ich ihr alles, was ich in der Klinik erlebt habe. Und ich erzähle von den letzten Wochen. Von meinen Zweifeln, meiner Angst.

Reden tut mir gut.

Während ich von meinem Aufenthalt in der Helsenklinik berichte, spüre ich wieder die Ruhe und die besinnliche Gelassenheit, die dort in allen Räumen zu hängen schien.

Ich kann die Anteilnahme und die Unterstützung, die den Frauen zuteil wird, die dorthin kommen, immer noch spüren.

Aber sie wird eben nur den Frauen zuteil, die sich ihrer Sache sicher sind. Diejenigen, deren Partnerinnen oder Partner ebenso ein Kind wollen wie sie selbst. Oder die sich entschieden haben, ihren Wunsch allein zu verwirklichen.

Ach, ich muss immer wieder losheulen.

Antonie und Frauke hören sich den ganzen Sermon mit Nerven wie Drahtseilen an und trösten mich, so gut sie können.

Tatsache ist aber: Den einzig wahren Trost könnte mir

nur eine geben. Und die zu treffen, kann ich mir jetzt gerade, in meinem aufgelösten Zustand, gar nicht vorstellen.

»Du entwickelst ja regelrechte Wahnvorstellungen«, warnt Antonie mich, während sie ihren kalten Tee umrührt. »Du darfst Angela nicht zu einer Figur machen, mit der du dich zwar gedanklich viel beschäftigst, mit der du aber nicht zu reden in der Lage bist. Das ist der absolute Beziehungstöter, Michelin.«

»Ich weiß«, winsele ich. »Aber immer wenn ich es mir vorgenommen habe, kommt etwas dazwischen oder mich verlässt im letzten Augenblick der Mut.«

Frauke stößt geräuschvoll Luft aus.

Wir sitzen schweigend am Tisch und starren vor uns hin.

»Bist du dir sicher, Michelin?«, fragt meine Kollegin schließlich.

»Wobei?«, frage ich, obwohl ich es eigentlich schon weiß.

»Dass du ein Kind haben willst. Dass du diesen Weg ganz sicher gehen willst.«

Eine Sekunde. Zwei Sekunden. Drei Sekunden.

»Ja«, sage ich dann, mit etwas zittriger Stimme, aber mit Gewissheit im Herzen. »Ja, ich bin sicher. Und jetzt lasse ich euch in Ruhe und fahre heim!«

* * *

Ich bin so ausgeheult, dass mein Kopf völlig leer ist.

Die Strecke von Fraukes Wohnung zu mir kenne ich im Schlaf. Und tatsächlich bin ich auch plötzlich hundemüde. So sehr, wie ich es vor einer Stunde noch nicht für möglich gehalten hätte, als ich noch dachte, ich könnte nie wieder Ruhe finden.

Schwerfällig schleppe ich mich die eine Treppe zu meiner Wohnung hinauf.

Nachdem ich die Tür hinter mir geschlossen habe, lasse ich die Tasche von meiner Schulter gleiten und lehne einen Augenblick im Flur an der Wand.

Zu Hause.

Das bedeutet: diese Räume, all meine Sachen, die mich erwarten und an denen mein Herz hängt.

Aber Zuhause bedeutet auch meine Träume, meine Wünsche, meine seelenvolle Alm.

Und Angela. Die diesen Platz, diese Orte immer mit mir geteilt hat.

Wieso nur hat sich das geändert? Wieso kann ich sie nicht mehr mitnehmen, dorthin, wohin es mich zieht?

Ich streife die Schuhe ab, stöhne, weil die Füße wehtun, als hätte ich einen langen Marsch hinter mir, und schlurfe mit schweren Schritten durch den Flur.

Als ich im Wohnzimmer das Licht anknipsen will, sagt eine Stimme: »Lieber nicht. Es ist so schön gerade.«

Ich erschrecke fast zu Tode. Obwohl mir im selben Augenblick schon klar wird, dass es meine eigene Freundin ist, die mich hier im Dunkeln überrascht.

Ich spähe in den Raum, der nur durch das hereinfallende Licht einer Straßenlaterne ein Stück weit erhellt wird, und lache nervös.

»Was tust du denn hier? War die Probe früher zu Ende?«

»Sie ist gleich ganz ausgefallen. Da dachte ich, ich überrasch dich und warte auf dich, wenn du heimkommst.«

»Oh …« Ich gehe vorsichtig zu ihr hinüber und lasse mich neben ihr auf der Sofakante nieder. Wir geben uns einen Begrüßungskuss, der fünf Tagen Abwesenheit eigentlich nicht gerecht wird und in dem etwas Unbekanntes liegt. Etwas seltsam Zittriges.

Wieso sitzt sie hier im Dunkeln?

»Hättest du doch eine SMS geschickt«, sage ich vorsichtig. Etwas schwebt hier in der Luft, das ich nicht greifen kann. »Ich war noch bei Frauke und Antonie, und wir haben uns irgendwie festgequatscht. Wenn ich gewusst hätte, dass du hier wartest, hätte ich schon eine ganze Weile früher hier sein können. Wir hätten vielleicht sogar noch ins Kino gehen können. Im Burgtheater läuft dieser neue Krimi, den wir beide gern sehen wollen. Weißt du, welchen ich meine? Er spielt in einem kleinen Provinznest und ist eigentlich kein richtiger Krimi, aber es stellt sich gleich zu Anfang raus …«

»Michelin?«, unterbricht mich Angela.

Ich muss schlucken. »Ja?«

»Ich glaube, wir sollten uns mal unterhalten.«

Sofort schlägt mein Magen einen Salto.

Sie klingt so ernst. Und ängstlich.

Mir fallen auf Anhieb ein halbes Dutzend furchtbare Dinge ein, die sie mir jetzt bestimmt sagen wird.

Die neue Arbeitskollegin in der Firma, übrigens ihr Alter und nicht so ein junger, hirnverrenkter Hüpfer wie ich, ist eben doch viel netter als nett, und die beiden haben sich verliebt …

Oder Angela hat in den letzten Monaten herausgefunden, dass sie sich bei den sporadischen Treffen mit ihrem Ex viel aufgehobener und glücklicher fühlt als je mit mir und will doch zurück zu ihm …

Oder der Befund der Ärztin, bei der sie neulich war, ist leider niederschmetternd. Sie geben ihr noch 3 Monate …

Oder …

»Willst du anfangen?«, fragt Angela in diesem Augenblick und unterbricht Gott sei Dank meine wüsten Gedanken.

»Ich?«, erwidere ich atemlos. »Wieso ich?«

Sie seufzt. »Ich denke, du hast mir was zu sagen, oder ist dem nicht so?«

Dass sie meine Hand nimmt und sanft festhält, beruhigt mich nicht, sondern versetzt mich eher noch mehr in Panik.

Was geht hier vor?

Ich fühle mich schlagartig an Situationen ganz zu Beginn unserer Liebe erinnert. Als noch nichts klar war zwischen uns, alles in der Schwebe hing. Und unsere Begegnungen geprägt waren von Unsicherheit und der Furcht, im nächsten Augenblick schon wieder zu verlieren, was noch gar nicht richtig begonnen hatte.

Genauso unbeholfen und ratlos komme ich mir plötzlich vor.

Natürlich hat sie es gespürt!

Wie konnte ich nur annehmen, dass sie es nicht merken würde, dass ich mich von ihr entferne, dass ich ihr nicht mehr sage, was mich in meinem Inneren bewegt?

Jetzt muss es also sein.

Hier. Heute. Obwohl ich gerade noch so müde war, dass ich dachte, ich könnte zwei Tage durchschlafen.

Als ich nichts sage, sondern sie im Dämmerlicht nur anstarre, schüttelt Angela sacht den Kopf.

»Na gut, dann fange ich eben an. Ich möchte nur vorweg sagen, dass mir nichts ferner liegt, als in deinen Sachen herumzuschnüffeln. Du weißt aber doch, dass ich häufig, wenn du nicht da bist, über deinen Rechner nach neuen E-Mails schaue, oder?«

»Sicher weiß ich das. Das hatten wir doch so abgemacht«, erwidere ich rasch.

Angela nickt. »Das habe ich heute also auch getan. Ich habe mich an deinen Rechner gesetzt … und da lag er plötzlich.«

»Wer?«, will ich irritiert wissen.

»Der Zettel«, sagt Angela.

Zettel?

Mir wird siedend heiß.

»Ich habe ihn mir nur genauer angesehen, weil mein Name draufstand … so schön verschnörkelt.« Sie lächelt liebevoll. Das kann ich bei diesen Lichtverhältnissen gerade noch erkennen, dass ihr Lächeln liebevoll ist.

Aus meinen Ohren beginnt es wahrscheinlich gleich zu dampfen.

Angela hat den Zettel mit den Notizen zum lesbischen Kinderwunsch im Allgemeinen, der dänischen Klinik im Besonderen und ihrem Namen auf dem Schreibtisch gesehen!

»Da ich sowieso grad im Internet war, habe ich mir die Seiten mal angeschaut, die du aufgeschrieben hast …«

Wieder sieht sie mich an und wartet vielleicht auf eine Antwort.

Die nicht kommt. Ich bringe kein Wort heraus.

Ich fühle mich wie damals, als meine Mutter beim Staubsaugen unter meinem Bett ›Rubinroter Dschungel‹ zum Vorschein geholt und den restlichen Vormittag mit Lesen verbracht hat. Das Gespräch, das sie mit mir führte, nachdem ich aus der Schule heimkam, war ganz ähnlich wie dieses hier.

»Du recherchierst doch nicht aus beruflichen Gründen, oder?«, will Angela nun wissen.

Sie klingt genauso zaghaft, wie ich mich fühle.

Im Gegensatz zu meiner Zunge funktionieren meine Hals- und Schultermuskeln durchaus. Ich schüttele also den Kopf.

»Dann … dann willst du also ein Kind? Du möchtest ein Baby bekommen? Mit mir zusammen?«

Dass sie ausspricht, was mir nun seit zwei Wochen im Kopf herumgeistert, löst sich meine Zunge schlagartig, und ich sprudele los: »Denk nicht, dass ich das einfach so über deinen Kopf hinweg entscheiden wollte. Das wollte ich echt nicht! Ich meine, ich bin nicht so blauäugig, zu glauben, dass du bei diesem Gedanken in Entzückensschreie ausbrichst. Schließlich hast du schon eine erwachsene Tochter und das alles selbst schon einmal erlebt. Die Schwangerschaft, die Geburt, die durchwachten Nächte, der erste Zahn, Kinderkrankheiten, Sandkästen und Rutschen, Kindergarten, Einschulung und und und. Das weiß ich ja alles. Ich weiß ja, dass du das wahrscheinlich nicht unbedingt alles noch mal haben willst. Und genauso ist mir auch dein Alter bewusst. Ich meine, auch wenn unser Altersunterschied normalerweise keine Rolle spielt zwischen uns, kann ich gut verstehen, wenn du dich mit über vierzig einfach nicht mehr in der Mutter-Rolle für ein kleines Kind sehen willst. Sogar ich bin ja schon fast zu alt zum Kinderkriegen, wenn man es mal genau betrachtet. Und wir müssten ja auch bedenken, was unser Umfeld dazu sagen würde. Selbst wenn meine Freundinnen alle begeistert wären – was sie natürlich auch nicht uneingeschränkt sind …« Ich hole kurz Luft und wische mit einer Handbewegung das Bild von Ellens warnender Miene weg, das vor mir aufzieht. »Es gibt ja noch andere Menschen, die etwas dazu sagen würden. Was würde zum Beispiel Lena dazu sagen? Und was dein Ex? Wie würde dein Chef darauf reagieren? Das sind alles Fragen, die bestimmt eine solche Entscheidung stark beeinflussen würden. Von daher kann ich dich gut verstehen, wirklich!«

Mit dieser Erklärung schließe ich den Mund und starre dann dumpf vor mich hin.

Nun ist es raus.

Nun weiß sie, was ich eigentlich möchte.

Aber sie weiß auch, dass ich ihre Sicht genauso gut vor Augen habe. Sie weiß jetzt, dass ich mir keine dummen Hoffnungen mache, wie ein Grundschulkind vor Weihnachten. Sie hat jetzt gleich gesehen, dass ich die Situation total realistisch einschätze.

Wieso sagt sie also nichts?

Als ich vorsichtig den Blick hebe und versuche, in ihrem Gesicht zu lesen, muss ich feststellen, dass sie mich so zärtlich ansieht, dass in meinem Magen ein Knoten entsteht. Das Schäbigmännchen dort drinnen schlägt begeisterte Purzelbäume.

»Warum guckst du denn so?«, murmele ich.

»Wie gucke ich denn?«, flüstert Angela.

»Verständnisvoll«, antworte ich.

Angela lacht leise. Der perlende Ton treibt mir auch heute noch hin und wieder Gänsehaut auf die Arme. So auch jetzt.

»Du hast mit allem, was du gesagt hast, vollkommen recht«, sagt Angela dann. »Wirklich, ich muss staunen. Du weißt eine Menge über die Tatsachen, die dagegen sprechen, dass wir beide miteinander ein Kind haben können. Und darüber hinaus scheinst du auch genau zu wissen, was ich dazu denke«, sagt sie. »Aber was du offenbar nicht errätst, ist mein Gefühl dabei …«

Ich lege eine Hand auf meinen Bauch und drohe dem Schäbigmännchen wortlos an, es augenblicklich zu erwürgen. Daraufhin ist es tatsächlich ruhig.

»Dein Gefühl dazu?«, wiederhole ich. »Du meinst, dein Gefühl ist ein anderes, als man nach all diesen Argumenten glauben könnte?«

Angela nickt.

Ich muss schlucken.

Gut, dass ich das noch gerade getan habe, denn im nächsten Augenblick spüre ich Angelas Arme um mich und ihre Lippen auf meinen.

Nach zwei gemeinsamen Jahren löst so ein Kuss normalerweise vielleicht nicht unbedingt mehr so einen Wirbelsturm aus, wie er das damals tat, als wir uns kennen lernten. Doch jetzt. Heute. Nachdem wir dies alles gesagt haben, zieht mir die Berührung ihrer Lippen einfach die Schuhe aus.

Wir sinken ineinander wie zwei halb Verdurstete.

Immer wieder gerät mir ein kleiner Schluchzer dazwischen.

Sie ist zurück! Sie ist bei mir! Und ich, vor allem ich, bin bei ihr! Ich spüre sie wieder und rieche sie, schmecke sie.

Nichts steht zwischen uns.

Ich halte nichts zurück.

Und sie? Was hat sie gemeint, als sie gerade zu meiner Frage nickte? Was bedeutet ihr Nicken in diesem Zusammenhang?

Als wir uns wieder voneinander lösen, sind wir beide atemlos.

Und während ich sie anstarre, lacht Angela. Dieses Lachen ist einfach unbeschreiblich.

Fast so unbeschreiblich wie das, was sie dann sagt: »Ich weiß, es ist verrückt. Aber ich würde so gerne mit dir und einem Kind eine richtige kleine Familie sein.«

Vor meinen Augen verschwimmt alles.

Manchmal gibt es im Leben Momente, die du nie wieder vergessen wirst. Egal, was du erleben wirst, egal, wohin es dich verschlagen wird, manche Dinge werden dich begleiten bis zum Schluss.

Ich weiß genau, dies ist ein solcher Moment.

Angela fährt mit glänzenden Augen fort: »Weißt du, das Lesbendasein, die Unabhängigkeit, all das hat mir wirklich gut getan. Ich habe viel zu lange nur als Ehefrau und Mutter vor mich hin gelebt, ohne wirklich lebendig zu sein. Aber ich scheine tief drinnen eine echte Spießbürgerin zu sein. Denn das Einzige, was ich in unserem schönen Leben jetzt noch vermisse, ist das Gefühl, eine Familie zu sein. Du weißt schon, Mutter, Vater, Kind …

»Du meinst wohl, Mama, Mutti, Kind?«, flüstere ich, weil ich mich nicht traue, laut zu sprechen. Ich fürchte, ich könnte durch ein zu lautes Geräusch die Seifenblase zerstören, in der ich mich wähne. Wahrscheinlich träume ich sowieso. Ich bin auf der Heimfahrt eingeschlafen und habe noch nicht mitbekommen, dass mein Wagen führerinnenlos gleich gegen eine Mauer knallen wird …

»Genau so meine ich das«, antwortet Angela.

Ich bin fassungslos.

Mama, Mutti, Kind. Angela, Michelin, Kind.

Meine Lippen zittern.

Irgendwie kann ich nicht glauben, was wir hier gerade besprechen.

»Aber … aber … wie kann das sein? Wieso hast du nie etwas gesagt? Wieso hast du nicht die winzigste kleinste Andeutung fallen lassen, dass du dir so etwas vorstellen könntest? Du wusstest doch, dass ich Kinder mag, du wusstest doch …« Ich bin sprachlos.

Angela schüttelt den Kopf. »Natürlich magst du Kinder. Ich mag Kinder auch. Sogar Ellen mag Kinder, oder? Aber es besteht ein himmelweiter Unterschied zwischen ›Kinder mögen‹ und ›sich eines zu wünschen‹. Und ich hatte einfach Angst …« Sie muss schlucken. Ich gleich auch. Sie hatte auch Angst? Was für ein Drama! »Ich hatte Angst, dass du mich spießig finden könntest. Kaum bin ich der einen Familie entkommen, will ich schon die nächste eröffnen. Deswegen habe ich nur ganz selten, für mich allein, so einen Gedanken zugelassen. Ich habe bis zum heutigen Abend noch nie konkret darüber nachgedacht, ob es machbar wäre, so einen Traum zu realisieren«, sagt Angela.

»Ich fass das nicht!«, stottere ich und fasse mir immer wieder an die Stirn. Auf meinem Gesicht, das wette ich, steht bestimmt ein breites, dümmliches Grinsen.

Angela ringt um weitere Worte. Als müsse sie mich überzeugen! SIE! Mich überzeugen! Ich lache.

Meine Freundin zieht die Stirn in Falten.

»Natürlich weiß ich, dass auch Lesben Mütter sein können. Ich meine, ich bin Mutter und lebe mit einer Frau zusammen. Beides gleichzeitig!« Sie ist so absolut zuckersüß! Wenn ich sie nicht schon über alle Maßen lieben würde, dann würde ich mich in diesem Moment in sie verknallen. »Natürlich gibt es ja auch Patchwork-Familien, in denen eine Frau die Kinder mit in die Beziehung bringt …«

Ich schnappe nach Luft.

Rasch angele ich nach der Schnur der kleinen Lampe auf dem Beistelltisch und knipse sie an. Beide blinzeln wir kurz und schauen uns dann an. Als müssten wir neu Maß nehmen. Ein wenig Scheu und ein bisschen Neugier liegt in unseren Blicken neben all dem Vertrauten.

»Du willst mir doch jetzt nicht erzählen, dass wir zwei mit Lena so eine Art Kleinfamilie sein könnten?!«, frage ich vorsichtig.

Dass ich vor zwei Jahren, bevor unsere Beziehung begann, einen kleinen One-Night-Stand mit Lena hatte, ist immer noch etwas, worüber wir nicht so locker sprechen können.

Fast hätte Angela lieber auf mich und unsere wunderbare Liebe verzichtet, als sich in der Rolle derer zu sehen, die der eigenen Tochter die Freundin ausspannt. Zu diesem Zeitpunkt wussten wir beide noch nicht, dass Lena nicht die Bohne an eine echte Beziehung mit mir dachte, sondern eigentlich auf diese Weise ihre Mutter zu ihrem treulosen Vater zurückbringen wollte.

Vor diesem Hintergrund ist es also nicht einfach, uns drei unter einen Hut zu bekommen.

Jetzt sieht Angela mich mit großen Augen an. Die Idee, mit mir und ihrer erwachsenen lesbischen Tochter zusammen eine Kleinfamilie zu gründen, scheint ihr Gott sei Dank noch nicht von selbst gekommen zu sein. In ihren Augen spiegelt sich Verblüffung.

Dann verändert sich die Form ihrer Augen. Sie werden schmaler. Gleichzeitig ziehen sich ihre Mundwinkel nach oben. Und dann platzt sie mit einem höllischen Gelächter heraus.

Ich lache mit. Wir sitzen hier auf dem Sofa, quietschen und prusten.

»Nein«, kichert Angela schließlich und wischt sich ein paar Tränen aus den Augenwinkeln. »Nein, das will ich wirklich nicht behaupten. Denn ehrlich gesagt: Wenn wir mal zu dritt zu Abend essen oder ins Kino gehen, ist es meistens doch eher anstrengend.«

»Findest du auch, dass Lena immer noch versucht, mit mir zu flirten?«, grinse ich.

Angela nickt kurz und in gespieltem Grimm. »Was mir

aber noch viel mehr auf den Keks geht, ist ihre Art, mir ständig beweisen zu wollen, dass sie die bessere Lesbe ist. Puh.«

Wieder grölen wir zusammen los.

Ein gewisses Quantum Hysterie scheint der Situation durchaus angemessen.

Gerade hat meine Lebensgefährtin, von der ich annahm, dass so etwas für sie niemals infrage käme, mir mitgeteilt, dass sie mit mir ein Kind haben möchte.

Wir lachen also Tränen. Bis wir immer stiller werden und uns schließlich nur noch lächelnd anschauen. Angela nimmt meine Hand und verschlingt ihre Finger mit meinen.

»Du bist unglaublich«, murmelt sie.

»Und du erst!«, erwidere ich und meine es auch genau so.

»Dann steht ja wohl fest, wohin wir in unserem Oktoberurlaub fahren, oder?«, lächelt sie.

Bisher war nämlich noch nicht klar, wohin es uns in dieser einen gemeinsamen Woche verschlagen würde.

Ich blinzele. »Wohin denn?«

»Na, nach Dänemark natürlich, dahin, wo du gerade herkommst«, antwortet Angela mit aller Selbstverständlichkeit in der ihr eigenen gelassenen Art.

Ich muss schlucken.

»Findest du nicht, wir sollten noch mal drüber schlafen?«, piepse ich dann.

Angela grinst. »Damit ich noch älter werde?«

»Du meinst, wir sollten gar nicht mehr lange warten? Ich meine, das ist doch eine weitreichende Entscheidung.

Vielleicht sollten wir noch mal in Ruhe drüber nachdenken. Oder denkst du wirklich, dass wir nicht mehr länger warten sollten und dass wir …?«

»Jetzt«, sagt Angela, greift nach meinem T-Shirt und zieht mich wieder ganz nahe an sich heran.

»Wie? Jetzt sofort?«, wiederhole ich verwirrt. Diesen Gesichtsausdruck kenne ich. Meine Freundin sieht eindeutig lüstern aus.

»Jetzt!«, sagt Angela noch einmal.

»Okay«, grinse ich. Das lass ich mir nicht dreimal sagen. Also nehme ich ihre Hand, stehe auf, ziehe sie vom Sofa hoch und führe sie hinüber ins Schlafzimmer.

Dort küssen wir uns eine ganze Weile innig, bis wir miteinander aufs Bett fallen.

»Du warst doch in dieser Klinik, oder?«, murmelt Angela, während ich ihr das T-Shirt über den Kopf ziehe. »Du kannst es ruhig zugeben.«

»Also gut, ich gebe es zu«, sage ich, betrachte interessiert den hübschen neuen BH und die verheißungsvollen Ansätze ihrer Brüste. Mit den Fingerspitzen streife ich über die zarte Haut.

Sie schaudert, wirft sich in den Kissenberg und zieht mich mit sich.

»Willst du mir nicht davon erzählen?«, fragt sie und spielt mit meinen Haaren, küsst meinen Hals und atmet leise in mein Ohr. Gänsehaut auf ganzer Linie.

»Wie wäre es, wenn wir das auf morgen verschieben?«, seufze ich.

»Oooch«, macht sie und zieht mich noch näher an sich heran. »Bitte!«

Ich muss lächeln, weil ihre eine Hand an meiner Seite spazieren geht und die Gratwanderung zum Kitzeln so gerade noch hinbekommt.

»Also gut«, gebe ich mich geschlagen. Sie hört aber nicht auf, mich zu streicheln.

»Ehm ... wenn du das tust, könnte ich aber etwas wirr erzählen, fürchte ich.«

»Das macht doch nichts«, gurrt sie.

»Na dann ... also, es war wirklich ein ganz besonderes Erlebnis, dort zu sein ...«

Ich erzähle ihr von meinem Gespräch mit Inga Helsen, ihren Schilderungen rund um die Klinik, den Hunderten von Babys, die durch ihre Hilfe geboren wurden.

Angela hört mir fasziniert zu.

Ihre Hände streichen über meinen Köper. Ich fühle mich schwerelos und wolkengleich.

Vielleicht ist es noch Abend. Vielleicht wird es schon Nacht.

Von ihren Fragen zu meinen Antworten werden die Abstände immer größer.

Ich glaube, die letzte Antwort denke ich sogar nur noch.

Und dann bin ich, eng an meine Geliebte gekuschelt, in Sekundenschnelle eingeschlafen.

Achtes Kapitel

Am ersten Morgen eines Wochenendes aufzuwachen ist immer herrlich.

Dir stehen zwei völlig unverbrauchte, freie Tage bevor, die sich als weite, fröhlich winkende Fläche vor dir ausbreiten.

Neben dir rekelt sich eine unbekleidete, wunderschöne Frau unter dem Laken und blinzelt mit dir gemeinsam in den Morgen.

»Moorgn«, nuschele ich und lächele Angela an.

Sie lächelt zurück.

Daran, wie munter sie aussieht, kann ich erkennen, dass sie offenbar schon eine Weile wach ist und sich durch gedankliche Morgengymnastik bereits fit gemacht hat.

»Frühstück am Bett?«, murmele ich und strecke die Hand nach ihr aus.

Angela wendet mir ihren verlockenden Körper zu, und meine Finger kommen in der kleinen Mulde oberhalb ihres Schlüsselbeins zum Liegen.

»Gute Idee«, grinst sie.

Also springe ich auf und tapse nach einer Katzenwäsche und Zähneputzen barfuß in die Küche, um ein Tablett mit allen leckeren Dingen vollzuladen, die sich finden lassen.

Als ich schwer beladen, Kaffeeduft hinter mir herziehend, wieder ins Schlafzimmer komme, sitzt Angela bereits aufrecht und hat uns die Kissen zurechtgestopft.

Ich schlüpfe zu ihr unter die Decke.

»Ach, ich liebe das!«, schwärme ich, bestreiche einen Toast mit Butter und beiße herzhaft hinein.

»Na, dann genieß es noch eine Weile, bevor es nicht mehr möglich ist«, lässt Angela wie nebenbei fallen und nimmt einen großen Schluck Orangensaft.

Kauend sehe ich sie verwundert an.

Sie zuckt die Achseln.

»Was hältst du von Wecken um sechs Uhr durch Indianergeheul? Oder von verschütteten und anschließend mikroskopisch klein gestampften Cornflakes auf frisch bezogenen Laken? Oder am besten gleich das Frühstück ganz ausfallen lassen und stattdessen im Wartezimmer des Notfallarztes sitzen, weil laut über Bauchweh gejammert wird?«

Ich hebe meinen Toast hoch und strecke den Zeigefinger, den ich nicht zum Festhalten brauche, anklagend in ihre Richtung.

»Das ist ja eine ganz gemeine Tour«, mampfe ich an meinem Bissen vorbei. »Ich denke, du willst genauso gern ein Kind wie ich?«

Angela betrachtet mich abschätzend, als müsse sie abwägen, wie viel Wahrheit ich verkraften kann.

»Ich würde sogar noch weitergehen, mein Herzblatt, ich würde sagen: Ich will mit dir ein Kind, obwohl ich weiß, was auf uns zukommt. Du weißt das aber noch nicht. Ich dachte, ich weise dich mal vorsichtig auf ein paar Details hin, die nicht so einfach sind, wenn man Mutter ist. Nehmen wir zum Beispiel mal die ›Erna & Bert Party‹ heute Abend. Auf so etwas würdest du längere Zeit verzichten müssen. Zumindest die Partys mit mir zusammen. So ein kleines Kind braucht ständige Betreuung.«

Ich rolle mit den Augen. »Angela, ich bin über dreißig! Ich weiß, dass man Babys weder sich selbst überlassen kann noch mit in eine überfüllte, lärmende Discohalle nimmt. Partys wird es auch noch geben, wenn wir aus dem Gröbsten raus sind und uns hin und wieder einen Babysitter leisten können.«

Meine Liebste sieht hinter ihrer dampfenden Kaffeetasse plötzlich sehr verzagt aus.

»Ich fürchte vielleicht ein bisschen, dass es sich am Ende nur als fixe Idee rausstellen könnte. Es scheint mir einfach zu schön, um wahr zu sein, dass ich so etwas noch einmal erleben darf – in vollem Bewusstsein und aus freiem Willen. Meine Schwangerschaft mit Lena damals kam so plötzlich, so unerwartet und … ja, ungewollt …«

»Das kann dir mit mir ja wirklich nicht passieren«, beruhige ich sie. »Es ist wohl eher das Gegenteil der Fall. Dass wir uns vorher furchtbar viele Gedanken machen müssen.«

»Genau das ist es!«, wirft Angela ein. »Ich weiß gar nicht genau, wo wir jetzt anfangen sollen! Wir könnten einen Termin bei der Klinik in Dänemark machen. Aber als ich vorhin aufwachte und du noch so selig schlummertest, kam mir plötzlich ein alarmierender Gedanke: Was geschieht, wenn unser Kind später seinen Vater kennenlernen will? Ich denke, das sollten wir ihm ermöglichen. Wenn ich mir Lena ohne ihren Papa vorstelle …« Sie verdreht die Augen.

»Aber wenn sie ihn nie kennengelernt hätte?«, wage ich vorsichtig einzuwerfen.

»Trotzdem sollte doch der Vater keine nebulöse Figur bleiben«, erklärt Angela entschieden. »So was ist wichtig für einen Menschen. Stell dir mal vor, du wüsstest gar nicht, wer deine Eltern sind. Was sind sie für Menschen? Wer sind sie? Was tun sie? Glaubst du denn nicht, dass es wichtig ist für einen jungen Menschen, so etwas zu erfahren?«

Ich kratze mich am Kopf.

»Tja, weißt du, in der Klinik sind die Spender aber alle anonym. Das heißt, die Klinik kennt zwar die Identität, aber die wird auf keinen Fall weitergegeben. So wird es da gehandhabt. Das heißt, auch wenn wir unbedingt erfahren wollten, wer der Vater unseres Kindes ist, selbst wenn wir klagen würden … wir würden den Namen nicht erfahren.«

Ratlos sehe ich sie an.

Angela schüttelt unwirsch den Kopf. »Das kommt nicht für uns infrage. Ende! Welche anderen Möglichkeiten haben wir?«

Ich lecke mir Marmelade vom Finger und schaue aus dem Fenster.

»Kalifornien«, sage ich etwas stockend. Ehrlich gesagt hätte ich nie vermutet, dass Angela so ein Tempo vorlegen würde. Gestern um diese Zeit hatte ich noch keine Ahnung, dass meine Freundin noch einmal Mutter werden will. Und heute bringt sie mich schon außer Atem, indem sie am frühen Morgen einen kompletten Ablaufplan für die ersten achtzehn Jahre erstellen will. »Wir könnten zur Klinik Sperma aus den USA einfliegen lassen.«

Angela stutzt. »Tiefgefroren oder wie?«

Ich nicke.

»Aber wir würden es trotzdem in der Klinik machen lassen können, die ganze Betreuung und so?«

Wieder nicken.

»Und was ist mit diesem sonnengereiften kalifornischen Sperma anders als mit dem dänischen?«

»Es sind Ja-Spender«, berichte ich ihr. »Das Ganze nennt sich ›Identity release‹. Das Sperma stammt von Männern, die ihre Einwilligung dazu gegeben haben, dass das so entstandene Kind mit achtzehn Jahren den leiblichen Vater kennenlernen darf, wenn es das möchte. Zwar erkennen sie keine Vaterschaft an, im Sinne von Zahlungen oder sonstigen Verpflichtungen. Aber sie haben nichts gegen ein späteres Kennenlernen einzuwenden.«

Angela gibt einen kleinen Grunzer von sich. »Was sind das wohl für windige Typen, die ihr Sperma so unter die Leute bringen? Ich meine, mit welcher Motivation machen die so was?«

Ich zucke die Achseln. »Geld. Wie immer. Die meisten von ihnen sind Studenten. Die brauchen doch immer Knete.«

Angela nickt. Aber natürlich war das nicht die letzte Frage.

»Wie viele Kinder darf so ein Spender überhaupt machen? Ich stelle es mir grässlich vor, wenn unser Kind in achtzehn Jahren mit ungefähr dreihundert anderen Jugendlichen in die Staaten reist, um ihren gemeinsamen Vater zu besuchen.«

»Wieso?«, frage ich. »Sie könnten gemeinsam eine Maschine und in Amerika Busse chartern. Das käme uns bestimmt billiger.«

Angela stößt mich in die Seite, und ich verschütte beinahe meinen Orangensaft.

Dann erklärt sie: »Ein Kind braucht seinen Vater nicht so sehr, dass es jeden Abend von ihm ins Bett gebracht werden muss. Aber es braucht eine Figur, die sein Vater ist. Verstehst du? Du kannst unserem Kind doch nicht sagen, dass es irgendwo anonym in einen Behälter gespritzt wurde, während ein geldgeiler, Bush wählender, cheeseburgerverseuchter Amerikaner über einem Pornoheftchen onanierte.«

»Angela!«

»Aber so wird es doch sein. Was meinst du, was im Kopf eines solchen Kindes passiert?« Angela tut so, als müsse sie sich schütteln.

»Aber in Kalifornien …«

»Diese Spender akzeptieren keine Vaterschaft, hast du gerade selbst gesagt«, unterbricht sie mich. »Wer weiß, was in 18 Jahren ist, Michelin. Nein, diese Sache ist mir zu nebulös. Ich finde es gefährlich, ein Kind so einem Konstrukt auszusetzen.«

Meine Güte, wenn sie ihren Mann vor der Zeugung Lenas auch so einem Katalog von Wenn und Aber unterworfen hätte, dann wäre sie nicht in so jungen Jahren schwanger geworden.

Wir greifen beide seufzend nach noch einem Toast und bestreichen die Scheiben mit Butter.

»Es gibt ja noch eine andere Variante«, sage ich schließlich vorsichtig. Wer weiß, was ihr dazu einfallen wird. »Erinnerst du dich an Armin und Daniel, die wir neulich im Kino getroffen haben?«

»Sicher. Das sind doch die ›Freunde von Emma. Emma, die Freundin von Frauke, weißt du?‹«, äfft sie meine Vorstellung von damals nach.

»Ja«, brumme ich.

»Und was ist mit denen?«

»Tja, weißt du, allen Vorurteilen zum Trotz sind Schwule ja auch Männer. Und sie besitzen etwas, was wir brauchen …«

»Samen!«, gurgelt Angela und beißt herzhaft in den Toast.

Ich nicke. »Was ich dir nicht erzählt habe, war die Tatsache, dass ich mit den beiden schon über genau diese Thematik gesprochen habe. Die beiden wären nämlich gern Vater. Aber ohne die volle Verpflichtung. Ohne das Kind selbst aufzuziehen, verstehst du? Ich hielt das für eine ideale Voraussetzung.«

Angela setzt sich aufrechter hin.

»Aber das ist es wirklich, Michelin! Wieso hast du mir das nicht früher gesagt?« Ihr Gesicht leuchtet plötzlich hoffnungsvoll auf.

»Weil es sich in der Zwischenzeit zerschlagen hat. Sie konnten sich nicht einigen, wer der leibliche Vater sein sollte. Also sind sie vom Plan komplett zurückgetreten.«

»Oh …«

Sie stiert eine Weile vor sich hin. Dann schüttelt sie den Kopf.

»Du hast mit ihnen schon darüber gesprochen, obwohl du mir noch gar nichts gesagt hattest?«, will sie wissen.

Ich schlucke kräftig.

»Ich wollte es dir sagen … ehrlich …«

Angela denkt nach. Ihr Blick scannt dabei mein Gesicht. Ich kaue an meinem Toast und habe plötzlich den Eindruck, dass etwas Kautschuk darin verarbeitet ist.

»Stimmt«, murmelt sie dann und über ihre Miene gleitet so etwas wie Amüsement. »Ich erinnere mich an einen Abend, als du sehr viel davon gesprochen hast, wie harmonisch alles zwischen uns ist, wie gut es uns miteinander geht, dass wir das ideale Paar sind und uns auf der Welt eigentlich kaum noch etwas fehlt … ich glaube, wir hatten einen ziemlich wilden Abend, genau hier, oder?«

Sie deutet mit dem Kopf zwischen uns ins Bett.

Ich lächele sie hilflos an.

»Stimmt«, sage ich auch.

Sie grinst. »Guck nicht so verzagt. Ich fand, das war ein ausgesprochen netter Abend. Ein guter Anfang.«

»Ein Anfang? Wofür?«

»Na, für unsere Familienplanung.«

Wir greifen beide gleichzeitig zu unseren Frühstückseiern.

»Tja, nur gestaltet sich die Planung leider etwas schwieriger, als ich anfangs gedacht hatte. Weißt du, vielleicht sollten wir noch einmal gemeinsam nach Kopenhagen zur Klinik fahren. Vielleicht musst du diese Eindrücke selbst erfahren, damit du von dieser Einrichtung genauso begeistert bist wie ich?«

Angela sieht nicht überzeugt aus.

Sie starrt vor sich hin.

»Verflixt!«, sagt sie dann und schlägt ganz gegen ihre Gewohnheit ihrem Frühstücksei den Kopf ab.

Ich zucke ein bisschen zusammen.

»Das ist doch wie verhext!«, schimpft Angela. »Zig Jahre bin ich in meiner Ehe abhängig von einem Mann. Kaum löse ich mich daraus, kaum bin ich der Meinung, mich jetzt endlich aus allen Abhängigkeiten befreit zu haben, geht es wieder nur darum: Wir brauchen einen Mann, um das zu bekommen, was wir wollen! Das ist einfach zum Heulen!«

* * *

Hin und wieder findet im berühmten Kulturbahnhof eine gemischte Tanzveranstaltung statt.

Gemischt bedeutet, dass Frauen und Männer sich gleichzeitig in einem Raum befinden. Und Tanz bedeutet, dass alle, die etwas auf sich und ihr Outfit des Abends halten, auf der immer zu kleinen Tanzfläche herumhopsen.

Ehrlich gesagt habe ich es schon seit ein paar Jahren nicht mehr so mit diesen Veranstaltungen. Sie sind mir einfach zu laut und zu überfüllt mit Menschen, die allen anderen beweisen wollen, dass sie zumindest an diesem Abend die coolsten sind. Außerdem kann ich Zigarettenqualm nicht ausstehen, weil ich vor Jahren mal eine richtige Allergie dagegen entwickelt hatte. Das hat sich Göttin sei Dank gelegt. Wenn ich also jetzt von Jackie angerufen werde, die drängelt, dass wir uns doch hoffentlich am Abend sehen, kann ich guten Gewissens und ungefährdeter Gesundheit Ja sagen.

Ich denke, dass Angela und mir nach diesem gedankenschweren Tag etwas Ablenkung gut tun wird.

Wir fahren also hin.

Natürlich fahren wir hin.

Denn egal, wie genervt ich auch immer tun mag, ich war zu lange ein Teil der Szene, um irgendwann einfach komplett aus ihr zu verschwinden. Irgendwie würde dann doch etwas fehlen.

Als wir um kurz nach elf im Bahnhof ankommen, tobt bereits der schwullesbische Bär. Es wimmelt nur so von Leuten, und von drinnen dringt wie immer gedämpft der Bass.

Angela hält sich gern ein bisschen hinter mir. Auch zwei Jahre haben nicht bewerkstelligen können, dass sie sich in diesem Ambiente so richtig zu Hause fühlt.

Ein bisschen besser geht das immer, wenn unsere Freundinnen mit von der Partie sind. Und die sind auch gleich zur Stelle.

Jackie hüpft wie ein Gummiball, als sie uns vom anderen Ende des Raumes aus entdeckt. Sie hat ihre schulterlangen, krausen Haare zu Zöpfen geflochten, was wirklich niedlich aussieht. Unabhängig davon trägt sie rein schwarze Sachen, was ihr zu ihrem schokobraunen Gesicht einen schwer eleganten Touch gibt. Ellen dagegen ist ganz in Weiß gekleidet, und ihr helles Haar fließt ihr in Wellen über den Rücken. Alle drehen sich nach den beiden um, wie sie Hand in Hand durch die Menge auf uns zukommen.

»Willst du es ihnen sagen?«, frage ich Angela.

»Wie?«

»Das mit unserer Familienplanung«, grinse ich. »Jackie

wird mich bestimmt gleich zur Seite nehmen und heimlich ausspionieren wollen, wie weit ich in meiner Offenbarung inzwischen gekommen bin. Vielleicht wäre es besser, wenn du …?«

Angela zieht eine Grimasse. »War ja klar, dass die beiden es auch wissen. Nur die ahnungslose Freundin tappte im Dunkeln, wieso Michelin plötzlich so in sich gekehrt wirkte.

Ich kann ihr diesen Spruch nicht verdenken.

Eigentlich ist es sogar erstaunlich, dass sie nicht wirklich sauer geworden ist. Aber dazu ist diese Sache wohl tatsächlich zu groß, zu schwerwiegend und zu glücklich machend, weil wir uns letztendlich wirklich einig sind.

»Okay, überlass sie mir«, kann Angela gerade noch sagen, da sind die beiden schon bei uns angekommen.

»Tach auch!«, kräht Jackie und umarmt uns.

Ellen haucht Küsse links und rechts auf die Wangen.

»Wo bist du denn gewesen? Ich hab dir letzte Woche zweimal auf den AB gesprochen, und du hast nicht zurückgerufen«, mault Jackie sofort los.

»In Dänemark«, antworte ich schlicht.

Jackies Blick entgleitet kurz ihrer Kontrolle und heftet sich auf meinen Bauch, von dem ich heute tatsächlich ein bisschen Haut unterm knappen T-Shirt hervorblitzen lasse.

»Keine Bange, man sieht's noch nicht«, greift Angela die Gelegenheit beim Schopf und lächelt Jackie ins Gesicht.

»Meint sie, was wir meinen?«, wendet sich Ellen an mich.

Ich nicke.

»Du bist doch nicht etwa …?«, quietscht Jackie mich an.

»Willst du etwa auch …?«, startet Ellen im gleichen Augenblick in Richtung Angela.

»Nein!«, sage ich.

»Ja!«, sagt Angela.

Damit dürfte ja wohl alles geklärt sein.

Aber natürlich entsteht ein Heidentumult. Der dadurch nicht besser wird, dass plötzlich Frauke und Antonie hinter uns auftauchen, eigentlich nur auf eine nette Begrüßungsrunde eingestellt sind und mitten in ein Lesben-werden-Mütter-Drama erster Klasse hineingeraten.

Alle schreien durcheinander, was allein schon aufgrund der lauten Musik notwendig ist.

Jackie lacht die ganze Zeit wie irre, weil sie offenbar eine Wette mit Ellen gewonnen hat. Ellen ist bemüht, Angela vollkommen sachlich und nüchtern davon zu überzeugen, dass ihre Entscheidung uns in eine echte Katastrophe führen wird. Frauke will wissen, was eigentlich los ist. Und Antonie kann über die Freundinnen ihrer Partnerin wieder mal nur staunen.

Die erste halbe Stunde geht damit drauf, dass Angela und ich abwechselnd von unserem Plan und den damit verbundenen Schwierigkeiten berichten.

Die anderen hören begeistert (Jackie und Antonie), skeptisch (Ellen) und mitfühlend (Frauke) zu, werfen Bemerkungen, Ideen und Gegenargumente ein. Kurz: Es handelt sich innerhalb kürzester Zeit nicht mehr um eine Familienplanung, sondern um eine Groß-Familienplanung.

Wer sollte eigentlich noch mal das Kind bekommen? War ich das nicht?

Erst als auch Frederike und Karolin auftauchen, wechseln wir das Thema. Und zwar rasant. Denn Frederike hat zu berichten, dass ihr Verlag ihr ein Angebot zu einem historischen Lesbenroman gemacht hat und sie einen dreiwöchigen Englandaufenthalt über Rechercheposten abrechnen darf. So was wünscht sich natürlich jede. Wenn es auch vielleicht nicht der größte Wunsch ist. Denn der sieht ja doch von Mensch zu Mensch sehr unterschiedlich aus.

Je später es wird, desto voller wird es auch. Gerade die Männer neigen dazu, erst um Mitternacht wie Cinderella im Dutzend, einer schöner als der andere, zur Tür hereinzukommen.

Die wenigen heterosexuellen Frauen, die sich mit ihren schwulen Freunden hier herumtreiben, bekommen Stielaugen.

Ich kann sie durchaus verstehen.

Manche Klischees werden halt doch immer wieder bestätigt. Wir sind hier umgeben von gut aussehenden, super gepflegten, hip gestylten und sympathischen jungen Männern, die ihren Charme und Testosteron versprühen, als gäbe es kein Morgen.

Wenn ich sie so anschaue, wird mir immer wieder klar, dass ich im Grunde gar nichts gegen Männer einzuwenden habe.

Viele von ihnen sind sehr nett, gefühlvoll, hilfsbereit, mit weichem Kern und dennoch erstaunlicher Muskelkraft.

Irgendwie mag ich auch das Burschikose. Das Coole. Und manchmal auch das bunt aufgeflaggte Gegockel. Ein bisschen davon ist ja auch in uns. Das sollten wir uns als Frauen auch zugestehen.

Klar gibt es Unterschiede. Oft massive.

Wenn Angela und ich nun, wie Daniel und Armin, ein Kind wollten, es aber nicht selbst bekommen könnten – dann würde uns einer der größten Unterschiede wohl noch doller bewusst als jetzt.

Apropos Daniel und Armin.

»Guck mal, da vorn sind sie ja schon wieder«, ruft Angela mir ins Ohr. Sie hat sie offenbar im gleichen Moment gesehen. Dann hebt sie die Hand und winkt über die Köpfe der umstehenden Frauen hinweg den beiden zu.

Armin stutzt kurz, lächelt dann, zupft an Daniels T-Shirt und deutet in unsere Richtung.

Ich nicke ihnen auch zu. Doch die beiden werden offenbar von Angelas enthusiastischem Winken magisch angezogen.

Als sie näher kommen, kann ich beobachten, wie sich etliche Männer nach Daniel umdrehen, der lässig durch die Menge schreitet wie Moses durchs Rote Meer.

»Hallo!«, brüllt Armin uns entgegen. »Euch treffen wir ja alle naselang, wie?«

»Ja, was kann das nur bedeuten«, erwidert Angela.

Armin runzelt die Stirn. Ich kann nur hoffen, dass er sie aufgrund der lauten Musik nicht verstanden hat.

»Wir wollten gerade ins Café rübergehen. Ein bisschen Pause von dem ganzen Trubel hier. Habt ihr Lust, uns zu begleiten?«, schlägt Angela vor, obwohl wir eigentlich ursprünglich gerade auf die Tanzfläche gehen wollten.

Mich überkommt ein ganz ungutes Gefühl.

Ich kenne sie.

In den vergangenen zwei Jahren konnte ich mehr als einmal erleben, wie zielstrebig und nahezu penetrant meine sonst so gelassene Freundin werden kann, wenn sie sich etwas in den Kopf gesetzt hat.

»Gerne!«, antwortet Armin für die beiden Männer.

Und während wir im Gänsemarsch hinüber zum Cafébereich gehen, hoffe ich inbrünstig, dass nun nichts Peinliches auf mich wartet.

Doch anfangs sieht es gar nicht danach aus.

Wir bestellen uns Kaffee, Kakao und Latte Macchiato, erobern einen der Tische und quatschen fröhlich über dies und das.

Gerade beginne ich mich zu entspannen, als Angela sich an mich wendet und fragt: »Hast du dich in Dänemark eigentlich auch mal nach solchen Lokalitäten umgeschaut? Die haben doch sicher Dutzende von schwullesbischen Discos, oder?«

Mit einem Male wird es ganz still.

Natürlich reden die Menschen um uns herum munter weiter. Und die Musik dröhnt immer noch aus der Discohalle zu uns herüber. Aber an unserem Tisch könnte ich trotzdem eine Stecknadel fallen hören.

Es ist, als würden sich meine Ohren für jeden Lärm, für alle Geräusche von außen verschließen und würden nur das gespannte Schweigen zwischen uns vieren wahrnehmen.

»Du warst in Dänemark?«, erkundigt sich Daniel freundlich.

»Beruflich«, antworte ich rasch. »Frauke hatte einen Dreh in Kopenhagen, und ich bin als ihre Assistentin mitgereist.«

»Oh, wie schön«, sagt Daniel darauf.

Armin sitzt wie eine Salzsäule und sieht mich wie hypnotisiert an. Er sagt gar nichts. Aber ich kann mir vorstellen, was in seinem Kopf abgeht. Sie sind doch nicht blöd. Sie wissen genauso gut wie wir, welche Möglichkeiten Dänemark bietet. Schließlich haben wir dieses Thema bei unserem konspirativen Treffen im ›Yellow‹ auch angerissen.

Angela schlürft an ihrem Kaffee und sieht sich betont unbeteiligt im Cafébereich um.

Daniel wirft Armin warnende Blicke zu. Doch die werden offenbar gar nicht wahrgenommen. Armin konzentriert sich gerade voll auf mich. Und ich starre auf den Holztisch, auf dem ein paar Streichhölzer wirr durcheinanderliegen, als würden wir uns im Runenlegen üben.

Ich will gerade eine schwachsinnige Bemerkung über das Wetter der letzten Tage machen, als Angela sich vertrauensvoll vorbeugt und den beiden Männern über den Tisch hinweg zuraunt: »Ich weiß übrigens jetzt auch Bescheid.«

Ich glaube, mir bleibt das Herz stehen.

Armin blinzelt irritiert.

Auf Daniels Gesicht breitet sich jedoch ein Grinsen aus.

»Ja«, setze ich rasch hinzu. »Ich habe es also doch noch über mich gebracht.« Dazu lache ich etwas zu schrill.

»Und stellt euch vor, ich will auch«, fährt Angela fort und lässt damit das Blut in meinen Adern gefrieren.

»Echt?«, macht Daniel interessiert.

Vor Armins Gesicht fällt eine Jalousie.

Falls Angela das bemerkt, tut sie so, als sei nichts. Sie spricht lässig weiter: »Ja, echt. Schließlich sind Mütter knapp über vierzig gerade doch ziemlich in. Es gibt eine Menge guter Vorbilder. Madonna. Verona Feldbusch ... ach, nein, die ist noch nicht vierzig, oder? Egal! Das Gute daran ist: Ich habe ja schon eine Tochter.«

Daniel und Armin sehen mich beide wie auf Kommando an und dann wieder Angela. Sie erinnern sich bestimmt an das ganz besondere Zusammentreffen mit eben jener Tochter im ›Yellow‹.

»Lena ist natürlich schon erwachsen, weil ich so früh angefangen habe. Aber ich weiß genau, was auf uns zukommt, wenn wir dieses große Abenteuer jetzt zusammen angehen. Nicht, Michelin?!« Angela legt ihre Hand auf meine und lächelt mich unschuldig an.

Ich denke, ich weiß, was sie im Schilde führt.

Sie glaubt, sie könne unsere beiden Gegenüber doch noch überzeugen und zu potenziellen Vätern ummodeln.

Und das Schlimme daran ist: Ich weiß, dass sie im Überreden – nein, nennen wir es Überzeugen – unschlagbar ist. Aber was wäre das für eine Voraussetzung für eine gemeinsame Elternschaft, wenn die Väter erst mühsam überzeugt werden müssen?

Das ist doch mindestens genauso blöde wie ein anonymer Plastikbehälter, oder?

»Dann war deine Dänemarkreise also doch nicht nur rein beruflich?«, hakt Daniel nach.

Ich wiege den Kopf. »Nicht hundertprozentig«, gebe ich schließlich zu.

»Und?«, macht Armin. Es ist das erste Wort, das er sagt, seitdem wir dieses Thema angeschnitten haben.

»Ich war in der Helsenklinik, eine Inseminationsklinik, die einen guten Ruf hat und auch wirklich sehr gut zu sein scheint. Die Leiterin hat sich viel Zeit genommen, mit mir über den Ablauf dort zu sprechen. War ein wirklich interessantes Erlebnis. Eine beeindruckende Frau«, erzähle ich knapp.

Angela sieht mich abschätzend an. Vielleicht hätte ich das mit der beeindruckenden Frau nicht mit so viel Überzeugung sagen sollen?

»Dann werdet ihr es also da machen lassen?«, erkundigt sich Daniel.

In Armins Augen glimmt etwas auf, das ich Furcht nennen würde, wüsste ich nicht, dass niemand davor Angst zu haben braucht, sollten Angela und ich tatsächlich in eine dänische Klinik reisen.

Angela und ich sehen uns an.

»Wir sind uns noch nicht sicher«, sage ich dann.

»Ich finde, dass es bedenklich ist, wenn es sich beim Vater um einen anonymen Spender handelt«, erklärt Angela. »Wahrscheinlich wird es unser Kind sowieso immer mal wieder erleben, dass Menschen seltsam reagieren, wenn es sagt, dass es zwei Mütter hat. Ich finde, man sollte einen kleinen Menschen nicht diesem Konstrukt eines unbekannten Vaters aussetzen. Das ist ein Defizit, das es niemals im Leben aufholen könnte.«

Armin nickt langsam, als könne er ihre Worte gut nachvollziehen.

Daniel schiebt die Streichhölzer auf dem Tisch hin und her.

Ich halte die Schweigepause einfach nicht aus und platze mit der Lösung der Ja-sagenden Kalifornier heraus.

Armin behauptet, dass kalifornische Männer nur Stroh im Kopf haben. Daniel mutmaßt, dass sie dafür alle überdurchschnittlich gut aussehen.

Wir lachen darüber wie über einen wirklich guten Witz.

»Tja«, macht Armin dann und blickt auf seine ineinander verschlungenen Hände. Er hat für einen Mann ungewöhnlich schöne Hände. Sie sehen sehr weich und dennoch kräftig aus.

»Tja«, macht auch Angela.

»Wollen wir vielleicht wieder rübergehen und die Tanzfläche stürmen?«, fragt Daniel.

»Na klar!«, strahlt Angela und steht mit den beiden auf.

»Ich muss noch zum Klo. Ich glaub, ich krieg meine Tage«, brumme ich. Die allgemeine Heiterkeit ist leider auf mich nicht übergesprungen. Eher im Gegenteil. Ich kann nicht wirklich nachvollziehen, wie Angela erst über unseren Kinderwunsch und die Schwierigkeiten bei der Planung sprechen und dann mit nahtlosem Übergang wieder Party feiern kann.

Armin und Daniel sehen sich einen Moment lang betreten an.

»He«, sage ich. »Guckt nicht so. Es ist nicht eure Schuld, dass ich meine Mens bekomme, okay? Überhaupt ist nichts eure Schuld. Wir haben nur eine Idee miteinander besprochen, und ihr habt euch dagegen entschieden. Das war euer gutes Recht und wirklich kein Drama. Angela und ich werden das schon in den Griff kriegen. Macht euch jetzt einfach einen schönen Abend!«

Trotz meiner betont heiteren Aufforderung wirken die beiden bedrückt, als sie abschieben.

Wir sehen ihnen hinterher.

Angela seufzt.

»Ein schöner Mann«, murmelt sie, eher zu sich als zu mir.

Ich sehe sie beunruhigt an.

»Und eine faszinierende Nase«, grinst meine Freundin, hakt sich bei mir ein und zieht mich zu den Toiletten.

Auf der Heimfahrt, zwei Stunden später, sind wir beide eher schweigsam.

So richtig wollte nach unserem Treffen mit Armin und Daniel die Partystimmung nicht wieder aufkommen.

Hinzu kommt, dass die beiden wie vom Erdboden verschluckt waren. Weder Angela noch ich haben sie noch einmal zu Gesicht bekommen.

Dafür tauchte irgendwann die grellblonde Diana auf, die sich mit suchenden Blicken durch die Menge schob.

Angela hatte keine Lust, ihrer süßen Tochter über den Weg zu laufen, und da ich sowieso mehr gähnte als tanzte, traten wir den Heimweg an.

Im Auto herrscht nun Schweigen.

Bis wir an einer Ampel halten und ich den Gang auskupple.

»Fandest du auch …?«, beginne ich.

»Was denkst du …?«, startet Angela im gleichen Augenblick.

Wir sehen uns an und lächeln.

»Ich liebe dich, weißt du das?«, sagt sie und nimmt meine Hand, die gerade noch auf dem Schaltknüppel ruhte.

Mein Herz klopft plötzlich ganz rasch.

Das tut das dumme Ding immer, wenn Angela mir sagt, dass sie mich liebt. Das sind für mich immer so wichtige, so besondere Momente. Weil sie es einfach raushat, die Augenblicke abzuwarten, in denen es ganz besonders innig zwischen uns ist.

»Ich liebe dich auch«, antworte ich leise. »Sehr.«

»Willst du ein Kind mit mir?«, fragt Angela. Ihre Stimme klingt dabei so feierlich, als würde sie mir, auf Knien liegend, einen Heiratsantrag machen.

»Ja!«, erwidere ich überzeugt. Fast bin ich selbst ein bisschen überrascht, wie sicher ich klinge.

Angela drückt meine Finger. So fest, dass es ein bisschen wehtut. Aber ich sage nichts, weil ich diesen Moment nicht zerstören will.

»Dann brauchen wir jetzt nur noch die richtige Möglichkeit, um einen passenden Vater für unser Unternehmen zu finden«, sagt Angela und sieht gleich wieder verzagt aus.

»Wir finden schon einen!«, sage ich zuversichtlich. »Auch wenn es erst mal wie ein undurchdringlicher Dschungel wirkt, werden wir Schritt für Schritt machen und den richtigen finden. Da bin ich ganz sicher!«

Wieder lächeln wir uns zu.

Hinter uns hupt ein Autofahrer empört auf, weil wir die Grünphase verpasst haben.

»Hast du auf deiner Suche im Internet Foren gefunden, in denen lesbische Mütter sich austauschen?«, fragt Angela mit einem Achselzucken nach hinten.

Ich seufze leise.

»Ja, so was hab ich gefunden. Aber da ist leider auch oft Thema, wie unsagbar schwer es ist, einen guten ›Spender‹ zu finden, der ›bei dieser Sache‹ auch mitzumachen bereit ist.«

Angela gibt einen resignierten Laut von sich.

»›Spender‹ klingt ein bisschen irreführend, finde ich. Unter ›Spender‹ stelle ich mir eher jemanden vor, der für einen mildtätigen Zweck etwas zur Verfügung stellt. Etwa Geld für die Orang Utan Pflege Station in Borneo. Oder sein eigenes Blut für leukämiekranke Kinder. Sperma fällt in eine Kategorie der zu spendenden Dinge, der bisher in meinem Leben keine großartige Bedeutung zukam«, sagt sie, deutet auf die Ampel, die wieder umspringt, und ich fahre an. »Natürlich«, fährt meine Freundin fort und schielt mich aus dem Augenwinkel an. »Wenn du jetzt einen Freund hättest, einen wirklich guten, langjährigen Freund, dem du dich anvertrauen könntest und der vielleicht Erbarmen hätte mit zwei Frauen, die auf Betteltour unterwegs sind …«

Ich erwidere ihren Blick.

»Ehrlich gesagt«, schmunzele ich. »Daran hatte ich auch schon gedacht.«

»Worauf wartest du noch?«, lacht Angela. »Gib Gas!«

Neuntes Kapitel

Lothar findet es auch eine tolle Idee, mal wieder einen ›Alte-Kumpel-Abend‹ zu machen.

»Herrlich!«, hat er am Telefon gesagt. »Das ist doch ideal, um mal wieder so richtig die Seele baumeln zu lassen. So ganz ohne Verpflichtungen und Einschränkungen. Wahre Freunde sind doch ein Geschenk Gottes.«

Ich hatte ihm zugestimmt – allerdings mit einem leicht schlechten Gewissen.

Jetzt sitzen wir an unserem Lieblingstisch beim Spanier und studieren die Tapas-Karte.

Lothar leckt sich schon die Lippen. »Ich glaube, wir sollten es machen wie immer: Wir bestellen so gut wie alles und teilen. Was meinst du?«

»Einverstanden!« Ich rufe den Kellner ran.

Dann sehen wir uns lächelnd an.

»Mensch, du siehst echt gut aus«, sagt er. »Hab ich neulich auch noch zu Frauke gemeint. Angela tut dir einfach gut. Frauke und Antonie sind ja auch nach wie vor schwer verliebt. Jetzt muss wohl nur noch ich die Richtige finden …«

Er greift einen Bierdeckel und dreht ihn zwischen den Fingern.

Vor ein paar Wochen hat seine aktuelle Freundin Olga ihn nach kurzer gemeinsamer Zeit verlassen. Nachdem

Frauke und er sich vor fast zwei Jahren getrennt hatten, hatte er ein paar Versuche unternommen, die ›Richtige zu finden‹. Leider sind sie alle fehlgeschlagen, und nun ist er entmutigt.

Das Single-Dasein bekommt ihm aber nicht. Er neigt dann zur Weinerlichkeit. Das kenne ich nur zu gut. Schließlich sind wir seit etlichen Jahren befreundet.

»Sie wird irgendwo schon auf dich warten. Da bin ich ganz sicher!«, weiß ich und nicke ihm zuversichtlich zu.

Er grinst schief.

»Dein Wort in Gottes Gehörgang«, brummelt er. »Aber lass uns nicht zu viel darüber reden, sonst werde ich ganz zappelig und habe das Gefühl, ich muss raus auf die Straße, um jeder Frau ins Gesicht zu schauen – ob sie vielleicht diejenige welche ist.«

»Das ist ja schon mal ein ganz falscher Ansatz«, belehre ich ihn. »Du weißt doch, dass du ihr sowieso begegnen wirst – egal, ob du dich nun auf der Straße rumtreibst oder einfach ganz gemütlich mit deiner besten Freundin hier hocken bleibst. Wenn du sie treffen sollst, dann wirst du sie treffen. Hier. Dort. Egal, wo!«

Lothar sieht mich zweifelnd an.

»Denk an Angela und mich«, erinnere ich ihn. »Ich musste auch zuerst auf dem Schwoof Lena begegnen, damit ich auf diesem Wege irgendwie ihre Mutter und somit die absolut richtige Frau für mich treffen konnte. Das war vom Schicksal doch verteufelt gut ausgedacht, oder?«

Jetzt bewegen sich seine Mundwinkel schon wieder etwas nach oben.

Aber offenbar ist das Thema ›die richtige Partnerin‹ doch nicht so ideal für unseren geplanten Kumpel-Abend. Also frage ich ihn nach den beiden Katzen, seinem Job, seiner Mutter und den Urlaubsplänen.

Es tut gut, mal wieder ausgiebig mit ihm zu plauschen. Das haben wir in der letzten Zeit wirklich viel zu selten getan.

Mein schlechtes Gewissen regt sich leise. Ich investiere viel Zeit in meine Beziehung zu Angela. Geradezu eifersüchtig wache ich über die gemeinsame Freizeit und möchte am liebsten kein Stückchen davon hergeben.

Doch das hat auch seinen Preis.

»Findest du eigentlich, dass ich unsere Freundschaft vernachlässige?«, unterbreche ich Lothar mitten in seinen Ausführungen zum geplanten Skiurlaub diesen Winter.

Er klappt den Mund zu und sieht mich nachdenklich an.

»Du meinst, weil du weniger Zeit hast als früher?«, erkundigt er sich, als müsse er sichergehen, dass er meine Frage richtig verstanden hat.

Ich nicke.

»Nein«, antwortet er dann schlicht. »Nein, finde ich nicht. Schließlich bestimmt nicht die Zeit, wie nah man sich ist. Ist doch viel wichtiger, ob man sich erzählt, was einen beschäftigt und so. Oder?«

Ich erwidere seinen Blick mit einem flauen Gefühl im Bauch.

»Schätze schon«, sage ich lahm.

In diesem Augenblick fliegt die Tür auf, und eine junge

Familie, bestehend aus alternativ aussehenden Eltern mit zwei kleinen Jungs, stürmt herein.

Sie steuern auf den Tisch in der anderen Ecke des Raumes zu und kreuzen den Weg unseres Kellners, der soeben mit der ersten Fuhre leckerster Tapas zu uns unterwegs ist.

Hinter ihm balanciert eine junge Kollegin ein weiteres Tablett. Unsere Bestellung war offenbar zu umfangreich, um sie allein schleppen zu können.

Während die kleine Familie in der Ecke lautstark Platz nimmt, bekommen wir unser Essen serviert.

»Der marinierte Schafskäse?«, fragt die junge Kellnerin.

Lothar sieht sie ein bisschen zu lange an, ohne etwas zu sagen, finde ich.

»Stellen Sie einfach alles kreuz und quer auf den Tisch. Wir teilen uns das«, erkläre ich ihr, bevor sie noch unter der Last zusammenbrechen wird.

Die leckersten Gerichte werden in kleinen Schälchen vor uns aufgetragen. Doch während mir bereits das Wasser im Mund zusammenläuft, ist Lothar nur hektisch damit beschäftigt, etwas anzunehmen, hin und her zu rücken, sich zu bedanken.

Es kommt natürlich, wie es kommen muss.

Weil Lothar seine Finger überall im Spiel haben will, fasst er an der falschen Ecke an und verbrennt sich.

»Autsch!« Er lässt das Schälchen mit den frittierten Scampi fallen, und ein paar von ihnen hüpfen fröhlich über die frische Tischdecke. Eins flüchtet sogar auf meinen Schoß.

Ich nehme es mit spitzen Fingern auf und stecke es rasch in den Mund.

»Köstlich!«, mampfe ich.

Die Kellnerin entschuldigt sich trotzdem zigmal. Ihr Kollege schaut etwas ratlos. Lothar beteuert, alles sei seine Schuld. Kurz: Wir werden viel später zum Essen kommen, als ich hoffe.

Aber schließlich steht alles an Ort und Stelle, die beiden düsen wieder ab, und ich kann endlich meinen Teller vollpacken.

Dabei kann ich wenigstens das fette Grinsen verbergen, das sich natürlich auf mein Gesicht geschlichen hat.

Mein lieber Freund ist so niedlich. Ein echtes Goldstück.

Wenn ich nicht lesbisch wäre, würde ich ihn nehmen und nie wieder loslassen.

So weiß ich aber, dass es besser ist, die soeben erlebte Situation erst einmal nicht zu erwähnen.

Wir essen schweigend und mit gesundem Appetit.

Nebenbei werden wir von der Familie am Ecktisch unterhalten.

Die Jungen sind vielleicht drei und fünf Jahre alt und wissen schon sehr genau, was sie wollen. Pommes nämlich. Und zwar bald.

Als die Teller vor ihnen stehen, verstummt für kurze Zeit das Quäken der hohen Stimmen.

»Sieh mal«, sage ich leise zu Lothar und deute mit dem Kopf hinüber.

Lothar sieht hinüber. Der kleinere Junge glotzt zu uns her und ist offenbar so fasziniert von der Lesbe mit ihrem besten heterosexuellen Freund, dass er sich die nächste Pommes neben den Mund steckt.

»Niedlich«, murmelt Lothar.

Ich lächele »Ja. Kinder sind schon klasse.«

Lothar nickt. »Sie kommen mir immer vor wie kleine Erwachsene, weil eben schon alles in ihnen drinsteckt, was uns ausmacht. Aber trotzdem sind sie einfach die besseren Menschen, findest du nicht?«

Ich muss lachen. »Das ist ja eine grässliche Vorstellung. Ein Kind kann doch keiner von uns wieder werden.«

Lothar wiegt den Kopf. »Das nicht. Aber wir waren mal welche! Und ich finde, manche Erwachsene haben sich etliche gute Dinge rübergerettet.«

Schweigend sehen wir den beiden Kindern weiter beim Essen zu.

Die Mutter bekommt es irgendwann mit und wirft uns einen misstrauischen Blick zu. Ich lächele ihr vertrauenerweckend zu, und wir blicken wieder auf unsere leer gefegten Teller.

»Ach, ja, irgendwann …«, murmelt Lothar leise und stochert in seinen Salatresten.

»Hm?«

»Na, irgendwann bin ich auch mal Papa. Das wird bestimmt eine ziemlich aufregende Erfahrung.«

Das ist der Moment, in dem ich mich etwas gerader hinsetze.

Das muss ein Zeichen sein! Nie wäre ich auf den Gedanken gekommen, dass er das Thema von sich aus anschneiden würde.

Hier ist meine Gelegenheit!

»Nicht nur aufregend, sondern auch zärtlich, verantwortungsvoll, anstrengend, fröhlich, vielleicht manchmal auch enttäuschend … umfassend eben!«, zähle ich auf. »Das ist der Grund, wieso ich auch so gern ein Kind hätte.«

»Ach, doch wieder?«, sagt Lothar und verfolgt mit den Augen die Kellnerin von gerade, die hinter der Theke hin und her läuft.

»Ja, ich weiß, ich hab früher schon mal davon gesprochen …«, gestehe ich ihm zu.

»Mal davon gesprochen?«, meint Lothar. »Ich kann mich ungefähr an ein halbes Dutzend Male erinnern, zu denen du wild entschlossen warst und es dann doch wieder verworfen hast. Ich weiß noch, wie du und Ellen euch damals in den Haaren gelegen habt. Ich hatte immer Angst, dass du vielleicht mal losgehst und dir von irgendwem eins machen lässt. Ellen wäre eine saumiserable Co-Mutter geworden.«

»Wieso hattest du Angst davor?«, hake ich alarmiert nach.

Lothar rollt mit den Augen. »Na, das musst du gerade fragen. Du kennst sie doch am besten. Sie ist eine wunderbare Freundin, aber ziemlich Ich-zentriert. Sie hätte es niemals verkraftet, wenn du dich einem Kind mehr gewidmet hättest als ihr und …«

Ich unterbreche ihn: »Nein, ich meinte: Wieso hattest du Angst davor, dass ich schwanger werde?«

Lothar lässt die Gabel endgültig auf die verbliebenen Salatfitzel sinken und sieht mich abschätzend an.

»Ich hatte keine Angst davor, dass du schwanger wirst, Kleine. Ich hatte Angst davor, dass du einfach losgehst und dir irgendwo eins abholst. Das habe ich gemeint. Aber sag mal … was fragst du denn so detailliert nach? Könnte es sein, dass du und Angela …? Also, dass Angela und du …?«

Ich kann ein kleines Grinsen nicht unterdrücken.

»Tja«, mache ich. »Vielleicht habe ich einfach nur auf die richtige Co-Mutter gewartet?«

Lothar starrt mich an.

»Im Ernst jetzt?!«

»Im Ernst!«

»Wow!« Er lehnt sich zurück und sieht mich an. Dann die Kinder am Ecktisch. Und einen Blick Richtung Theke kann er sich auch nicht verkneifen.

»Wirklich wow!«

»Ist das alles, was du dazu zu sagen hast?«

»Ganz sicher nicht. Aber du musst mir schon ein paar Sekunden Zeit geben, um das zu verdauen. Immerhin wird meine beste Freundin nicht jeden Tag Mutter.« Er betrachtet mich genau, als müsse er sich vergewissern, dass ich bisher noch seine alte Michelin bin.

»Hey«, lache ich. »Bloß nichts überstürzen! Schließlich ist zwar die Entscheidung getroffen, aber mehr ist noch nicht geschehen. Momentan fehlt uns noch etwas Maßgebliches …«

»Was denn?«, fragt Lothar neugierig.

»Der Vater«, sage ich, möglichst belanglos.

Ich erzähle von meinem Besuch in der Helsenklinik, von Angelas Bedenken bezüglich der anonymen Spender, von Kalifornien, wo alles möglich ist, und von Armin und Daniel.

Als ich geendet habe, blickt mein lieber Freund schon nicht mehr ganz so arglos.

Schließlich räuspert Lothar sich unbehaglich.

Die Spannung, die über unserem Tisch in der Luft hängt, kann ich unmöglich aushalten. Daher sage ich: »Denk jetzt aber bloß nicht, dass ich dir das alles erzähle, um dich zu fragen, ob du …«

»Ach was!«, lacht Lothar unnatürlich laut.

»Ich meine, ich erzähle dir das als deine Freundin. Du bist für mich einfach ein ganz wichtiger Mensch, mit dem ich diese wichtigen Dinge besprechen möchte. Das hat nichts damit zu tun, dass du ein Mann bist, der natürlicherweise auch Sperma produziert.«

»Logisch!«, grunzt er. »Schließlich sind wir ja schon zig Jahre befreundet!«

»Genau. Das ist der Grund.«

Wieder schweigen wir.

»Natürlich«, sage ich dann mit wiegendem Kopf. »Wenn ich mit dem Gedanken spielen würde, ein Kind von einem Mann zu bekommen, den ich kenne … natürlich wärst du dann mein Traumkandidat. Eben weil wir …«

»Weil wir eben so lange befreundet sind. Und uns gut kennen. Und vertrauen.«

»Ja, vertrauen tun wir uns auch.«

»Sag ich doch.«

»Würdest du es denn tun?«, frage ich etwas zittrig.

Lothar schaut mich an, als hätte ich ihm einen Heiratsantrag gemacht.

Ein wenig geschmeichelt, ein wenig entsetzt, vor allem aber überrascht. Sehr überrascht.

»Michelin, ich …«, setzt er an, bricht dann jedoch ab, weil die Kellnerin, diesmal allein, an unseren Tisch kommt.

»Hat es ihnen geschmeckt?«, fragt sie. Was sie bestimmt jeden Gast fragt. Aber ihre Stimme hat eine bestimmte Färbung, die mir ungewöhnlich erscheint. Vielleicht entsteht dieser Eindruck auch dadurch, dass sie bei ihren Worten fast ausschließlich Lothar anschaut.

»Wunderbar«, antwortet Lothar mit Frühlingstigerstimme, wie Frauke dieses Schnurren nennt.

Unsere Bedienung lächelt und senkt rasch den Blick auf die leeren Schälchen und Tellerchen, die sie einzusammeln beginnt.

»Hätten Sie gern noch eine Nachspeise oder einen Kaffee?«

Wir sehen uns an.

»Ein Espresso«, sagen wir gleichzeitig.

Wir lachen alle drei auf.

»Zwei Espresso also?« Sie nickt und entschwindet, beladen mit dreckigem Geschirr.

Lothar schaut ihr nur kurz hinterher.

Dann wendet er sich wieder mir zu.

»Michelin, weißt du … ich glaube, ich bin da nicht der Richtige für euch.« Seine Miene drückt aus, wie unangenehm die Situation ihm ist.

»Du meinst, du kannst dir nicht vorstellen, der Vater eines Kindes zu sein, dass bei einem anderen Elternpaar lebt?«, vermute ich.

Seine Augen sind mir sehr vertraut.

Ich habe in ihnen schon alles gesehen. Freude. Leid. Kummer. Enttäuschung. Pures Glück.

Jetzt steht in ihnen Bedauern. Und die Bitte um Verständnis.

»Natürlich hat mir das, was du erzählt hast, gezeigt, wie schwer es für euch ist. Aber ich fürchte, ich könnte das nicht. Ich könnte nicht ein Kind haben, und doch wieder nicht. Verstehst du das? Ich würde mich wahrscheinlich ständig in alles einmischen wollen. Ich würde mehr Zeit wollen. Ich würde Mitspracherecht wollen. Ich würde … ich meine, stell dir nur ein Kind von uns beiden vor, Michelin!« Er greift über den Tisch und nimmt meine Hände zwischen seine. »Du bist meine beste, meine allerbeste Freundin! Ich weiß, dass es das zwischen Männern und Frauen wohl nicht oft gibt. Aber wir lieben uns doch, ohne uns auf diese gewisse andere Weise zu lieben. Oder? Ist doch so, oder? Siehst du. Und weil das so ist, könnte ich doch nicht ein Kind von uns beiden einfach so … ich würde es bei mir haben wollen. Verstehst du?«

Ich verstehe.

Dass ich wahrscheinlich den besten und liebsten Freund habe, den es auf der ganzen weiten Welt nur geben kann.

»Du hast recht«, stimme ich ihm leise zu. »Aber trotzdem musste ich dich einfach fragen. Sonst hätte ich immer gedacht, dass ich die tollste von allen Möglichkeiten erst gar nicht versucht habe.«

Wir lächeln uns an.

Von der Theke eilt die Kellnerin heran. Lothar lässt rasch meine Hände los und setzt sich wieder gerader hin.

»Könnten wir dann bitte auch die Rechnung haben?«, sage ich, als die Tassen vor uns abgestellt sind.

»Zahlen Sie getrennt?«, fragt die Bedienung und sieht dabei wieder Lothar an.

Der räuspert sich und zwinkert mir zu. »Komm, ich lad dich ein. Wie man das unter guten Freunden ab und zu machen sollte.«

Kann es sein, dass der letzte Satz nicht nur explizit für meine Ohren bestimmt war?

Zumindest hat er auch an anderer Stelle eine Wirkung. Denn die hübsche Kellnerin kann nicht verhindern, dass in ihrem Gesicht etwas aufleuchtet.

»Okay«, sage ich.

Also zückt sie den Block aus ihrer langen schwarzen Schürze und rechnet in Windeseile alle Speisen zusammen.

Lothar bezahlt, gibt ein großzügiges Trinkgeld, wir trinken unsere Espressi und machen uns dann auf den Weg.

»Wann gehst du wieder hin?«, frage ich ihn, als wir über das Kopfsteinpflaster schlendern.

»Wohin?«, fragt er betont ahnungslos.

Ich deute mit dem Kopf zurück zur Eingangstür des Restaurants, aus dem wir gerade gekommen sind.

Lothars Augen blitzen auf. »Du meinst also auch …?« Er muss schlucken. »Hast du auch was gespürt zwischen uns? Zwischen ihr und mir?«

»Gespürt?«, sage ich trocken. »Die Luft hat vibriert!«

Plötzlich sieht er nahezu glücklich aus.

»Sie war wirklich süß, oder?«, fragt er versonnen.

»Zuckersüß!«, antworte ich.

»Weißt du was? Ich glaub, ich geh morgen noch mal hin«, entscheidet mein bester Freund.

Was soll ich sagen? Ich würde es an seiner Stelle nicht anders machen.

* * *

Zu Hause finde ich Angela über einem Wust von Zeitschriften, die sie quer durchs Wohnzimmer verteilt hat.

»Was hat er gesagt?«, fragt sie und sieht mich gespannt an.

»Nein«, antworte ich schlicht.

Angela sinkt in sich zusammen. »Ich dachte es mir schon. Du siehst zwar entspannt aus, aber nicht euphorisch. Ich hab den ganzen Abend nachgedacht. Kann es nicht sein, dass Lothar beleidigt ist, weil wir ihn nicht als Ersten gefragt haben? Vielleicht kannst du ihn doch überzeugen?«

Ich schüttele den Kopf.

»Nein, Angela, glaub mir. Lothar ist da vollkommen unprätentiöse. Er will ein Kind, ja. Aber nicht mit uns. Wahrscheinlich lieber mit der Kellnerin.«

»Mit wem, bitte?«

»Ach, vergiss es. Was machst du denn da?«

»Kleinanzeigen lesen«, antwortet sie und blickt frustriert auf die auseinandergefetzten Zeitungsteile. Die letzte Zeitschrift, die sie gerade noch in der Hand hält, klappt sie zu und lässt sie auf den Boden plumpsen, zu den anderen. »Ich war überzeugt, dass sich hier massig Anzeigen finden von schwulen Männern, die nur darauf warten, mit zwei reizenden Frauen wie uns ein Kind zu zeugen. Ich bin mir sicher, früher oft solche Anzeigen gelesen zu haben.«

Früher? Zu welcher Zeit hat Angela derartige Anzeigen gelesen?

»Tatsächlich? Ich vermute, dass es sich dabei eher um heterosexuelle Männer gehandelt hat, die sich davon eine Menge Spaß versprochen haben?«, sage ich und lasse mich neben meiner Liebsten inmitten der Zeitungsschnipsel nieder.

»Ich dachte, es sei einen Versuch wert«, murmelt Angela.

Plötzlich fällt mir auf, wie enttäuscht sie aussieht. Vielleicht hat sie sich von diesem Abend tatsächlich einen großen Schritt in Richtung der Erfüllung unseres Traumes versprochen.

Ich lege den Arm um sie und ziehe sie an mich.

»Jeder Versuch ist es wert, mein Herzblatt«, flüstere ich ihr zu.

Zehntes Kapitel

Als lesbische Frau hatte ich nicht die geringste Ahnung, was es rund um die Reproduktion in der Apotheke alles für unterschiedliche Tests zu kaufen gibt.

Natürlich gibt es den Schwangerschaftstest. Der geht bestimmt am meisten weg. Dann gibt es den ›Welche-Woche-der-Schwangerschaft‹-Test. Und es gibt den ›Warum-schon-wieder-keine-Schwangerschaft‹-Test. Am interessantesten für lesbische Frauen, die Mutter werden wollen, ist jedoch der Eisprungtest.

Ganz ernsthaft muss Frau also morgens auf einen Teststreifen pinkeln, um danach an der Blau- oder Rosa-Tönung zu erkennen, ob sie gerade den Eisprung gehabt hat.

Eisprungzeit ist echte Partyzeit für Inseminationskandidatinnen.

Schließlich ist so ein Eisprung dringend notwendig, um den Versuch überhaupt zu wagen.

Gekauftes Sperma ist teuer. Es sollte nicht einfach so in der Weltgeschichte heruminseminiert werden, wenn es gar keinen Eisprung gegeben hat.

Also liegt seit ein paar Tagen neben dem Klo ein Päckchen Teststreifen.

Probehalber.

Einfach, um mal zu sehen, ob ich überhaupt einen Eisprung habe.

Etwa zwei Wochen nach dem Gespräch mit Lothar werde ich mal wieder an einem frischen Samstagmorgen neben meiner wunderbaren Freundin wach.

Angela liegt neben mir und betrachtet den kleinen Glaskronleuchter, den ich in einer Flohmarkthalle erstanden habe, um samstagmorgens nicht hier zu liegen und sinnlos an eine weiße Decke zu starren.

»Gut geschlafen?«, murmele ich und drehe mich mit dem ganzen Körper zu ihr.

»Hübsche Lampe. Passt super zu den schönen, hohen Decken«, sagt sie.

Ich sehe hinauf. »Ehm … ja …«

»Die Wohnung ist wirklich ziemlich groß, nicht?«

»Jo. Man gewöhnt sich dran. Aber ich weiß noch, dass sie mir anfangs sehr groß vorkam – für eine Person.«

»Deswegen haben Frauke und du ja aus den beiden hinteren Zimmern das Büro gemacht, nicht?«

»Genau.«

»Wieso eigentlich gleich zwei Räume als Büro, wenn ihr doch eh beide in dem einen sitzt?«

»Na ja, wir dachten, dass wir vielleicht auch mal Ruhe brauchen. Ungestört telefonieren müssen. Oder Material sichten. So was halt. Aber wirklich brauchen tun wir den zweiten Raum nicht, das stimmt schon.«

»Könnte ich da nicht einziehen?«, fragt Angela, den grünen Blick immer noch versonnen auf den Kronleuchter gerichtet.

Ich halte den Atem an.

Angela. Hier. In meiner Wohnung. Jeden Tag. Jeden Abend und Morgen. Und jede Nacht.

»Natürlich!«, sage ich und richte mich auf dem einen Ellenbogen auf. »Das ist eine super Idee! Du ziehst einfach hier ein! Und wenn du deine Ruhe brauchst, dann kannst du dich in dein eigenes Zimmer verkrümeln …«

»Oder ins Kinderzimmer?«, unterbricht sie mich.

Jetzt kann ich grad mal gar nichts mehr sagen.

Natürlich sind unsere Gespräche in den letzten Wochen sehr real und wirklich gewesen.

Doch jetzt plötzlich wird mir zum ersten Mal deutlich, dass es passieren wird.

Angela wird bei mir sein. Wir werden zusammen wohnen. Und wir werden ein Kind haben. Ein Kind mit einem eigenen Kinderzimmer, für das es in dieser Wohnung Gott sei Dank genügend Räume gibt.

Wir schauen uns stumm an.

Ihre tiefen, grünen Augen sind wie ein jadefarbener See. Darin liegt alles, was ich mir je gewünscht habe. Alles, was ich brauche.

»Mein Herz fließt über bei deinem Anblick«, flüstere ich ihr zu.

»Und das, obwohl ich so zerknautscht aussehe?«, erwidert sie leise.

»Gerade deswegen!«

»Du bist so wunderbar!«

»Und du erst!«

»Lass uns den Deal mit den kalifornischen Ja-Sagern machen!«, sagt sie.

»Was?« Jetzt setze ich mich steil im Bett auf.

Angela berührt meinen Arm. »Ich finde, wir sollten es einfach tun. Solange wir uns so mutig und so euphorisch fühlen. Solange wir noch nicht entmutigt und frustriert sind von einer langen und wahrscheinlich ergebnislosen Suche nach einer anderen Möglichkeit. Sieh mal, jetzt sind wir doch zu allem bereit. Wir wissen, dass wir miteinander ein Baby wollen. Wir freuen uns über unseren Entschluss und sind frisch mit Energie aufgetankt. Ich fände es schade, wenn wir warten würden bis sie verdampft ist.«

Ich muss schlucken.

Wir haben Samstagmorgen. Zu einer Uhrzeit, zu der ich mich meist der Illusion hingebe, frei und unabhängig von allem zu sein. Ein freies Wochenende liegt vor uns.

Ich bin es nicht gewohnt, dass am Samstagmorgen Dinge erörtert werden, die mein restliches Leben von Grund auf verändern werden.

»Neulich warst du doch noch der Meinung, dass auch das nicht für uns infrage kommt«, stammele ich. »Erinnerst du dich an die dreihundert Jugendlichen, die alle gemeinsam den Flieger nach Amerika besteigen?«

Angela lacht.

»Das war doch, bevor wir wussten, dass der Einsatz eines bestimmten Spenders begrenzt ist.«

Ich blicke lange auf sie hinunter, wie sie da in den Kissen liegt und lächelt.

»Du meinst es ernst, nicht?«, frage ich sie dann.

»Sicher«, antwortet Angela.

»Dafür würde ich dich gern knutschen. Aber ich will erst schnell die Zähne putzen.« Damit springe ich aus dem Bett.

»Ich auch!«

Wir rennen kreischend um die Wette ins Bad. Dort stehen wir mit weißem Schaum vor dem Mund nebeneinander und grinsen uns im Spiegel an.

Nach dem Ausspülen gebe ich Angela einen kleinen Schubs. »Geh schon mal vor! Ich muss noch mal schnell.«

Sie tänzelt elegant aus dem Bad und wirft mir über die Schulter einen lasziven Blick zu.

Hach, ich liebe es, wenn Wochenenden so beginnen!

Über der Vorfreude hätte ich doch jetzt fast den Teststreifen vergessen.

Ich betrachte ihn und seine allmähliche Verfärbung von Grün zu Rosa.

Aha. So sieht also Rosa aus.

Ich lasse den Streifen in den Abfall fallen und schreite ins Schlafzimmer hinüber.

Angelas nackte Schultern blitzen mir unter der Decke her entgegen.

»Du darfst mir gratulieren!«, teile ich ihr feierlich mit. »Ich kann einen Eisprung haben.«

»Bitte?« Meine Freundin blinzelt mich an.

»Der Teststreifen hat festgestellt, dass ich soeben meinen Eisprung hatte. Ganz frisch sozusagen. Und ich habe es nicht mal im Entferntesten geahnt. Aber der Streifen sagt, es ist so. Also brauchen wir uns darum schon mal keine Sorgen zu machen. Zumindest theoretisch sind alle Voraussetzungen gegeben.«

»Lass dich küssen, meine kleine Eisprungkönigin!«, grinst Angela. Sie schlägt die Decke zurück und darunter ist pure, leicht gebräunte und – wie ich aus eigener Erfahrung genau weiß – seidenweiche Haut. Sonst nichts.

Perfekter kann ein Wochenende gar nicht beginnen!

Ich schlüpfe zu ihr unter die Decke und lasse meine Finger ihre Seite hinaufschleichen bis in die kleine Kuhle oberhalb ihres Schlüsselbeins.

Dort brauchen die Fingerspitzen dringend Unterstützung von Lippen. Was wiederum eine kleine, feine, entzückende Gänsehaut bis hinunter zu den schlanken Fesseln auslöst. Der muss ich unbedingt nachgehen.

Angela kichert ein bisschen, an manchen Stellen ist sie kitzelig. Aber dann mischt sich auch Seufzen unter die Töne. Und als ich ihren Beckenknochen berühre auch ein leises Stöhnen.

Ich nehme mir vor, mir beim Lieben viel Zeit zu lassen. Alles soll langsam und voller Genuss geschehen.

Heute Morgen soll die Welt draußen bleiben. Nur uns zwei soll es geben. In diesem kleinen Universum zwischen Matratze und Kronleuchter.

Also streiche ich sanft an ihrem Schenkel hinab, umfasse das Fußgelenk und robbe hinunter, um jedem einzelnen Zeh ein ›Guten Morgen‹ auf den kleinen runden Kopf zu küssen …

Da schellt es an der Tür!

Ich hebe den Kopf und kann vage unter der Decke Angelas Augen entdecken, die jetzt gerade sehr dunkel wirken.

»Erwartest du Post?«, fragt sie. Ihre Stimme klingt so, als gäbe es für ein irgendwann letzte Woche bestelltes Päckchen jetzt gerade so gar keine Entschuldigung.

»Eigentlich nicht«, antworte ich daher dumpf. »Aber es ist die ideale Uhrzeit für eine Paketlieferung. Muss ja nicht mal die Post sein. Vielleicht eine Lieferung per

DHL oder UPS oder ONP? Frauke bekommt noch zusätzliches Material von diesem riesigen Fitnessstudio geschickt …«

Angela grummelt. »Früher, als es nur die Deutsche Bundespost gab, war das Leben viel einfacher. Entweder der Postbote kam, oder er kam nicht. Wenn er vorbeigefahren war, konnte man sich für den Rest des Tages einfach entspannen.«

»Die Sache ist nur die«, wage ich einzuwerfen. »Wenn ich nicht öffne, geht er wieder und dann …«

In diesem Moment schellt es ein zweites Mal.

Angela schüttelt den Kopf, soweit das unter einer Bettdecke möglich ist. »Das ist kein Postbote – egal von welcher Firma. Die schellen nicht zweimal.«

Ich schlüpfe also aus dem Bett, nehme den Bademantel vom Haken, der hinter der Tür hängt, und werfe ihn mir über, während ich durch den langen Flur sprinte.

»Ja, bitte?«, keuche ich in die Gegensprechanlage.

»Hallo«, ertönt eine Stimme, die ich am heutigen Morgen nun gar nicht vor meiner Tür vermutet hätte. »Hier sind Daniel und Armin. Können wir kurz raufkommen?«

»Okay«, sage ich und drücke auf den Türsummer.

»Es sind Daniel und Armin«, rufe ich zum Schlafzimmer hinüber.

»Was?«, ruft Angela, und ich kann hören, wie sie aus dem Bett schnellt.

»Zieh dir was über, Schatz«, rate ich ihr, als sie splitterfasernackt am anderen Ende des Flures erscheint. Auf der Treppe sind schon die Schritte zu hören.

Ich öffne die Tür und stehe tatsächlich unseren beiden neuen Bekannten gegenüber.

»Ich hab dir gleich gesagt, es ist zu früh am Tag!«, mault Armin Daniel an, als er den Bademantel sieht.

»Ach, wir waren gerade beim Frühstück, kein Problem«, lüge ich charmant. »Wollt ihr reinkommen?« Ich öffne die Tür noch etwas weiter, und die beiden sehen sich fragend an.

»Okay, aber nur kurz«, meint Daniel. »Ist vielleicht besser, als es im Hausflur zu besprechen.«

Also treten die beiden ein, und Armin schließt behutsam die Tür hinter ihnen.

»Guten Morgen!«, trällert da meine Liebste und schwebt in ihrem weißen Frotteebademantel heran.

»Ihr ward also gerade beim Frühstück, ja?«, wiederholt Daniel und grinst breit.

»Was verschafft uns denn die Ehre eures Besuchs?«, will Angela wissen.

»Und woher wisst ihr, wo ich wohne?«, setze ich hinzu.

»Emma«, antwortet Armin. »Sie hat Frauke gefragt. Ich hoffe, das ist in Ordnung?«

»Natürlich«, sage ich.

»Wir haben deinen Wagen draußen stehen sehen. Da dachten wir, wir schellen einfach ganz frech noch mal … Nicht, dass ihr denkt, es sei der Postbote oder so.«

Jetzt will ich aber mal langsam wissen, was hier los ist. So gut kennen wir uns nicht, dass wir gegenseitige frühmorgendliche Überraschungsbesuche starten könnten.

»Also? Was gibt's?«

»Das hier«, sagt Armin und hebt eine kleine Apothekentüte in die Höhe. Er greift hinein und hält einen durchsichtigen Plastikbehälter in der Hand. Darin befindet sich etwa ein Zentimeter zähflüssige, weißliche Flüssigkeit.

»Ehm …«, mache ich. Angela neben mir gefriert zum Standbild.

»Ist das, was ich denke, dass es das ist?«, frage ich und deute mit ausgestrecktem Zeigefinger darauf.

»Ist es!«, nickt Daniel.

Armin greift noch mal in die Tüte und befördert mehrere eingeschweißte Einwegspritzen zutage.

»Für den Fall, dass ihr so was nicht hier habt. Ihr habt ja bestimmt nicht mit unserem Auftauchen gerechnet.«

»Allerdings nicht«, stottere ich.

»Überraschung!«, ruft Daniel und klingt dabei fast so schwul wie sein Freund.

Ich klappe ein paarmal den Mund auf und wieder zu.

»Aber … aber Armin, Daniel, ich … ich weiß nicht, was ich sagen soll.«

»Das merkt man«, kommentiert Armin trocken und streckt mir das kleine Fläschchen entgegen. »Nun nehmt es schon, bevor wir es uns noch mal anders überlegen.«

Ich strecke langsam die Hand danach aus. Aber Angela ist schneller. Sie hält es hoch und betrachtet es mit großen, glitzernden Augen.

»Natürlich haben wir es gut ausgespült«, versichert Daniel uns, der Angelas Blick offenbar missversteht. »Damit dem kleinen Shake auch nichts passieren kann auf dem Weg zu euch.«

»Shake?«, wiederhole ich langsam.

»Wir haben es geschüttelt«, gesteht Armin.

Ich sehe die beiden an.

Armin, mit seinen klugen Augen, dem kultivierten Lachen und den entzückenden Grübchen. Daniel, mit der sonoren Stimme, der Fröhlichkeit und dem Knackarsch.

»Wir haben vermutet, dass unser Erscheinen heute oder morgen ganz gelegen kommen würde. Stimmt's?«, erkundigt sich Daniel.

»Woher wusstet ihr …?« Ich bin einfach sprachlos. Sollte es auch Eisprungtests für werdende schwule Väter geben? Oder träume ich noch? Das kann doch nicht sein, dass die beiden hier tatsächlich vor uns stehen, mit einem kleinen, selbst gemixten Shake in der Hand, der für Angela und mich alles bedeuten könnte.

»Auf der Party vor zwei Wochen hast du gesagt, dass du gerade deine Tage bekommst, erinnerst du dich? Ein bisschen haben wir ja auch aufgepasst im Biounterricht«, meint Armin mit spitzen Lippen.

»Und ich hab auch mal Freundinnen gehabt«, ergänzt Daniel wichtig. »Da weiß man so was auch. Ihr müsst es warm halten, falls ihr noch länger damit warten wollt«, rät er dann und nickt Armin zu.

Der greift in seine Jackentasche und fördert einen DIN-A4-Umschlag zu Tage.

»Das hier werdet ihr sicher auch sehen wollen«, sagt er. »Das sind unsere aktuellen Untersuchungen auf HIV, Hepatitis, Gonorrhoe und Chlamydien. Natürlich alles negativ. Sonst würden wir hier ja gar nicht stehen. Wir dachten, dass ihr euch damit bestimmt sicherer fühlt. Schließlich kennen wir uns ja noch gar nicht richtig.«

»Und falls es nicht klappen sollte … nächsten Monat

gibt es uns auch noch!«, lächelt Daniel noch, zupft an Armins Ärmel und wendet sich zum Gehen.

»Ehm … Moment!«, sage ich, während Angela auf den Behälter starrt, den sie zwischen zwei spitzen Fingern hält.

Armin und Daniel schauen mich fragend an.

»Seid ihr sicher?«, will ich wissen.

»Sonst hätten wir uns wohl kaum das viele Blut für die Untersuchungen abzapfen lassen, oder?« Armin rollt theatralisch mit den Augen.

Wir schauen uns einen Moment lang an.

»Danke«, sage ich dann.

»Ach, keine Ursache«, grinst Daniel und zwinkert mir zu.

Ein Kind mit seinem Lächeln, das wäre schon was.

Dann sind die beiden ebenso rasch verschwunden, wie sie aufgetaucht waren.

Ich blicke noch einen Augenblick auf die Tür und wende mich dann zu Angela, die mit gerunzelter Stirn und leicht verzogenen Mundwinkeln immer noch den Inhalt des Plastikbehälters unter die Lupe nimmt.

»Hättest du das gedacht?«, frage ich, noch völlig baff. »Sie haben doch kein Wort darüber verloren. Ich meine, sie hätten doch wenigstens eine Andeutung machen können, dass sie es sich womöglich doch noch mal anders überlegen. Oder sie hätten anrufen können, ob uns heute eine Befruchtung in den Terminkalender passt. Oder … ach, irgendwas halt. Aber doch nicht einfach hier aufkreuzen und uns ein kleines Geschenk überreichen!«

Angela schnalzt mit der Zunge. »So bekommt das ganze

doch den spontanen Charakter, den es bei unsereins wohl sonst nur selten hat, oder?«, grinst sie. Doch dann wird ihr Gesicht wieder ernst. »Weißt du, was ich mich nur die ganze Zeit über frage?«

»Was denn?«

»Wer oder was sind Chlamydien?«, fragt Angela, die schönste und wunderbarste Mutter der Nation.

* * *

Habe ich mir den großen Moment so vorgestellt?

Angela schwebt, die Hand fest um den kleinen Plastikbehälter geschlossen, ins Schlafzimmer und steckt die kostbare Fracht sorgfältig in die warme Bettdecke.

Ich sehe ihr dabei zu, wie sie die restlichen Kissen aufschüttelt und alles gemütlich herrichtet.

»Wie wäre es mit schöner Musik?«, fragt sie und lächelt mich liebevoll an.

Ich muss schlucken, während sie am CD-Regal steht und nach Musik sucht, die wir beide lieben und die der Situation angemessen erscheint.

Die vertrauten Klänge wirken auf mich plötzlich geradezu absurd.

Auch, dass Angela dort am Bett steht, die Duftöllampe mit unserem Lieblingsduft präpariert und leise vor sich hin summt, erscheint mir unwirklich.

Schließlich dreht sie sich um und sieht mich an.

Ihr Gesicht schwebt heran. Ihre Arme legen sich sanft um mich.

»Du«, flüstert sie. »Meine Michelin. Meine Liebste.«

Ich atme den Duft ihrer Haare tief ein.

»Hast du Angst?«, fragt Angela. »Sollen wir noch warten?«

Ihre Berührung, ihre Wärme, die mir durch den Frotteemantel entgegenströmt, beruhigen mich.

Ich lege meinen Kopf an ihre Schulter und spüre den rauen Stoff an der Wange. Vertraut fühlt sich das an. Ein bisschen alltäglich sogar. Einfach wie immer.

Aber es könnte sein, dass bald nichts mehr wie immer sein wird.

Wir beide wollen das. Und doch.

»Kennst du das auch? Wenn ein Wunsch, den du lange gehegt hast, in Erfüllung geht. Dann ist es ein bisschen irreal. Und ein bisschen zum Fürchten. Mir fällt dann immer dieser Spruch ein: ›Bedenke gut, was du dir wünschst, denn es könnte in Erfüllung gehen.‹ Es ist, als würde dir plötzlich ein ganzer Berg an bisher nicht bedachten Folgen dieser Wunscherfüllung zuwinken. Es muss nicht unbedingt etwas Schlimmes sein. Es ist einfach nur …«

»Viel?«, forscht Angela sanft.

Ich nicke.

Sie gibt ein amüsiertes Glucksen von sich.

»Ich kenne das genau. Zum Beispiel ging es mir damals so, als du und ich … als wir … also, als ich mich für dich entschied. Ich entschied mich ja nicht nur für all das Schöne und Einzigartige zwischen uns. Da war noch viel anderes. Zum Beispiel die Definition als ›Lesbe‹ oder die Heerschar deiner Freundinnen oder die Reaktion meiner Familie. Das war auch … viel!« In der Erinnerung an diese Zeit schmunzelt sie.

»Aber du hast es doch nicht bereut, oder?«, wage ich vorsichtig zu fragen.

»Bin ich blöd?!«, erwidert Angela in ganz und gar untypischer Manier.

Sie zieht mich noch enger an sich und wispert in mein Ohr: »Du bist doch das Großartigste, das mir in meinem Leben je passiert ist. Und weißt du was? Das Viele, das mir solche Angst gemacht hatte, das war dann am Ende gar nicht so schlimm. Wir haben es ja Schritt für Schritt gemacht. Und das Wichtigste dabei war: Wir waren zusammen. Du und ich.«

Ich beuge den Kopf etwas zurück und sehe sie an.

So nah stehen wir voreinander, dass ich jede noch so kleine Falte und die ein oder andere feine Sommersprosse in ihrem schönen Gesicht erkennen kann.

»Du hast recht«, flüstere ich zurück. »Wir sind zusammen. Was kann da schon passieren?!«

Angela kichert. »Oh, eine ganze Menge! Aber das erzähle ich dir lieber irgendwann anders.«

»Du meinst, all die Kinderkrankheiten? Die Streiche?«

»Oh, ja. Das zum Beispiel. Aber auch der Ärger mit der Schule, mit anderen Eltern, Prügeleien im Sandkasten, Platzwunden von Treppenstürzen, Chauffieren zu Tanzstunden, Gitarren- und Reitunterricht, der erste Liebeskummer, pubertäres Türeknallen …«

»Stopp!«, rufe ich. »Aufhören! Sonst gieße ich unser kleines Geschenk gleich ins Klo.«

Wir lassen uns lachend aufs Bett fallen.

Doch als wir uns beruhigt haben, wird Angela sehr ernst.

»Willst du es wirklich?«, fragt sie.

Ich warte einen Augenblick, damit meine Antwort genauso gewichtig klingt, wie ich es empfinde.

»Ja«, sage ich dann. »Und du?«

»Ja, ich auch.«

Wir lächeln uns an.

Dann greife ich nach einer der Einwegspritzen und reiße die Verpackung auf.

»Inga Helsen würde wahrscheinlich finden, dass dies hier sehr stümperhaft ist«, sage ich, während Angela den Deckel vom Plastikbehälter abschraubt und ich die Spritze hineintauche, um sie aufzuziehen.

»Manchmal führen auch die simpelsten Mittel zum Erfolg«, meint Angela. Ein ganz kleines bisschen zittert bei diesen Worten der Becher, glaube ich.

Als wir schließlich mit der aufgezogenen Spritze hier sitzen, ist uns beiden sehr feierlich zumute.

»Willst du das machen?«, schlage ich ihr vor.

»Gelte ich dann vor dem Gesetz nicht automatisch als der Vater?«, versucht Angela einen kleinen Scherz.

Wir werfen beide unsere Bademäntel aus dem Bett.

»Komm«, sage ich dann zu ihr und strecke die Hand nach ihr aus.

Elftes Kapitel

»Und dann?«, drängelt Jackie. »Hast du was gespürt?«

»Jackie!«, ermahnt Ellen sie und wirft ihr langes, helles Haar über die Schulter zurück. Ein Zeichen, dass sie gereizt ist. Irgendwie kann sie mit dem Kinder-Thema auch jetzt noch nicht gut umgehen. »Wie soll Michelin denn etwas gespürt haben? Es war einfach nur eine zähflüssige Substanz, die Angela da aus der Spritze geschossen hat. Also?«

Es ist Dienstagabend. Seit dem besagten Spritzenschuss sind drei Tage vergangen.

Wir sitzen zu viert im Wohnzimmer und diskutieren meine vermeintliche Schwangerschaft. Das kommt dabei heraus, wenn man Freundinnen in die Wohnung lässt, die am frühen Abend einfach mal kurz ›Hallo‹ sagen wollen.

Frauke hat inzwischen auch aufgegeben, im Büro ihrer Arbeit nachgehen zu wollen.

Ich glaube, dafür ist sie viel zu neugierig. Ihr Traumberuf wäre nämlich Detektivin gewesen. Sie kann es genauso wenig aushalten, etwas zu verpassen, wie Jackie. Nur, dass Frauke das besser kaschieren kann.

Jetzt druckse ich etwas herum.

»Ich weiß, dass es verrückt klingt, aber so dumm ist Jackies Frage gar nicht, Ellen.«

Jackie sieht sich triumphierend nach Ellen um, die auf dem Sofa sitzt, während Jackie auf dem Teppich Platz genommen hat, um mit Loulou zu schmusen. »Ich will jetzt nicht sagen, dass ich etwas gespürt habe, das sich wie eine Befruchtung anfühlte. Das wäre sicher Unsinn. Aber irgendwie war uns beiden so … so ganz besonders zumute. Und seitdem habe ich den Eindruck, dass mit meinem Körper etwas passiert. Er verändert sich.«

Ellen schüttelt unwillig den hübschen Kopf. »Weißt du eigentlich, wie wahrscheinlich es ist, dass bei der einfachen Spritzenmethode eine Frau über dreißig gleich beim ersten Versuch schwanger wird? Die Prozentzahl geht gen null.«

»Woher willst du das denn wissen?«, knöttert Jackie.

»Ich hab so was auch gelesen«, wirft Frauke ein. Ihre Miene bleibt aber neugierig. »Aber trotzdem kann es doch sein, dass es geklappt hat, oder?«

Meine drei Freundinnen sehen mich gespannt an.

Ich zucke die Achseln.

»Kannst du nicht einen Test machen?«, fragt Frauke vorsichtig.

»Jetzt doch noch nicht, oder?«, meint Jackie.

»Und bitte nicht in meinem Beisein!«, echauffiert sich Ellen. »Wenn ich eins nicht erleben möchte, dann den Moment, in dem auf dem Pinkelstreifen ›schwanger‹ aufleuchtet.«

Jackies Augen blitzen. »Also, ich wäre da für mein Leben gern dabei!« Das glaube ich ihr aufs Wort.

»Ich dachte, ich warte erst einmal bis zu dem Termin, an dem eigentlich meine Regel kommen müsste«, erkläre ich meinen Freundinnen. »Wenn sie nicht kommt, dann mach ich natürlich den Test.«

Jackie öffnet bereits den Mund, wahrscheinlich, um sich für diesen Termin zum Besuch anzumelden, da sagt Ellen: »Was macht ihr denn, wenn es ein Junge wird?«, Ihre Stirn ist umwölkt von Düsternis.

Jackie stößt sie in die Seite. »Red keinen Quatsch! Wieso sollte Michelin ausgerechnet einen Jungen bekommen?«

Die zarte Ellen bleckt wenig elfengleich die Zähne. »Weil die Wahrscheinlichkeit dazu nun mal fünfzig zu fünfzig liegt?«

Jackie denkt darüber nach. Aber sie sieht nicht überzeugt aus.

Ich räusperte mich. »Um genau zu sein, liegt die Wahrscheinlichkeit sogar etwas über fünfzig Prozent.«

Jetzt blickten meine drei Freundinnen mich an.

»Es gibt da so eine Sache, die man bedenken muss … die männlichen Samenzellen sind schneller, die weiblichen leben länger. Wenn also die Insemination vor dem Eisprung stattfindet, ist die Wahrscheinlichkeit recht hoch, dass die männlichen Samenzellen schon abgestorben sind, bis das Ei parat steht. Macht man die ganze Geschichte nach dem Eisprung, haben natürlich oft die weiblichen Samenzellen das Nachsehen, weil sie nicht so schnell am Ziel ankommen. Bei künstlicher Befruchtung passiert das natürlich häufig, da man den Eisprung abwartet, um auf Nummer sicher zu gehen.«

Ellen lässt sich nach hinten in die Polster sinken. »Ich ahnte es ja.«

Frauke sieht neugierig von einer zur anderen.

»Du könntest es den Vätern geben«, schlägt Jackie lapidar vor.

Ich jaule auf.

»Spinnst du?«, fährt auch Ellen ihre Liebste an. »Du willst doch nicht ein unschuldiges Kind dem Einfluss zweier Männer aussetzen?«

»Aber die sind doch schuld, wenn es ein Junge wird. Wir Frauen können doch nur Mädchen produzieren. Die Männer mit ihrem verfluchten Y-Chromosom sind Schuld. Dann sollen sie es auch ausbaden. Aber nicht wir!«

»Also, ich fände einen Jungen gar nicht schlimm«, wagt Frauke einzuwerfen.

Ellen schaut sie an, als habe Frauke gerade vor unseren Augen die Wand durchquert.

»Vielleicht sollten wir erst einmal warten, bis klar ist, ob ich schwanger bin oder nicht?«, schlage ich vor, schon ganz erschöpft von dieser Diskussion, die ins Nirgendwo führt.

»Und ab wann kann man dann feststellen, ob es ein Mädchen oder ein Junge ist?«, will Jackie wissen. Diese Thematik lässt sie doch nicht los.

»Etwa ab dem vierten Monat«, antworte ich. »Aber die Ultraschalluntersuchungen sind auch nicht absolut zuverlässig. Es hat in Kreißsälen schon so manche Überraschung gegeben.«

Wir schweigen alle vier vielsagend.

Ellen sieht aus, als male sie sich unsere düstere Zukunft unter der Knechtschaft eines pubertären Jünglings in den dunkelsten Farben aus.

Frauke räuspert sich.

»Was sagt denn eigentlich Lena zu dem allen?«

Jackie setzt sofort eine desinteressierte Miene auf, was mir zeigt, dass sie diese Frage extrem spannend findet.

»Tja, ehrlich gesagt …«, beginne ich und verstumme dann ratlos.

»Habt ihr es ihr noch nicht gesagt!«, beendet Ellen meinen Satz.

Ich nicke gequält.

Jackie schüttelt den Kopf. »Ihr neigt beide ein bisschen zu Heimlichtuerei, kann das sein?«

»Sie wird's noch früh genug erfahren«, weiche ich aus. Denn die Offenbarung vor Lena ist nicht gerade das Erfreulichste, das ich mir in diesem Zusammenhang vorstellen kann. Ehrlich gesagt fürchte ich mich davor mehr als vor der Geburt.

»Na ja, solange du dich davor nicht mehr als vor der Geburt fürchtest«, sagt Frauke leichthin und lächelt mich aufmunternd an.

Ich lächele zurück.

Ihre Worte werden mir jedoch die nächsten zwei Wochen immer mal wieder im Kopf herumspuken.

Immer, wenn ich morgens vor dem großen Spiegel im Bad stehe, betrachte ich meinen Körper ganz genau.

Ich bilde mir ein, dass ich etwas spüre.

Nicht dass mir übel wäre oder meine Brüste plötzlich zu Atombusen anschwellen.

Nein, es ist eher etwas in mir.

Ich bilde mir ein, dass da tief drinnen eine Maschinerie in Gang gesetzt worden ist, die heimlich, still und leise arbeitet.

Eine Maschinerie, die ein Wunder vollbringen will. Ein neues Leben.

Angela lauscht mit leuchtenden Augen, wenn ich ihr davon erzähle.

Sie behauptet, damals überhaupt nichts gespürt zu haben. Im Gegenteil. Sie habe ganze zwei Wochen gar nicht gemerkt, dass sie ihre Tage nicht mehr bekommt. Überhaupt nicht in Erwägung gezogen habe sie das.

Und dann, als es endlich klar war, war sie gleich in heller Aufregung. Sie war Schauspielerin und bereitete sich gerade auf die Rolle der Emilia Galotti vor. Die keusche Jungfrau mit dickem Bauch – das wäre ja gar nicht gegangen.

Was muss es damals für sie bedeutet haben, als der Arzt ihr ihre Schwangerschaft bestätigte?

Ihre Karriere, die ihr über alles ging, war ihr mit einem Schlag verbaut. Ihr ganzer Lebensinhalt geriet plötzlich ins Wanken.

Genauso wie es damals bei ihrer Mutter und ihr selbst gewesen war – als ihre Mutter den Traumjob als Model wegen der ungewollten Schwangerschaft aufgeben musste.

Ich habe Angelas Mutter einmal kennengelernt. Sie lebt in Süddeutschland, genau wie Angelas Bruder und seine Familie. Wir haben uns anlässlich eines Weihnachtsfestes gesehen, zu dem sie »herauf«-kam.

Sie ist knapp Mitte sechzig. Eine gepflegte, elegante Frau, die offensichtlich viel Wert auf ihr Äußeres und gute Umgangsformen legt. Eine schöne Gestalt wirkt auf den ersten Blick immer anziehend. Doch als ich ein paar Stunden mit ihr verbracht hatte, langweilte ich mich an ihrer makellosen Fassade und den nichtssagenden Gesprächen. Die unnahbare Kühle in ihren Gesten ließ mich regelrecht schaudern. Ich sah in ihnen ein Stückchen von Angela, wie sie mir damals bei unserer ersten Begegnung gegenübergestanden hatte: gut aussehend, höflich und sehr distanziert.

Lena schien sich an diesem Weihnachtsfest als Einzige pudelwohl zu fühlen. Sie vergöttert ihre Großmutter und nennt sie »Hilde«. Für Hilde ist Lena der Star. Schließlich ist Lena ungewöhnlich hübsch, kleidet sich modisch und versteht es, sich in Szene zu setzen. Daher ist Hilde der Meinung, dass Lena endlich die Unglückskette, die die weiblichen Mitglieder ihrer Familie verbindet, unterbrechen wird. Für lesbische junge Frauen gibt es keine ungewollten Schwangerschaften. Lena wird ihren Weg gehen können – wo immer sie hinwill. Meint Hilde.

Ich denke, dass Lena das tatsächlich könnte, vorausgesetzt, sie wüsste inzwischen, wohin sie will.

Während des gesamten Besuches ihrer Mutter trug Angela eine mir bisher fremde Miene des Gefallenwollens zur Schau. Sie lachte nur dezent, niemals laut, frei und ausgelassen, wie ich es gewohnt bin. Sie brauchte Stunden, um die passende Kleidung auszuwählen, und ärgerte sich später, weil Hilde behauptete, der Blauton ihrer Bluse sei wirklich top gewesen, vor ein paar Jahren.

Wir waren beide heilfroh, als die beiden Feiertage rum waren und Großmutter beziehungsweise Mutter Hilde sich wieder auf dem Heimweg nach Bayern befand.

»Wie konntest du eigentlich so werden, wie du bist?«, fragte ich Angela, als wir endlich wieder allein waren. »So einfühlsam, zärtlich, so … hm …« Ich zog sie an mich und schmiegte mein Gesicht an ihren Hals.

Als ich den Blick wieder hob, konnte ich sie schief lächeln sehen. »Vielleicht war es Roland?« Das war der spätere Mann ihrer Mutter, mit dem sie dann auch Angelas Bruder bekam. »Er war … ganz anders als sie jedenfalls. Vielleicht lag es daran, dass er so viel älter war als sie. Jedenfalls war er so ruhig mit uns Kindern. Immer geduldig und liebevoll. Ich glaube … nein, ich weiß, dass ich mit ihm bestimmt sehr viel mehr gekuschelt und geschmust habe als mit meiner Mutter. Ihr lag nicht viel an solchen Dingen. Und sie hat Rolands liebevollen Umgang mit uns Kindern immer belächelt.«

Kurz hielt Angela inne. Dann glitt ein undurchschaubares Lächeln über ihr Gesicht. »Aber manchmal hat sie uns beobachtet. Mit ihren hellen Augen hat sie uns zugeschaut, wie wir Spaß miteinander hatten. Dann hätte ich schon ganz gerne gewusst, was sie dachte.«

Ich wusste, dass sie sich als Kind heiß gewünscht hatte, Roland würde auch ihr Vater sein. Sein Tod vor vier Jahren hatte sie genauso getroffen, als sei sie tatsächlich seine leibliche Tochter.

Was macht es eigentlich aus, dass wir uns wie das Kind von jemandem fühlen?

Das sind doch nicht die gleichen Gene. Ganz sicher nicht. Es ist doch eher die Liebe, die Fürsorge, das Miteinander, der Trost, die Unterstützung, das Zusammengehörigkeitsgefühl.

Ach, es gibt so viel, über das eine möglicherweise schwangere Frau in zwei Wochen nachdenken kann.

Als Angela mich gestern fragte, wann ich denn eigentlich meine Tage bekommen müsste, habe ich gelogen.

»Am Freitag erst«, habe ich gesagt.

Dabei weiß ich ganz genau, dass ich vorgestern schon dran gewesen wäre.

Normalerweise bin ich super pünktlich.

Wenn meine Regel zwei Tage zu spät kommt, dann nur, wenn ich großen Stress habe.

Ich bin mir nicht sicher, ob die Ereignisse der letzten Wochen von meinem Körper als entsprechend heftiger Stress gewertet worden sind – so dass er jetzt alles etwas auf den Kopf stellt.

Der Grund, aus dem ich Angela angelogen habe, ist nicht uneigennützig. Natürlich würde ich mir selbst gern sagen, dass ich es getan habe, um ihr eine Enttäuschung zu ersparen.

Aber ich weiß genau, der wirkliche Grund ist: Ich möchte allein sein.

Vielleicht klingt das irritierend. Denn schließlich soll es ja unser gemeinsames Kind sein. Aber irgendwie ist es mir wichtig, diesen ersten Test allein mit mir und meinem Körper zu probieren.

Es ist etwas so Intimes, dass ich niemanden dabeihaben will.

Deswegen fahre ich am Vormittag klammheimlich in die Stadt und kaufe in einer Apotheke, in der niemand mich kennt, einen Schwangerschaftstest.

Das ist gar nicht so einfach. Denn wie sich herausstellt, gibt es etliche unterschiedliche.

Am Ende kaufe ich den teuersten. Weil ich mir sage, dass mir diese Sache das Geld wert ist. Und weil die junge Apothekerin so lange ihre Hand vertrauensvoll auf der Verpackung ruhen lässt, dass bei mir der Eindruck entsteht, sie habe sich schon selbst etliche Male auf diese Ausgabe verlassen.

In einer Apothekentüte, inklusive einer Gratispackung Tempotaschentücher – die Frauen offenbar brauchen, die einen Schwangerschaftstest kaufen – trage ich meine Errungenschaft nach Hause.

Auf dem Küchentisch packe ich alles aus.

Der Schwangerschaftstest besteht aus einer ellenlangen Broschüre, die wahrscheinlich Tipps zur Kindererziehung bis zum Abitur des Sprösslings enthält, und einem Plastikröhrchen, das mich entfernt an ein digitales Fieberthermometer erinnert.

Vielleicht, weil es auch ein kleines Fenster besitzt, in dem man beim Thermometer die Temperatur ablesen kann.

Es stellt sich heraus, dass diese Spezialausgabe eines Schwangerschaftstests tatsächlich die Fähigkeit besitzt, mit mir zu reden. Natürlich nur schriftlich. Göttin sei Dank. Man stelle sich vor, auf ein Teströhrchen zu pinkeln, und dann ertönt von dort unten eine Stimme, die erklärt: »Tut mir leid. Leider hat es wieder nicht geklappt!« oder »Herzlichen Glückwunsch! Oh, ich hoffe, die Bescherung war auch geplant?!«

Nein, so weit geht es nun doch nicht.

Mein Test kann nur ins Display schreiben: ›schwanger‹ oder eben ›nicht schwanger‹.

Ich finde auch dank des seitenlangen Anschreibens nach etwa fünf Minuten schon heraus, dass ich gar nicht auf den Mittelstrahl des Morgenurins oder Ähnliches warten muss, sondern gleich loslegen kann.

Sicherheitshalber trinke ich ein Glas Mineralwasser, damit es auch tatsächlich klappt.

Dann sitze ich samt dem Plastikröhrchen noch eine Weile am Küchentisch und sinne darüber nach, was das Ergebnis des Testes für mich bedeuten wird.

Wenn gleich ›nicht schwanger‹ aufleuchten wird, werde ich zum einen Armin und Daniel in zwei Wochen um eine weitere Spende bitten müssen. Zum anderen ist ein Besuch bei der Gynäkologin angesagt, wenn meine Tage weiterhin ausbleiben.

Sollte aber ›schwanger‹ aufleuchten … ja, dann sind eine ganze Menge mehr Sachen zu bedenken.

Ich werde es den anderen sagen. Zuerst erfährt es natürlich Angela. Und zwar ganz feierlich. Mit Sekt und Blumen und ein paar leckeren Happen.

Dann werde ich es meinen Freundinnen sagen. Jackie wird erst beleidigt tun, weil sie nicht dabei sein durfte. Doch dann wird sie sich vor Aufregung überschlagen. Ellen wird reserviert gratulieren. Frauke wird strahlen und gleich ihre Antonie anrufen. Frederike … au weia, Frederike. Ich kenn sie schon zu lange, um mir keine Gedanken darum zu machen, was ich ihr an Details anvertrauen kann. Die Gute stellt die Verschwiegenheit häufig in den Dienst ihrer Kunst, der Schriftstellerei. Und wenn sie eine gute Geschichte wittert, kommt sie gern auf abstruse Gedanken. Soweit ich weiß, hat sie noch kein Buch geschrieben, in dem eine Frau schwanger wurde … Bestimmt käme ihr so eine Story genau recht.

Andererseits werde ich es vor ihr nicht lange geheim halten können.

Und meine Mutter! Meine Güte, sie wird ausflippen! Ich bin schließlich so erwachsen und abgenabelt, dass ich nicht alles mit ihr bespreche, was mir so durch den Kopf geht. Ich habe ihr nie erzählt, dass ich einen Kinderwunsch hege. Und das heiß ersehnte Enkelkind hat Mama längst abgeschrieben. Sie wird aus dem Stand einen Flickflack drehen, wenn sie es erfährt.

Mein Vater dagegen wird mich wahrscheinlich bestürzt ansehen und fragen, ob ich mir das auch gut überlegt habe und ob ich an meine Karriere gedacht habe.

Ich stelle mir vor, wie ich die Hand zum Mund hochreiße und entsetzt rufe: »Oh, mein Gott! Du hast recht! Aber was soll ich denn jetzt nur machen?«

Ich stelle mir auch vor, wie ich auf einer Frauenparty auftauche und mein Glas auf meinem Bauch abstellen kann. Keine Ahnung, wie die Mädels auf so was reagieren werden.

Aber jetzt geht es erst mal nur um mich.

Um das, was dieses kleine Plastikröhrchen mit mir machen kann.

Es kann darüber entscheiden, wie mein Tag weitergeht.

Es kann mir außerdem klar sagen, wie mein restliches Leben weitergehen wird.

Ein interessantes kleines Ding, das ich hier in der Hand halte und hin und her wende.

Na gut, dann wage ich es mal.

Als ich aufstehe, stelle ich verwundert fest, dass meine Knie ein wenig weich geworden zu sein scheinen.

Ich drücke sie tapfer durch und stakse durch den Flur zum Bad.

Ich wette, das Mineralwasser wirkt noch nicht. Aber irgendwie reicht es dann doch für den Test.

Ich lege das Röhrchen auf einen Streifen Klopapier auf den Wannenrand und wasche mir die Hände.

Etwa eine Minute.

Muss ich warten.

Ich zähle innerlich langsam bis 47. Dann kann ich es nicht mehr aushalten und werfe einen vorsichtigen Blick auf das Display.

Zuerst erkenne ich gar nichts.

Kaputt. Na, typisch! Das muss ja wieder mir passieren! Ausgerechnet ich erwische das einzige kaputte Pinkelröhrchen von allen Schwangerschaftstests der Welt!

Doch als ich es empört aufnehme, sehe ich, dass das Display keinesfalls defekt ist. Ich halte das Röhrchen nur einfach falsch herum. Und so erscheinen die Buchstaben, die dort aufleuchten, natürlich wie eine Art arabischer Schriftzeichen.

Ich drehe das Ganze herum und starre auf das einzelne Wort, das dort aufleuchtet.

In meinem Kopf finden sich wahrscheinlich Synapsen, um die Information von meinen Augen zu dem Teil meines Hirns zu transportieren, der das zu Lesende verstehen muss.

Ich starre und starre.

Was hat Ellen gesagt? ›Die Wahrscheinlichkeit, dass es

bei einer Frau über dreißig beim ersten Versuch mit einer Spritze funktioniert, geht gegen null?‹

Na, dann bin ich also eine Nullkandidatin. Und ich muss sagen, es fühlt sich wunderbar an!

* * *

»Oh, mein Gott!«, wiederholt Angela ein paarmal hintereinander.

»Du darfst ruhig weiter Michelin oder ›Schätzchen‹ zu mir sagen«, erkläre ich, weil mir der Schalk im Nacken sitzt.

Es gibt so Momente im Leben, da könnte ich die ganze Welt auf den Arm nehmen und mich darüber scheckig lachen. Dies ist der schönste von allen diesen Momenten, die ich je erlebt habe.

Alles ist genauso, wie ich es mir ausgedacht habe: Die Blumen auf dem Tisch, die leise Musik, die kleinen Häppchen und der kühle Sekt, der in den Gläsern perlt.

Angela staunt mich immer noch fassungslos an. Ihr Gesicht leuchtet, als hätte sie eine Erscheinung gehabt.

»Weißt du, was das bedeutet?«, flüstert meine Liebste dann und zieht mich sanft an sich.

Ich schmunzele: »Wir werden Eltern!« und greife nach den beiden Gläsern, halte ihr eines hin. »Komm, darauf müssen wir anstoßen!«

Angelas Brauen ziehen sich spontan zusammen.

»Bitte? Du willst doch nicht etwa Alkohol trinken!?«, empört sie sich, nimmt mir das Glas zart wieder ab und stellt es zurück auf den Tisch.

»Wie wäre es stattdessen mit einem Kuss?«

Ich muss sagen, die Idee ist auch nicht schlecht.

»Der Witz ist, ich dachte zuerst, das Ding ist kaputt«, plappere ich dann los.

»Ich hatte schon den ganzen Tag so ein komisches Gefühl …«, beginnt Angela im gleichen Augenblick.

Dann reden wir ein paar Minuten aufgeregt und wirr durcheinander. Ein Singsang aus unseren Stimmen, die einander so gut kennen, die sich miteinander verweben zu einem Klangteppich aus Freude und Eifer und purer Glückseligkeit.

Es dauert eine ganze Weile, bis wir uns wieder so weit beruhigt haben, dass wir nacheinander reden können und uns dabei auch tatsächlich zuhören.

»Deine Gynäkologin ist in Ordnung«, meint Angela. »Sie kann dir bestimmt auch einen Tipp geben, wie wir eine gute Hebamme finden.«

»Dann kommt die Entscheidung auf uns zu: Krankenhaus, Geburtshaus oder Hausgeburt«, sage ich.

»Oh ja, sehr wichtig! Ich könnte mich ja um dich und das Baby kümmern. Gott sei Dank weiß ich ja, was so getan werden muss. Und Wickeln habe ich bestimmt auch nach zwanzig Jahren nicht verlernt. Eigentlich bräuchtest du die Wöchnerinnenstation also gar nicht«, überlegt Angela.

»Andererseits ist es vielleicht doch beruhigender, wenn Ärzte in der Nähe sind«, gebe ich zu bedenken.

»Du solltest dir schon mal ein paar Kurse ansehen, zum Beispiel Babyschwimmen oder Schwangerschaftsgymnastik«, meint Angela.

»Ab wann muss man sich beim Kindergarten anmelden?«, will ich wissen.

»Da haben wir noch etwas Zeit«, grinst Angela.

»Aber solche Kurse, in denen man das Bindegewebe wieder in den Griff bekommt. Da muss ich mich bestimmt jetzt schon drum kümmern«, sage ich.

»Du hast Angst um dein Bindegewebe?«, kichert Angela.

»Na, hör mal!«, maule ich. »Momentan bin ich doch noch schlank und rank. Und das möchte ich auch wieder werden, wenn das Kind auf der Welt ist.«

»Du darfst eben nicht für zwei essen.«

»Das habe ich auch nicht vor.«

»Schade. Ich würde dich so gern ständig bekochen und dir jeden Gang abnehmen«, schmunzelt sie.

So geht es eine ganze Weile hin und her.

Ehrlich gesagt vermisse ich den Sekt nicht die Bohne. Ich fühle mich auch so herrlich beschwipst.

Erst nach und nach lässt unsere euphorische Stimmung ein bisschen nach.

So ist es also, wenn man nach einem Höhenflug wieder in der Realität ankommt. Wir lächeln immer noch.

»Um eine Sache müssen wir uns jetzt als Erstes Gedanken machen«, sage ich schließlich und werfe meiner Liebsten einen zögerlichen Blick zu.

Angela erwidert ihn und seufzt.

»Ja«, sagt sie. »Lena.«

»Ja, Lena«, wiederhole ich. »Willst du es ihr allein sagen?«

Sie überlegt kurz, doch dann schüttelt sie den Kopf.

»Nein, ich finde, das sollten wir zusammen tun. Es wird Zeit, dass sie endgültig erwachsen wird und ihre Mutter als eine eigenständige Frau wahrnimmt, die nach der Scheidung von ihrem geliebten Papi wieder eine Beziehung eingegangen ist. Da gehörst du nun mal unweigerlich dazu.«

»Ich und … sie oder er«, stimme ich ihr zu und lege eine Hand auf meinen Bauch.

Angelas Augen wechseln den Ausdruck von sorgenvoll zu zärtlich.

»Wie findest du das kommende Wochenende für so ein Vorhaben?«, schlage ich schließlich vor.

»Da ist keine Party. Vielleicht hat sie ja nichts vor. Du könntest sie zum Abendessen einladen. Wir kochen was Leckeres, irgendwas, was sie gern mag und …«

»Unglaublich, dass ich meine eigene Tochter mit ihrem Leibgericht bekochen muss, um ihr etwas so Schönes aus meinem Leben schmackhaft zu machen!«, unterbricht Angela mich leicht ärgerlich.

»Ach, mein Herzblatt«, sage ich und strecke die Hand aus, um ihre Wange zu berühren. »Vielleicht macht es das ein bisschen leichter für uns alle?«

»Das hoffe ich«, murmelt Angela.

Ich kann ihr ansehen, dass sie sich um die bevorstehende Aufgabe Sorgen macht.

Und da ich Lena auch ein Stückchen weit kenne, weiß ich, dass diese Sorge berechtigt ist.

Zwölftes Kapitel

Alles kommt genauso, wie ich es vorher gedacht hatte.

Nur dass ich nicht vorhersehen konnte, dass Jackie ein paar Stunden nach unserem ausführlichen Telefonat (während dessen Ellen sich im Hintergrund auf mürrisches Gemurmel und spitze Bemerkungen beschränkte) wieder anruft und eine ganze Liste an praktischen Vorschlägen parat hat.

Schließlich kennt sie doch diese Ute, die als Hebamme arbeitet. Und die weiß offenbar über alles Bescheid. Angefangen bei den Geburtsvorbereitungskursen bis hin zur Mutter-und-Kind-Gymnastik.

Ich bin gerührt.

Jackie ist wirklich eine famose Freundin. Noch nie habe ich erlebt, dass sie eine Entwicklung, die ich durchlebte, eine noch so verrückte Phase, und erst recht nicht einen wichtigen Schritt, den ich tun wollte, abgelehnt hat oder dem auch nur neutral begegnet ist. Immer ist sie empathisch. Immer ist sie mittendrin. In meinem Leben.

Und Ellen?

Ja, Ellen.

»Sie fragt sich bestimmt, wieso du es damals mit ihr nicht so dringend wolltest wie jetzt mit Angela«, mutmaßt Frauke, unsere kleine Detektivin, die auch gern in Menschenseelen forscht.

Es ist Mittwochmorgen. Das Wochenende liegt noch weit entfernt. Und Frauke arrangiert gerade einen wunderschönen Blumenstrauß in einer Vase, den sie im Garten ihrer Eltern gepflückt und mir zur Gratulation mitgebracht hat.

Nicht, dass ich von jeder meiner Freundinnen zur Eröffnung meiner Schwangerschaft eine Flut von Rosenblüten erwarte. Aber Ellens Reaktion enttäuscht mich so sehr.

»Ist das ein Grund, um so herumzustänkern? Sie hat mich ja noch nicht einmal sprechen wollen. Geschweige denn, dass sie mir Glück gewünscht hätte oder sonst wie positiv Anteil genommen hätte«, grummele ich.

Frauke sieht nachdenklich aus, wie sie da eine rosafarbene Knospe neben eine fliederfarbene schiebt. »Lass ihr einfach etwas Zeit. Ich weiß genau, wie wichtig du ihr bist. Wahrscheinlich hat sie Angst, dass sich durch das Kind etwas zwischen euch ändern wird. Mütter sind manchmal reichlich merkwürdig, findest du nicht?«

Ich sehe sie ratlos an.

Frauke zuckt die Achseln. »Na, sie sehen nur noch das Baby, haben für nichts anderes mehr einen Sinn, sprechen über nichts anderes als Körperausscheidungen und deren Konsistenz, unterbrechen jedes Gespräch mit den Worten ›Sekunde! Ich seh nur mal schnell nach dem Kleinen!‹ und sprechen selbst mit Vorliebe nur noch in ›Da da‹ und ›Du du‹.«

Ich lasse empört Luft ab.

»Wenn Ellen denkt, dass ich so werde, dann spinnt sie

aber komplett! Schließlich waren wir vier Jahre lang ein Paar. Da müsste sie mich aber besser kennen.«

»Ellen hat bestimmt auch nicht damit gerechnet, dass du Ernst machst mit deinem Kinderwunsch. Vielleicht hält sie plötzlich Dinge für möglich, an die sie vorher nicht im Traum gedacht hätte«, erwidert Frauke. »Und die natürlich auch völlig unrealistisch sind«, setzt sie noch rasch dazu, als sie mein Gesicht sieht.

Ich seufze.

»Meinetwegen. Auf jeden Fall muss ich mal mit ihr sprechen. So kann das ja jetzt nicht neun Monate weitergehen. Und nach den neun Monaten wird es ja dann noch mal schwieriger. Nein, so geht das nicht. Sie muss sich zusammenreißen. Sonst setzt sie am Ende noch unsere Freundschaft aufs Spiel.«

Frauke richtet sich auf, offensichtlich zufrieden mit ihrem Blumenarrangement, und schnalzt mit der Zunge.

»Wenn ich dir einen Rat geben darf?«

»Bitte!«

»Mach ihr keine Vorwürfe. Bezieh sie einfach mehr ein. Ich glaube, das, was sie fürchtet ist eine Entfremdung. Wenn du jetzt einen Streit vom Zaun brichst, hat sie mit ihren Befürchtungen nur recht behalten, und du deine erste Schwangerschaftsdepression.«

»Na, super!«, maule ich. »Von Rechts wegen müsste ich eigentlich launisch durch die Gegend laufen. Schließlich drehen jetzt bei mir die Hormone am Rad und nicht bei ihr. Und statt Ellen für ihr blödes Verhalten einen zu bügeln, soll ich auch noch Rücksicht auf sie und ihre an den Haaren herbeigezogenen Befürchtungen nehmen?«

Frauke antwortet: »Willst du recht behalten? Oder willst du klug sein?«

Meine Arbeitskollegin hat rhetorisch ganz schön was drauf.

* * *

Die restlichen Tage der Woche verfliegen in einer Wolke aus Entzückung.

Angela und ich reden nur über unser Baby.

Der Anruf bei Armin und Daniel ist ein Highlight.

Armin ist sprachlos und muss den Hörer weitergeben.

Daniel gratuliert mit seltsam kratziger Stimme und weiß dann auch nicht mehr viel zu sagen.

Wir vereinbaren eine kleine ›Es-hat-beim-ersten-Mal-geklappt‹-Feier für Ende der nächsten Woche, wenn meine Ärztin bestätigt, was der Test in so leuchtenden Buchstaben behauptet hat.

Ich bin mir sicher.

Aber Angela meint, es sei besser, eine ärztliche Meinung einzuholen.

Sie hat sogar einen kleinen Versuch gestartet, mich zu überreden, auch das Gespräch mit Lena auf ›nach-dem-Arzttermin‹ zu verlegen. Aber da habe ich nicht mitgemacht.

»Ich versteh ja, dass du es so lange wie möglich rausschieben willst«, hatte ich gesagt. »Aber irgendwann müssen wir es ihr sowieso sagen. Selbst wenn ich jetzt nicht schwanger wäre, müssen wir es ihr dringend sagen. Das weißt du doch selbst. Wenn sie es von jemand anderem erfahren würde, wäre das eine echte Katastrophe!«

Das hat meine Liebste überzeugt. Weil sie es selbst sowieso schon weiß.

Also machen wir uns Gedanken um das passende Essen zum großen Anlass und beschließen, einen schönen Wein zu kaufen, ebenso wie einen besonderen Naschkatzennachtisch.

Angela besteht darauf, dass sie die schwereren Sachen mit dem Auto besorgt, damit ich sie nicht tragen muss. Aber ein paar frische Kräuter und andere federleichte Zutaten darf ich am Freitagnachmittag dann doch einkaufen.

Ich schwebe gerade mit einer Einkaufstasche, die sich anfühlt, als transportiere ich damit einen Haufen Luft, aus dem Delikatessenladen bei uns um die Ecke, als ich fast mit jemandem zusammenstoße.

»Hoppla!«, mache ich.

»Ups!«, macht die andere.

Dann sehen wir uns verdutzt an.

»Nein, das ist ja ein Zufall! Bist du nicht Michelin?«

Diese knallroten Haare kenne ich doch!

»Und du bist Monika! Die mit der Cocker-Zucht«, grinse ich zurück. Wir lachen herzhaft.

»Ja, das war ja vielleicht ne Gaudi«, schmunzelt sie, in Erinnerung an meinen Fauxpas auf Frederikes Party. Die scheint übrigens ungefähr 70 Jahre zurückzuliegen, so viel ist seitdem passiert. »Aber das ist ja echt der totale Hammer, dass wir uns jetzt treffen. Gestern Abend war ich auf einer Geburtstagsfeier und hab noch von dem lustigen Missverständnis erzählt, das wir bei unserem Kennenlernen hatten.«

»Ach, ich bin immer wieder gern Objekt der allgemeinen Belustigung«, gebe ich zurück und versuche, säuerlich auszusehen. Aber es gelingt mir nicht ganz. Schließlich war auf dem Teststreifen ›schwanger‹ zu lesen.

Das sagt mehr als alle anderen Worte, die von den Blamagen in meinem bisherigen Leben erzählen könnten.

Deswegen kann meine gute Laune heute einfach gar nichts trüben.

Monika winkt ab.

»So schlimm war es auch nicht. Wir kamen nur drauf, weil meine jüngere Hündin jetzt die Zuchtzulassung bekommen hat und ich demnächst auf Suche nach einem geeigneten Rüden gehe. Da fiel mir doch glatt unser kleines Missverständnis wieder ein.«

Heute kann ich tatsächlich darüber kichern.

Monika grinst auch bis über beide Ohren. »Ich muss dir allerdings sagen, dass alle, die die Story noch nicht kannten, sich ziemlich bepisst haben vor Lachen. Wunder dich also nicht, wenn du demnächst mal wieder auf ner Party auftauchst und ein paar anwesende Frauen sich biegen vor Lachen, sobald du den Raum betrittst. Diana und Lena konnten es gar nicht glauben. Sie haben immer wieder und wieder nachgefragt …« Monika lacht schallend.

Mein Lächeln gefriert innerhalb von Sekunden zu Eis.

»Sagtest du Diana und Lena?«, wiederhole ich langsam.

Monika guckt amüsiert. »Ja. Sagte ich.«

»Du meinst aber nicht diese weißblonde Diana und die dunkelhaarige Lena, die erst seit einer kurzen Weile miteinander rumhängen? Lena Rose? Die meinst du doch nicht, oder?«

Jetzt runzelt meine Gegenüber verwundert die Stirn. »Ehrlich gesagt kenn ich Lena nicht so gut, dass ich ihren Nachnamen wüsste. Bin eher mit Diana bekannt. Aber die Beschreibung passt. Wieso ist das denn so eine Sensation?«

Ich glaub, mein Herz bleibt stehen.

In meinem Hirn rasen gerade Hunderte von elektronischen Impulsen durch die Schaltstellen.

»Und wann war das, sagtest du? Gestern?«

»Gestern Abend«, antwortet Monika, jetzt geradezu verblüfft über mein plötzliches heftiges Interesse.

Ich sehe auf die Uhr. Es ist kurz nach 16 Uhr. Vielleicht erwische ich Angela noch, wenn sie aus dem Büro kommt, um die Einkäufe daheim im Kühlschrank zu verstauen. Vielleicht erwische ich sie, bevor Lena es tut.

»Tut mir leid, Monika, aber ich glaub, ich muss schnell los. War nett, dich getroffen zu haben. Alles Gute bei der Vaterwahl und so!«

Ich klopfe ihr rasch auf die Schulter und habe mich schon umgewandt.

»Ebenso!«, ruft Monika mir noch nach.

Bestimmt denkt sie, dass ich schon eine sehr komische Marke sein muss. So seltsam wie ich mich jedes Mal verhalte, wenn sie mich trifft.

Jetzt eile ich heim, werfe die Einkaufstasche auf den

Tisch, schnappe mir den Autoschlüssel vom Haken und bin schon wieder fort.

Ich rase durch die Stadt.

Während ich mit überhöhter Geschwindigkeit durch die vertrauten Straße flitze, kocht in mir einmal mehr die altbekannte Wut auf die Szene hoch. Das, was ich daran immer so mochte – dass alle sich kennen, dass wir im Grunde wie eine große Familie sind, in der es kaum Geheimnisse voreinander gibt, einfach, weil man wirklich nichts verstecken kann – genau das ist es auch, was mich immer wieder an ihr nervt: Du kannst einfach keinen Schritt tun, ohne dass es mindestens zehn andere mitbekommen. Auch die, von denen du eigentlich nie gedacht hättest, dass sie dich überhaupt kennen. Und vor allem die, vor denen du diesen gewissen einen Schritt gerne verborgen hättest. Es ist ein Kreuz.

Als die Wut ein bisschen verraucht ist, mache ich mir Vorwürfe.

Dadurch, dass sowohl ich – und mit mir zwangsläufig auch Angela – und Lena uns beide in der Szene bewegen, hätte mir eigentlich klar sein müssen, dass sie es über kurz oder lang irgendwo erfährt.

Es war einfach blauäugig, so lange damit zu warten, es ihr zu sagen.

Als ich vor Angelas Haus ankomme, sehe ich bereits Lenas silbernes Rennrad, das an der Hauswand lehnt. Angelas Auto ist aber noch nicht in Sicht.

Ich parke rasch ein, steige aus und atme ein paarmal tief ein und wieder aus. Dann trete ich über die Straße und schließe mit meinem Schlüssel die Haustür auf.

Die Treppe hinauf. Bloß nicht so schnell. Sonst bin ich gleich ganz außer Atem, und das ist keine gute Voraussetzung für eine Begegnung dieser Art.

Ich klopfe an die Wohnungstür, damit ich sie nicht überrasche. Dann schließ ich auf und gehe hinein.

»Hallo? Jemand zu Hause?«, rufe ich. Obwohl ich weiß, dass selbstverständlich jemand zu Hause ist. Ich weiß nur nicht, in welchem seelischen Zustand diese Jemand gerade ist.

Lena antwortet nicht.

Ich seufze.

Sie liebt bühnenreife Auftritte genauso wie ihre Mutter. Gott sei Dank hat Angela mit den Jahren gelernt, sie tatsächlich nur im Theater einzusetzen.

Ich gehe ins Wohnzimmer hinüber. Dort steht Lena mit verschränkten Armen am Fenster und starrt hinaus.

»Hi, Lena«, sage ich, in der Hoffnung, dass sie mich gerade vielleicht einfach nicht gehört hat.

Doch die Hoffnung wird rasch zerschlagen.

»Wer weiß es denn noch alles?«, sagt sie, ohne sich umzudrehen. »Oder sollte ich besser fragen: ›Wer außer mir weiß es nicht‹?«

Ehrlich gesagt kann ich sie in diesem Augenblick sogar verstehen.

Ich tue ein paar Schritte in ihre Richtung. Aber als ich sehe, dass ihre Schultern sich versteifen, bleibe ich wieder stehen.

»Wir wollten es dir morgen sagen«, beginne ich vorsichtig.

»Ach, deswegen also die Einladung zum Abendessen,

wie?« Lenas Stimme ist recht leise. Fast habe ich Mühe, sie zu verstehen. Wahrscheinlich bebt sie innerlich vor Wut.

»Gestern war ich auf einer Geburtstagsparty …«, sagt sie.

»Ich weiß!«, komme ich ihr zuvor. »Ich hab grad Monika getroffen. Die hat es mir erzählt.«

»Was hat sie dir erzählt?« Jetzt dreht Lena sich zu mir um und funkelt mich aus schwarzen Augen wütend an. »Dass ich dastand wie eine Kuh, wenn's donnert, weil alle sich schlapp lachten über diese Geschichte. Nur ich hatte leider gar keine Ahnung, dass die Freundin meiner eigenen Mutter auf der Suche nach einem Samenspender ist?!«

»Lena«, sage ich und strecke die Hand aus. Doch ihre Brauen ziehen sich drohend zusammen, also halte ich inne. »Ich kann ja verstehen, dass du sauer bist. Wir hätten es dir schon früher sagen sollen. Aber abgesehen davon, dass wir selbst erst vor Kurzem den Entschluss gefasst haben, wussten wir ja auch noch gar nicht, ob er sich würde umsetzen lassen. Alles war noch offen und deshalb …« Es ist hoffnungslos. Ich kann es an ihrem Gesicht erkennen.

Alles, was ich sage, macht es nur noch schlimmer.

Eine kleine Weile sehen wir uns nur an.

Die Erinnerung an die Zeit unseres Kennenlernens schießt ungefragt in mir herauf, bitter wie Galle. Ich war so verschossen in sie, dass mir vollkommen egal war, ob ich mich dieser 11 Jahre jüngeren Frau zuliebe völlig zur Närrin machte.

Damals schien sie mir so rein, so arglos, so unberührt von aller List dieser Welt.

Doch dann musste ich leider feststellen, dass Lena nicht nur sehr jung, sondern auch entsprechend unreif und ichbezogen war.

Wahrscheinlich ist sie so geworden, weil ihre Eltern sich nur um sie gedreht haben und sie bald die einzige Gemeinsamkeit zwischen ihrem Vater und ihrer Mutter war.

Gedanklich mache ich mir eine Notiz, dass ich Angela unbedingt warnen muss, damit sie diesen Fehler kein zweites Mal begeht. Ein weiterer junger Mensch mit der Überzeugung, der Nabel der Welt zu sein, muss in dieser Stadt nicht rumlaufen.

Während ich noch hier stehe und rätsele, was Lenas Wut besänftigen könnte, höre ich einen Schlüssel im Schloss, und die Wohnungstür wird geöffnet.

»Huhu, bin daha!«, ruft Angela durch den Flur.

»Wir sind im Wohnzimmer«, antworte ich rasch. Nur für den Fall, dass sie Lenas Fahrrad unten nicht bemerkt und gleich eine Show mit dem Motto »Wo ist denn meine entzückende kleine Schwangere?« hinzulegen geplant hat.

Angela schnauft den Flur entlang, offenbar hat sie noch weit mehr eingekauft, als wir auf den Einkaufszettel geschrieben haben. Dann bleibt sie mit geröteten Wangen und strahlenden Augen in der Wohnzimmertür stehen.

»Ah, Lena, was machst du denn schon hier? Unser Abendessen ist doch erst morgen. Hallo, mein Schatz!« Sie spitzt die Lippen zu einem Kussmund. Doch als sie das Gesicht ihrer Tochter sieht, wird sie rasch ernst.

»Was gibt's?«, fragt sie direkt.

Lena knickt beim Anblick ihrer Mutter, meiner Liebsten, geradezu in sich zusammen.

Ihre Schultern fallen nach vorn. Ihre Mundwinkel nähern sich dem Teppichboden. Ihre Augen glänzen verdächtig. Sie wartet mit der Antwort so lange, bis es schier unerträglich scheint, dann haucht sie filmreif: »Ich weiß Bescheid, Mama.«

Angela stutzt und sieht mich fragend an.

Doch dann begreift sie.

»Wie jetzt?«, macht sie dann und kommt samt Einkaufstaschen ins Wohnzimmer.

»Michelin?«

Ich hebe die Hände. »Hab damit nichts zu tun. Gestern Abend fand wohl eine Party statt, und auf der …«

»Die ganze Stadt spricht davon!«, schluchzt Lena auf und sinkt in den Sessel, den sie sich vorher ans Fenster geschoben haben muss. »Nur ich wusste nichts. Deine eigene Tochter wusste nichts davon!« Sie vergräbt das Gesicht in den Händen.

Die Taschen werden unsanft abgestellt, und Angela ist in Blitzgeschwindigkeit bei ihrer Tochter.

»Hey, mein Schätzchen«, murmelt sie und legt den Arm um Lena.

Ich spüre, wie meine Lippen sich zu einem Wellenmuster verziehen.

»Hey, hey, hey!« Dazu streichelt Angela Lenas Haar, das dunkel glänzend bis auf ihre Schultern fällt. »Kannst du dich denn gar kein bisschen mit uns freuen? Schließlich wirst du dadurch eine kleine Schwester oder einen kleinen Bruder bekommen.«

»Halbschwester! Oder Halbbruder! Wenn überhaupt …«, brummt Lena durch den Vorhang ihrer Haare hindurch. »Und das in einem Alter, in dem ich selbst ein Baby haben könnte.«

»Hast du aber nicht«, kann ich mir nicht verkneifen zu sagen, und Angela wirft mir einen leicht gereizten Blick zu.

»Schätzchen, ich kann mir denken, dass das jetzt nicht so einfach zu verdauen ist für dich. Aber glaub mir, wenn du erst mal ein, zwei Nächte drüber geschlafen hast, wirst du bestimmt genauso begeistert sein wie wir und …«

»Begeistert?« Jetzt richtet Lena sich auf und sieht Angela mit gequälter Miene ins Gesicht. »Was sollte mich daran wohl begeistern? Wir haben ja so schon kaum noch Kontakt zueinander. Wenn du erst mal ein Baby hast, werde ich bestimmt total abgeschrieben sein.«

Keinen Kontakt?

Die beiden telefonieren mehrmals die Woche, sehen sich alle naselang und treffen sich außerdem auch noch unverabredet in der Szene. Von ›kein Kontakt‹ kann nun wirklich keine Rede sein.

»Lena«, sagt Angela jetzt, und ich höre mit Erleichterung, dass sie ein wenig amüsiert klingt. »Michelin und ich werden ein Baby bekommen. Wir wandern nicht nach Neuseeland aus. Wie wäre es, wenn ihr zwei euch jetzt an den Küchentisch setzt, ich packe die Einkäufe für unser super Abendessen aus, und wir erzählen dir alles?«

Lena hebt den Blick und sieht Angela herzergreifend traurig an.

»Ich glaube, ich wäre jetzt gern mit dir allein«, sagt sie so leise, dass ich es gerade noch verstehen kann.

Schade für Lena, dass ich an dieser Stelle jedoch überhaupt kein Taktgefühl kenne. Ich halte es nicht für gut, die beiden allein zu lassen, damit sie in eine längst nicht mehr existente Mutter-Tochter-Symbiose abtauchen können.

Angela wirft mir einen fragenden Blick zu.

Ich schüttele energisch den Kopf.

Leider bemerkt Lena meine Bewegung und starrt mich wütend an.

»Heißt das, dass ich jetzt nicht mehr mit meiner Familie allein sein darf?«, fragt sie angespannt.

Angela sieht mitfühlend aus, aber mir platzt gleich der Kragen.

»Nein. Das heißt nur, dass deine Mutter wieder eine eigene Familie hat. Zu der gehöre auch ich. Und zu der wird unser Kind gehören!«

Lena schnappt nach Luft.

Das Einzige, was sie herausbringt ist: »Mama!«

Meine Güte, die Frau ist einundzwanzig! Und sie ist sich nicht zu schade, auf Frauenpartys attraktive Frauen abzuschleppen und in Hauruckaktionen zu vernaschen. Ich weiß das aus eigener Erfahrung. Aber jetzt tut sie so, als hätte sie gerade mal laufen gelernt.

»Lena«, beginnt Angela einlenkend. Aber ich kann in ihrer Stimme schon den Unterton der Ungeduld erkennen. »Sieh mal, seit du Teenager warst, hast du nach Unabhängigkeit gestrebt. Du wolltest auf eigenen Beinen stehen, dein eigenes Leben leben. Das war dein gutes Recht. Ist ja richtig so. Vielleicht hab ich eine Weile lang nicht so richtig loslassen können. Das war mein Fehler. Dein Vater hat es besser hinbekommen. Aber ich dachte eigentlich, dass wir in den letzten zwei Jahren zu einer neuen Art von Beziehung gefunden hätten. Du hast doch selbst mehrmals gesagt, dass es sich jetzt eher so anfühlt, als seien wir eine Art Freundinnen, nicht mehr wie Mutter und Tochter. Erinnerst du dich? Das bedeutet aber nicht, dass du keine Familie mehr hast. Ich bin immer noch deine Familie. Und du kannst auch in meiner neuen Familie mit dazugehören …«

»Die Frage ist nur, ob sie das will!«, unterbricht Lena sie und wirft mir einen giftigen Blick zu.

»Lena, sei nicht albern. Michelin mag dich.« Angela räuspert sich. Offenbar denkt auch sie an diese andere Seite ihrer Tochter und an die kleine Geschichte, die mich mit ihrem Sprössling verbindet.

»Darum geht es hier doch gar nicht!«, platze ich heraus.

»Siehst du!«, sagt Lena mit dramatischer Geste zu Angela, als hätte ich gerade eine schlimme Befürchtung bestätigt.

Ich lasse mich davon nicht irritieren. »Es geht hier darum, dass wir zwei, Angela und ich, gemeinsam mit einem Kind eine Familie haben möchten. Und dass es Menschen gibt, die das offenbar nicht verstehen können …« Flüchtig erscheint auch das Bild Ellens vor meinem inneren Auge. Ich schiebe es zur Seite. Eine Baustelle reicht mir für den Augenblick.

Lena sieht Angela auffordernd an. Offenbar erwartet sie von ihrer Mutter, dass sie ihr beisteht.

Angela erwidert den Blick sehr ernst. Und tut ihr den Gefallen nicht.

»So ist es, Lena. Es war falsch von mir … von uns, es dir nicht früher zu sagen. Aber die Tatsache an sich wirst du akzeptieren müssen. Daran wird sich nichts ändern. Ich hoffe, das ist dir klar?!« Ihre Stimme klingt fest.

»Ich hätte es wissen müssen«, faucht Lena in meine Richtung. »Als du damals aufgetaucht bist, hab ich gleicht geahnt, dass es Probleme geben wird mit dir. Aber da dachte ich noch, dass es einfach nur um Mama geht. Obwohl das ja schon schlimm genug war. Immerhin sind meine Eltern wegen dir nicht wieder zusammengekommen.«

Jetzt sind wir beim Urschleim angekommen. Super.

»Jetzt mach aber mal halblang!«, knurrt Angela. Diesen Tonfall müsste Lena eigentlich hervorragend kennen. ›Jetzt keinen Schritt weiter!‹ heißt das. »Du beleidigst weder Michelin noch mich! Und der Grund, aus dem Volker und ich nicht wieder zusammengekommen sind, war nicht Michelin, das weißt du genau! Der Grund waren etliche kleine Romanzen und ein paar weitere Dinge … wir waren einfach kein Paar mehr, Lena! Und du bist ein erwachsener Mensch, der wissen sollte, dass nichts so einfach ist wie es in einem verstrubbelten Teenagerkopf scheint!«

»Ich bin erwachsen?!«, plärrt Lena sie an. »Und wieso sprichst du dann nicht mit mir wie mit einem Gleichberechtigten? Wieso erfahre ich als Letzte, dass ihr ein Kind plant? Am Ende wolltet ihr es mir erst sagen, wenn Michelin schwanger ist, oder wie?«

Die jetzt entstehende Pause ist sehr sehr ungut.

»Nee, ne?!«, macht Lena. Ihr Blick heftet sich auf meinen Bauch. »Du bist doch nicht etwa schon schwanger?!«

Angela und ich sehen uns kurz an.

Dann nicken wir beide.

Und ich kann es nicht unterdrücken, dass mir dabei ein Glücksschauder den Rücken hinunterrieselt.

Mein seliges Lächeln war wahrscheinlich das Letzte, das Lena noch gebraucht hat.

Sie stampft mit dem Fuß auf wie Rumpelstilzchen.

»Was ist das hier eigentlich für eine Schmierenkomödie!«, schreit sie, und ich wundere mich für einen Augenblick über ihre Wortwahl, die so gar nicht zu ihr zu passen scheint.

Angelas Augen verengen sich zu zwei schmalen Schlitzen. Spätestens jetzt würde ich an Lenas Stelle die Notbremse ziehen und auf ›liebreizend entschuldigend‹ umschwenken.

»Liebe Tochter, zufälligerweise redest du hier gerade abfällig von etwas, das für mich und meine Lebensgefährtin die Erfüllung eines Herzenswunsches ist. Pass auf, was du sagst!«, sagt Angela mit ruhiger Stimme, in der ich die Spannung jedoch knistern hören kann.

Lena springt vom Sessel auf und steht jetzt genau vor ihrer Mutter.

»Das hätte ich nie von dir gedacht, dass du mich mal derartig behandelst! Als wäre ich ein Niemand in deinem Leben!«, brüllt sie.

»Und ich hätte nie gedacht, dass du dich derart danebenbenehmen würdest, damit ich dich so behandeln muss!«, schreit Angela zurück.

Ich glaube sogar für den Bruchteil einer Sekunde, in dieser Wutwelle Lenas Haare wehen zu sehen.

Wären wir wirklich im Theater, würden unten im Publikum jetzt bestimmt die ersten Taschentücher gezogen.

»Na, dann viel Spaß mit deiner neuen Familie!«, bringt Lena noch heraus, bricht in Tränen aus und rennt aus der Wohnung.

Die Wohnungstür kracht ins Schloss.

»Na, warte!«, zischt Angela und will losspurten.

Ich halte sie am Arm zurück. »Lass sie doch erst mal …«

»Nein!«, herrscht sie mich an und reißt sich los. »Dafür will ich eine Entschuldigung!«

Dann poltert sie den Flur entlang, und die Tür fällt abermals zu, nicht wesentlich leiser als beim ersten Mal.

Ich seufze.

Irgendwie kann ich mir nicht helfen, aber ich finde, dass in manchen, durchaus beunruhigenden Situationen ziemlich deutlich wird, dass sie Mutter und Tochter sind.

Ich schleife die Einkaufstaschen in die Küche und habe noch nicht mal eine ausgeräumt, als es energisch an der Wohnungstür klopft.

Ich gehe hin und öffne, bevor meine Freundin die Tür eintritt.

»Sitzt auf ihrem blöden Rennrad, das ich ihr vor zwei Jahren zu Weihnachten geschenkt habe, und fährt einfach auf und davon!«, schnaubt sie und rumpelt an mir vorbei.

Wenn sie wütend ist, gewinnt sie an Volumen. Ich habe dann immer den Eindruck, sie wird doppelt so groß, breit und laut wie normalerweise.

Langsam folge ich ihr in die Küche, wo sie mit raschen, ausholenden Bewegungen die Einkäufe im Kühlschrank und der Vorratskammer verstaut.

Zwischendurch murmelt sie Dinge, die verdächtig nach »Könnte sie erwürgen!« oder »Falsche Natter!« klingen.

Irgendwann ist alles an seinem Ort, die Spülmaschine ist ausgeräumt, die Spüle blank gewienert. Endlich lässt sie sich keuchend auf einem Stuhl mir gegenüber am Tisch nieder.

Wir sehen uns an.

»Tut mir leid, dass es so eskaliert ist. Es wird dich wochenlang fertig machen«, sage ich verständnisvoll.

Doch Angela winkt nur ab. »Ach, die beruhigt sich schon wieder. Die Hauptsache dabei ist, dass sie es nicht schafft, einen Keil zwischen uns zu treiben. Das hat sie bei Volker und mir tatsächlich fertig gebracht. Und ich bin immer wieder drauf reingefallen.«

»Jetzt willst du es wohl einfach nur nicht«, wage ich vorsichtig zu mutmaßen.

Angela sieht mich nachdenklich an. Dann lächelt sie. Zärtlich.

»Du Schöne!«, flüstert sie und streckt die Hand über den Tisch.

Mein Herz macht einen kleinen Hüpfer, und ich beeile mich, ihre Hand zu nehmen.

»Sie ist so was von durchgedreht«, sagt Angela da und lacht. »Wie dumm, dass du da mitten reingeraten bist!«

»Mitgehangen, mitgefangen«, antworte ich mit einem schiefen Grinsen. »Aber es hat ja deutlich gezeigt, dass nicht alles eitel Sonnenschein sein wird auf unserem Weg zur Mutterschaft, nicht? Meinst du, es ist trotzdem in Ordnung?«

Angela legt fragend den Kopf schief.

»Ich meine, tun wir das Richtige? Ist es okay, was wir da machen? Nicht nur für das Kind. Ich meine auch für uns! Du hast ja gesehen, was es für Folgen haben kann. Und ich denke, das, was uns jetzt mit Lena passiert ist, das kann uns vielleicht auch miteinander passieren. Irgendetwas Unvorhergesehenes. Ein Kind verändert eine Partnerschaft. Wir werden von zwei Geliebten zu zwei Müttern werden. Wir werden viel, viel weniger Zeit füreinander haben. Vielleicht werden wir streiten, weil du immer alles besser weißt, weil du schließlich schon ein Baby gehabt und versorgt hast. Vielleicht wirst du aber auch eifersüchtig, weil ich eine sehr enge Bindung an das Baby haben werde? Ich werde gar nicht anders können. Das machen schon allein meine Hormone. Ach, es gibt tausend Dinge, die geschehen können …«

»Mein Schatz«, sagt Angela und sieht mir tief in die Augen. Was ich dabei empfinde sind nicht unbedingt mütterliche Gefühle. »Meinst du nicht, dass es für solche Überlegungen jetzt ein bisschen spät ist?«

Dreizehntes Kapitel

Was Eltern für einen bedeuten, erfahren wir wahrscheinlich erst, wenn wir selbst welche werden.

Meine Mutter und mein Vater waren für mich schon immer so alt wie die Welt und selbstverständlicher als das Wetter.

Daran hat auch ihre Scheidung vor fünfzehn Jahren nichts geändert. Das wird niemals irgendetwas ändern können.

Und jetzt wird es noch deutlicher denn je.

Als Angela und ich meine Mutter besuchen und ihr erzählen, dass sie demnächst ein Enkelkind bekommen wird, starrt sie uns zunächst mit großen Augen fassungslos an.

Und dann heult sie vor lauter Glück so herzzerreißend, dass wir auch gleich mitweinen müssen und am Ende alle drei da sitzen mit verquollenen Augen, aber selig lächelnd.

»Von allen Entscheidungen, die du in deinem Leben jemals getroffen hast, wirst du die am allerwenigsten bereuen!«, sagt meine Mutter bei der Verabschiedung an diesem Tag.

Mein Vater dagegen ist natürlich ein ganzer Kerl. Weinen kommt gar nicht infrage. Also strafft er die Schultern und drückt mich kräftig an sich. Ich hatte keine Ahnung, wie viele gute, sachliche Ratschläge zum Thema günstige Aussteuer für Kleinkinder er auf Lager hat. Er weiß, wo wir am besten was kaufen und welche Kindergärten einen guten Ruf haben. Schließlich liest er alle Angebotsblättchen und den Stadtanzeiger.

Ich sehe ihm an, dass er stolz ist. Ganz ähnlich wie damals, als ich mein Examen mit ›sehr gut‹ abschloss oder als ich mit roten Ohren mein protziges Volontariatszeugnis herumzeigte.

Und während meine Mutter die kommenden Tage und Wochen immer wieder anruft, um sich nach meinem Befinden, den Untersuchungsergebnissen bei der Gynäkologin und den Reaktionen in unserem Freundes- und Familienkreis erkundigt, schreibt mein Vater einen langen komplizierten Brief, in dem er sich daran erinnert, wie es war, als ich klein war, und am Ende anbietet, die Erstausstattung seines Enkelkindes zu spendieren.

Irgendwie ist das ja verrückt: Ich bin schwanger. Ein Zustand, von dem ich noch vor ein paar Monaten nie gedacht hätte, dass er einmal wirklich eintritt. Noch viel weniger hätte ich damit gerechnet, was so ein Zustand alles bewegen und verändern kann. Zum Beispiel, dass ich mit einem Schlag so nah an meine eigenen Eltern rücke.

Aber wenn ich es genauer betrachte, ist es doch nur logisch: Schließlich wird das Band zwischen ihnen und mir immer bestehen bleiben. Solange es uns gibt. Und sogar darüber hinaus.

Meine Mutter wird immer meine Mutter bleiben und ich ihre Tochter. Wir sind verbunden durch die Geburt, durch meine Kindheit, durch meine ersten Worte, durch gemeinsame Weihnachtsfeste, Geburtstage, Krankheiten, Unfälle, schlechte Noten, Erfolge, ersten Liebeskummer …

Und mit der Kleinen und mir wird es genauso werden.

Ich hatte mir vorher keine großartigen Gedanken darüber gemacht, was meine Eltern zu so einer Neuigkeit sagen könnten. Aber jetzt spüre ich, dass ihre Reaktion mich warm und weich einhüllt in Geborgenheit und Sicherheit, dass sie mich durch so manchen schlechten Tag trägt und sogar tröstet, wenn mir wieder einmal klar wird, dass die dreimal verfluchte Ellen sich auch nach vier Wochen noch nicht nach mir und dem Baby erkundigt hat.

Überhaupt scheint sich einiges zu verändern im Beziehungsgeflecht meines Lebens.

Meine Freundschaft zu Frauke intensiviert sich mit jedem Tag. Sie nimmt so viel Anteil und freut sich scheinbar jeden Morgen, mich in schwangerem Zustand wieder zu sehen.

Wir verbringen Tag für Tag im Büro viel Zeit miteinander. Natürlich haben wir schon immer Frust und Erfolge des Jobs geteilt. Aber plötzlich geht es zwischen uns auch um ganz anderes Maßgebliches. Tiefe Wünsche. Ferne Ziele. Hoffnungen. Enttäuschung. Liebe.

Eine, die zur Tür reinkommt, während ich noch kotzend über dem Klo hänge, und die mir den ganzen Vormittag dann Tee oder das Telefon ans Bett bringt, muss doch einfach eine allerinnigste Freundin sein. Mit der ich darüber reden kann, dass ich Angst davor habe, meinen hübschen Bauch durch Schwangerschaftsstreifen zu verunstalten. Die stundenlang versunken über einem Vornamenlexikon sitzt und immer wieder murmelnd oder in die Wohnung hineinrufend mit mir zusammen den Klang von unterschiedlichsten Namen ausprobiert.

»Nomen est omen!«, sagt sie mit gerunzelter Stirn. »Ihr dürft keinen zu ernsten Namen aussuchen. Das gibt depressive Kinder. Es muss etwas Leichtes, etwas Fröhliches sein!«

»Aber bitte nicht zu fröhlich. Ich möchte keinen oberflächlichen Spring-ins-Feld!«, werfe ich ein.

»Ich meine ja nicht aufgedreht, ich meine eher etwas Helles, etwas Lebensbejahendes«, erwidert Frauke.

Also sucht sie in Zeitschriften und Telefonbüchern und dem Internet nach lebensbejahenden Namen für mein Kind. Was könnte ähnlich eng verbinden?

Vielleicht die Gewissheit, dass dieses kleine Wunder, dieser neue Mensch lächeln könnte wie der eine oder der andere unserer neuen Freunde Armin und Daniel?

Neue Freunde. Ja, so können wir sie wirklich nennen.

Eigentlich hatten Angela und ich eher damit gerechnet, einen freundlichen, aber dennoch distanzierten Kontakt zu den beiden zu halten. Doch irgendwie bekommt das Ganze nach meinem ersten Arztbesuch eine Eigendynamik, die wir uns alle vier vorher nicht hätten vorstellen können.

Plötzlich gibt es vieles zu bedenken und zu besprechen.

Zum Beispiel, was geschieht, falls aus irgendeinem dramatischen Unglücksfall Angela und ich beide nicht mehr in der Lage sein sollten, für unser Kind mit dem lebensbejahenden Namen zu sorgen.

Natürlich müssen Vorkehrungen für so einen Fall getroffen werden.

Soll unser Kind getauft werden? Bekommt es in der Wohnung der Väter ein eigenes Zimmer? Soll es ein Instrument lernen? Wenn ja, welches? An welchen Sport wollen wir es ranführen? Reiten?(Angela) Tanzen?(Armin) Fußball?(Daniel) Oder schenken wir ihm stattdessen ein Meerschweinchen, wenn es neun Jahre alt wird?(ich)

Außerdem werden die beiden Jungs nicht satt, sich von den Vorsorgeuntersuchungen erzählen zu lassen und den Mutterpass auswendig zu lernen.

Bald sprechen wir bei unseren entspannten Vierertreffen nur noch in Begriffen, die mir früher wie Hieroglyphen vorgekommen wären: Serologische Untersuchungen, Anamnese, Rhesus-Inkompatibilität, Diabetes, Adipositas, Chlamydia trachomatis-Antigen, Röteln-HAH-Test oder cardiotokographische Befunde.

So ganz nebenbei lernen wir uns auch rein menschlich viel besser kennen.

Daniel entpuppt sich als wahrer Kochkünstler, der es sich nicht nehmen lässt, gesunde und dennoch extrem leckere Gerichte aus seinem frisch erstandenen Kochbuch ›Gesunde Ernährung für Schwangere‹ zuzubereiten.

Anlässlich dieser Schmausabende, an denen ich es mir rausnehme, für zwei zu essen, plaudern wir über unsere eigenen Kindheiten, die Beziehungen in unseren Herkunftsfamilien, Traumata und echte Highlights des Teenagerlebens.

Wir leihen uns gegenseitig Bücher aus. Zunächst nur

Sachbücher über Schwangerschaft und Erziehung, aber dann auch empfehlenswerte Kinderbücher und schließlich Romane, die wir selbst gerade lesen.

Wir gehen gemeinsam ins Kino, in dem wir uns vor ein paar Wochen – ist das erst so kurze Zeit her? – zufällig trafen, ohne zu wissen, was uns zukünftig verbinden wird.

Dabei stellen wir fest, dass wir genau die gleichen schnulzigen Filme mögen. Und prompt machen wir einen auf Couch-Potatoes und ziehen uns Abende lang in Begleitung antialkoholischer Getränke (›Wenn Michelin nicht darf, dann verzichten wir auch!‹ O-Ton Armin) alte Schinken auf DVD rein.

Daniel gesteht Angela, dass er sich nicht traut, seiner Familie von den großen Umwälzungen in seinem Leben zu erzählen. Sein Coming-Out liegt erst ein knappes Jahr zurück. Seine Eltern so schnell mit dem gerade abgeschriebenen Enkelkind zu konfrontieren, scheint ihm undenkbar.

Armin dagegen vertraut mir an, dass er manchmal eine nahezu neurotische Angst empfindet, dass Daniel sein Schwulsein vielleicht eines Tages wieder negieren könnte, um sich dann ein schickes nettes Mädel zu suchen und mit ihr eine eigene kleine Familie aufzumachen.

Ehe wir vier uns versehen, sprechen wir voneinander als Freunde. Weil es sich so anfühlt. Weil es dafür im Grunde kein anderes Wort gibt.

Aber auch wenn diese Entwicklungen wunderschön sind, merke ich, dass etwas fehlt.

Ellen fehlt mir. Ihre trockenen Sprüche. Die elfengleiche Gestalt. Wie sie mit einem einzigen Satz etwas auf den Punkt bringt und dazu ihre langen hellblonden Locken über die Schulter zurückwirft.

Angela gegenüber wage ich dieses Vermissen kaum einzugestehen. Meine Lebensgefährtin ist nämlich mittlerweile stinksauer auf meine bezaubernde Ex und findet, dass die ihr Prinzessinnengehabe endlich mal ablegen und erkennen sollte, dass sie gerade unsere jahrelange Freundschaft ruiniert.

Außerdem ist Angela ausreichend damit beschäftigt, Lena im Zaum zu halten.

Ihr süßes Töchterchen denkt sich jede Woche eine neue Taktik aus, um Angela und mir die Vorfreude auf das Kind möglichst gründlich zu verderben.

Gott sei Dank hat sie damit keinen durchschlagenden Erfolg.

Angela kann nämlich ein echter Dickkopf sein, was ich selbst schon am eigenen Leib erfahren durfte. In dieser Situation kommt mir ihre Sturheit sehr gelegen. Denn sie denkt nicht daran, Lenas Zickenterror nachzugeben.

»Ich bewundere dich!«, sage ich an einem Abend der achten Woche.

Achte Woche bedeutet, achte Woche der Schwangerschaft, bedeutet zehn Wochen nach der letzten Regel, bedeutet Mitte November.

Bevor ich selbst in den Genuss kam, wusste ich gar nicht, dass eine Schwangerschaft im Grunde gar keine 40 Wochen dauert, sondern nur 38. Schließlich gibt's den Eisprung erst in der Mitte vom Zyklus, und ohne Ei geht die Party ja nun mal gar nicht los. Aber der Einfachheit halber rechnet alle Welt eine Schwangerschaft ab der letzten Periode. Manche Dinge müssen wir eben einfach so hinnehmen.

Aber in unserer ganz persönlichen neuen Zeitrechnung, zählen Angela und ich die Wochen immer genau ab dem Tag, an dem Daniel und Armin mit ihrem zauberhaften kleinen Cocktail bei uns aufgetaucht sind.

An diesem Abend in der achten Woche also, kommen Angela und ich gerade von Frau Dr. Ploch.

Meine Frauenärztin hatte heute, beim zweiten Termin, mit ihrem Stethoskop verdächtig viel rumgehört. Zuerst an meiner Brust und dann an meinem Bauch.

Schließlich hatte sie sich lächelnd aufgerichtet und gesagt: »Da sind schon Herztöne zu hören. Meistens ist das erst ab der neunten Woche der Fall. Offenbar hat da jemand sehr viel Energie.«

Angela und ich hatten uns ungläubig staunend angesehen.

Mein Bauch ist fast noch so flach wie immer. Ich hatte schon Witze über Scheinschwangerschaften gemacht. Aber nun sind da plötzlich Herztöne. Das Geräusch, das unser Kind sein Leben lang begleiten wird.

Wir durften selbst die Stöpsel in die Ohren stecken und dem gleichmäßigen hellen Badong Badong lauschen.

Es war ein ganz besonderer Moment, ein ganz entschieden besonderer Tag. Und dann kommen wir heim in Angelas Wohnung, und auf dem Anrufbeantworter ist Lenas glockenhelle Stimme.

»Hallo, Mama«, säuselt sie vom Band. »Ich wollte dir

nur Bescheid sagen, dass ich für ein paar Tage zu Oma nach Regensburg fahre. Irgendwie läuft bei mir momentan nicht alles so rund, und ich brauche dringend mal jemanden, mit dem ich drüber reden kann. Wenn ich zurück bin, können wir uns ja mal wieder auf einen Kaffee treffen, wenn du die Zeit dafür findest. Tschaui.«

Angela verzieht den Mund zu einem säuerlichen Grinsen. »Geschickt ist sie ja wirklich. Das muss man ihr lassen. Sie zieht alle Register. Nun muss sie schon den weiten Weg zu ihrer Oma fahren, um jemanden zum Aussprechen zu haben. Schließlich hat ihre co-schwangere Mutter ja seit zwei Monaten keine Zeit mehr für sie.«

Das ist genau der Zeitpunkt, an dem ich Angela dringend mal sagen muss, dass ich sie bewundere.

»Wieso das denn?«, schmunzelt sie.

»Dass du dich nicht weich kochen lässt, finde ich wirklich klasse.«

Wir werfen beide noch einen Blick auf den Anrufbeantworter, als sei er ein Verräter, und wenden ihm dann den Rücken zu, indem wir ins Wohnzimmer hinübergehen.

Ich lasse mich in den Sessel fallen.

Angela betrachtet mich mit in die Hüften gestützten Händen lächelnd.

»Ich glaube fast, du machst dir wegen Lena mehr Gedanken als ich«, stellt sie fest.

Ich verziehe kummervoll das Gesicht.

»Du hast gut lachen. Ich bin doch schließlich diejenige, die damals plötzlich zwischen euch beiden stand und die eure Beziehung jetzt wieder belastet …«

Angela schüttelt sacht den Kopf.

»Was für ein Unsinn! Wenn du es nicht wärst, dann wäre es irgendetwas anderes, worüber Lena und ich uns zanken würden. Glaub mir, das war immer schon so zwischen uns. Mit dem Tag, an dem sie laufen lernte, wollte sie unbedingt ihre eigenen Wege gehen. Und jedes Mal, wenn sie dabei auf die Nase fiel, gab sie mir die Schuld, weil ich nicht nah genug bei ihr gestanden hatte, um sie aufzufangen.« Angela lässt sich vor mir auf die Knie nieder, zieht kurzerhand mein Shirt aus der Hose und legt ihr Ohr an meinen Bauch.

»Ich glaub, ich kann es auch ohne das Gerät hören«, flüstert sie fasziniert.

»Ich hatte heute Mittag Eintopf mit Spitzkohl. Das werden die Darmgeräusche sein«, witzele ich.

Dabei bin ich von ihrer Hingabe und ihrer Begeisterung wirklich gerührt.

Angela lächelt mich von dort unten herauf an.

»Weißt du, wenn Herztöne zu hören sind, sollten wir jetzt richtig anfangen!«, strahlt sie.

»Womit?«, will ich neugierig wissen.

»Na, mit allem!«, jubelt Angela. Lenas vorwurfsvolle Stimme auf dem AB scheint sie schon wieder vollkommen verdrängt zu haben. Vielleicht ist das tatsächlich die gesündeste Art, mit einem widerspenstigen erwachsenen Sprössling umzugehen. »Du brauchst unbedingt Anleitung zur Gymnastik für Schwangere. Dann sollten wir uns gemeinsam einen Geburtsvorbereitungskurs suchen. Da lernst du das Hecheln – falls man das heute überhaupt noch macht. Ist ja schließlich schon ne Weile her, dass ich …« Sie hält kurz inne, ihren Blick scheinbar nach innen, weit in die

Vergangenheit, gerichtet. Doch dann fährt sie fort: »Wir können auch schon Kontakt zu einer Hebamme unserer Wahl aufnehmen. Was ist denn mit dieser Ute, die Jackie kennt?«

Ich zucke zusammen. »Die ist doch lesbisch!«

»Na und?«

»Sie verkehrt in der Szene!«

»Und wenn schon?! Wenn sie doch so nett ist, wie Jackie immer behauptet?!«

»Angela, du verstehst das nicht. Das wäre mir einfach zu persönlich. Ich meine, es könnte ja sein, dass ich ihr ein halbes Jahr später auf dem Schwoof begegne. Wie peinlich!«

Meine Freundin grinst. »Glaub mir, nach der Geburt, der Nachsorge und dem ganzen Drumherum hast du das Gefühl, dass die Hebamme eine deiner besten Freundinnen ist. Persönlicher geht's sowieso nicht. Und wenn du sie dann beim Tanzen wiedertriffst, wirst du dich freuen, sie mal wiederzusehen.«

Ich schaue sie skeptisch an.

»Unterliegen Hebammen der Schweigepflicht?«

»Bestimmt.«

»Na, wir können sie ja mal unverbindlich kennenlernen. Wir müssen nur aufpassen, dass Jackie mit ihr nicht einen Deal vereinbart, der besagt, dass sie bei der Geburt mit einem kompletten TV-Team dabei sein darf. Am besten noch mit Kameraleuten, die ich persönlich kenne.«

»Ich werde darüber wachen!«, verspricht Angela. »Apropos Jackie … hast du endlich mal was von Ellen gehört?«

Ich schüttele wortlos den Kopf, und Angela schnaubt durch die Nase wie ein Pferd durch die Nüstern. Sie murmelt etwas, das wohl nicht für meine Ohren bestimmt ist. Allerdings glaube ich, etwas wie ›Kinderkacke‹ hören zu können.

Dann starren wir beide eine Weile vor uns hin.

Ich bin ganz beschäftigt mit der lesbischen Hebamme, dem Gymnastikkurs und dem Hecheln. Angela weiß so viel mehr darüber als ich. Da helfen mir auch die vielen Bücher nicht, die ich in den letzten Wochen gelesen habe.

Es ist Neuland, gar keine Frage.

Und das werde ich mir jetzt erobern. Was könnte ich mir mehr wünschen als eine Lebenspartnerin, die schon in etwa weiß, worauf es ankommt und was auf uns zukommt.

Meine Hand streicht Angelas Nacken hinauf, und die Finger wühlen sich in ihr Haar.

Sie seufzt leise und schließt genießerisch die Augen.

»Sensationell, wie sich eine Schwangerschaft auch anfühlen kann! Das hätte ich mir damals niemals träumen lassen«, murmelt sie leise.

»Na, du bist ja wohl nicht schwanger«, grinse ich.

Sie rutscht zu mir rauf und umarmt mich.

»Nein, schwanger bin ich nicht. Aber ich will dich auf Händen tragen. Ich will für dich und unser gemeinsames Kind alles tun. Ich will …«

»Angela?« Bei ihrer Aufzählung wird der Kloß in meinem Hals immer größer und größer.

Sie sieht mich mit strahlenden Augen fragend an.

»Was ist, wenn das Kind es nicht mag, wenn ich ihm Abends am Bett etwas vorlesen will?«

Sie grinst diabolisch. »Dann hau ich ihm den Arsch voll!«

Ich weiß nicht, ich glaube, ein bisschen mehr Ernst käme mir jetzt gerade mehr entgegen.

Vierzehntes Kapitel

In diesem Jahr ist Weihnachten das Fest der Babystrampler. Ich höre irgendwann auf zu zählen. Offenbar konnte weder in unserem Bekanntenkreis noch unter den Freunden von Armin und Daniel irgendjemand widerstehen, im vorweihnachtlichen Stress Babyklamotten einzukaufen.

Außerdem regnet es Gutscheine für Spielwarenläden, Pampers und Babybrei. Das Kind wird uns die ersten 6 Monate so gut wie gar nichts kosten.

Den Jahreswechsel verbringen Angela und ich ganz allein.

Vielleicht ein wenig spießig.

Aber uns ist nicht nach großartigem Tamtam. Das Rückwärtszählen um Mitternacht kann ich sowieso nicht leiden.

Ich mag es lieber ruhiger und besinnlicher.

Außerdem, haben wir festgestellt, wird dies definitiv das letzte Silvester sein, das wir ganz allein miteinander verbringen werden. Und zwar für sehr viele Jahre.

Und zuletzt – aber das behalte ich für mich, weil Angela sonst bestimmt toben würde – kann ich Frauenschwoof oder Partyrummel nun zunehmend schwer ertragen. Es ist eine Tortur, herumzustehen und sich amüsieren zu müssen, während Ellen sich immer am anderen Ende des

Raumes aufhält und kaum mehr als drei Sätze mit mir spricht.

»Du musst den ersten Schritt tun, Michelin«, weissagt mir Frauke. »Es ist zwar nicht gerecht, aber es ist so. Du hast sie zu sehr verwöhnt, als ihr noch zusammen wart. Sie ist zu stolz, um jetzt auf dich zuzugehen.«

»Was für ein Schwachsinn!«, erhitze ich mich zum x-ten Male. »Wir haben uns ja nicht mal richtig gestritten. Das Einzige, was ich mir habe zuschulden kommen lassen, ist, dass ich beschlossen habe, ein Kind zu bekommen. Ich muss sie doch wohl nicht um Erlaubnis bitten, wenn ich in meinem Leben die eine oder andere Entscheidung treffe. Ihr Verhalten ist einfach indiskutabel!«

Frauke schmunzelt. »Du sollst auch nicht mit ihr diskutieren«, meint sie. »Du sollst ihr nur zeigen, dass du noch da bist und sie weiterhin in deinem Leben als Mama dabeihaben willst. Das ist doch alles, was sie will, deine kleine zickige Ex.«

Ende Januar ruft Jackie mich eines Abends an.

Ihre Stimme klingt gequält, als sie unser Gespräch etwas atemlos mit den Worten »Ich hab mal wieder geträumt!« beginnt.

Jackie hat so etwas wie eine übersinnliche Fähigkeit. Es ist die Gabe, in ihren Träumen in die Zukunft zu schauen.

Was sie jetzt in kurzen, abgehackten Sätzen durch die elektronische Leitung schickt, klingt allerdings nicht nach einem nebulösen Traum, sondern eher nach einem Splatter-B-Movie.

»Da war das viele Blut. Und du weißt, dass ich Blut

nicht gut sehen kann. Als ich mir damals mit dem Kräutermesser die Fingerkuppe aufgeschlitzt habe, wäre ich doch der Länge nach hingeschlagen, wenn du mich nicht aufgefangen hättest. Dieses Blut war aber auch so ganz anders als normales Blut. Es waren ja diese ganzen Gewebestückchen, die da drin rumschwammen. Adern. Haut. Alles Mögliche eben. Es war furchtbar. Ich meine, es war irgendwie am Ende auch schön. Aber … es hat so wehgetan, Michelin. Es hat echt scheißenwehgetan! Als würde ich in der Mitte einfach langsam auseinandergerissen. Und ich dachte nur, dass das endlich aufhören soll. Aber es wurde immer noch schlimmer. Sterben kann auch nicht furchtbarer sein. Ehrlich. Ich dachte nur, ich erzähl dir das alles besser, denn schließlich haben meine Träume offensichtlich immer mit deiner Zukunft zu tun. Ich meine, ich hab doch von Lena geträumt, in der Nacht bevor wir zu der Frauenparty fuhren, auf der du sie dann zum ersten Mal gesehen hast. Und ich hab von Ellen geträumt, bevor wir sie am Stausee beim Frisbeespielen trafen. Du sollst einfach wissen … was auf dich zukommt. Deswegen habe ich beschlossen, es dir zu erzählen«, endet sie schließlich.

»Nett von dir«, antworte ich ihr.

»So bin ich«, erwidert sie.

Dann ist es für ein paar Momente still in der Leitung.

»Wie sieht es aus mit Ellen? Was sagt sie zu deinem Traum? Findet sie, ich habe diese Hölle verdient, wo ich doch vorher nicht ihre Erlaubnis eingeholt habe?«, frage ich dann und höre selbst, wie bissig ich klinge.

Jackie räuspert sich.

»Tja, ehrlich gesagt … ich weiß nicht so genau. Sie mag es nicht besonders, wenn ich davon spreche, weißt du. Aber ich kann sie ja mal gerade an den Apparat holen, wenn du möchtest?«

Oh je! Das klingt nicht, als hätte sie sich beruhigt.

»Gerne.«

Im Hintergrund ist etwas zu hören, das wie abwehrendes Zischen klingt. Doch offenbar kann Jackie sich durchsetzen, denn schließlich nimmt Ellen den Hörer an.

»Hallo, Mami«, begrüßt sie mich, was wohl ein kleiner Witz sein soll. Aber es klingt nicht besonders heiter.

Ich lache trotzdem kurz, um meinen guten Willen zu zeigen.

»Wie geht's dir?«, frage ich. »Wir haben uns länger nicht gesprochen.«

»Oh, ja, wir sind beide ziemlich beschäftigt mit unseren Leben, nicht?«, erwidert Ellen spitz. »Aber mir geht's gut. Prima sogar. Ich habe eine Bildhauerin kennengelernt, die mir ein bisschen was beibringen will. Die weichen Steine sind einfach keine Herausforderung mehr für mich. Sie sagt, ich kann auch hin und wieder ihr Atelier benutzen.«

»Wow«, mache ich. »Steht da ein Bett drin?«

»Du liegst völlig falsch«, mault Ellen. »Sie ist hetero.«

»Oh, dann ist das ja was ganz, ganz anderes.«

Jetzt schweigt sie einen Augenblick. Ich wette, sie überlegt, ob sie beleidigt sein soll.

Aber offenbar ist auch ihr bewusst, dass wir uns auf dünnem Eis bewegen.

»Wie geht es dir denn?«, fragt sie daher.

»Wunderbar«, antworte ich einsilbig. Ich will ihr keinen Grund geben, sich zu beklagen, dass ich nur über meine Schwangerschaft rede. Natürlich ist es so, dass ich im Grunde eigentlich nur darüber rede. Aber das muss ich ja jetzt nicht zugeben. Damit hätte Ellen nur einen Vorwurf mehr gegen mich in der Hand.

Lena fällt mir ein, die letzte Woche ein paar dramatische Arztbesuche unternahm, weil sie plötzlich der Meinung war, dass etwas ›mit ihrem Herzen nicht stimmt‹. Was dabei herauskam war, dass ihr Cholesterinwert etwas zu hoch und der Eisengehalt im Blut zu niedrig ist. Angela hat sich einen Abend Zeit für ihre Tochter genommen und ihr als kleines Geschenk ein Röhrchen Eisentabletten mitgebracht.

Wieso flippen eigentlich rund um uns herum alle aus, und wir müssen es wieder gerade bügeln?

Unwille regt sich in mir. Doch dann denke ich an Fraukes Worte, und ich sage: »Weißt du, ich wollte dich eigentlich um etwas bitten. Ich hoffe, du machst mit.«

»Was gibt's denn?« Ellen ist Steinbock. Sie mag es, um etwas gebeten zu werden, und kann dann nur schwer ›Nein‹ sagen. Ich hoffe, der Einfluss ihres Sternzeichens wird mir auch in dieser kniffligen Lage nützlich sein.

»Donnerstags um fünf ist so ein Kurs im Hallenbad in der Südstadt. Aqua-Gymnastik für Schwangere. Ist eine Geburtsvorbereitung. Aber quasi auch schon mal warm machen fürs spätere Babyschwimmen, um sich zu akklimatisieren. Nun weißt du doch bestimmt, wie ungern ich schwimme und wie sehr ich Badeanstalten hasse …«

»Ich soll dich doch nicht etwa begleiten?«, unterbricht

Ellen mich. In ihrer Stimme schwingt etwas, das beinahe wie Panik klingt.

»So in etwa, ja. Du alte Nixe bist doch früher oft im Südbad gewesen und kennst dich aus in diesem Gewühle zwischen all den Umkleidekabinen und Becken. Würdest du mir diesen Gefallen tun?«

»Du weißt aber schon, dass ich nicht schwanger bin, oder?«

»Ellen!«

Sie zögert.

»Es würde mir viel bedeuten, wenn du mitkommen würdest. Weißt du, der Kurs ist sehr wichtig. Ich kann mich darin ein bisschen auf die Geburtsstrapazen vorbereiten. Und ich bekomme schon etwas mit vom Babyhandling. Ich meine … weißt du etwa, wie man ein Baby schwimmen lässt? Am Ende würde ich es viel zu lange unter Wasser lassen oder sonst was grässlich Falsches … Oh Göttin!« Ich muss lachen, weil mir selbst gerade bewusst wird, dass ich tatsächlich keine Ahnung habe.

Ellen lacht auch kurz. Es klingt ein bisschen, als habe sie sich verschluckt.

»Okay«, sagt sie schließlich. »Okay. Klar begleite ich dich, wenn dir das wichtig ist. Soll ich dich abholen?«

»Um halb fünf?«

»Ich bin da!«

Wunderbar, dass auf einen Steinbock Verlass ist.

* * *

Auf dem Weg zum Hallenbad Süd herrscht im Auto zunächst eine merkwürdige Atmosphäre.

Irgendwie riecht es ein bisschen nach Angst. Und ich wette, das ist nicht nur meine Aversion gegen Badeanstalten.

Als ich Ellens Hände am Lenkrad betrachte und sehe, wie ihre Knöchel weiß hervortreten, dämmert es mir, dass ich nicht die Einzige bin, die hier Schiss hat.

»Ellen«, beginne ich zaghaft, und meine Freundin wirft mir von der Seite her einen kurzen Blick zu. Um sich dann sofort wieder auf die Straße zu konzentrieren. Sie trägt im Auto ihre rahmenlose Brille, die ebenso filigran und zerbrechlich aussieht wie sie selbst. Verflixt, dass Ellen so ein verrückter Sturkopf sein kann.

»Das war nicht schön, die ganzen Wochen ohne dich«, sage ich dann.

Ihre Hände streichen am Lenkrad hoch und wieder herunter.

»Manchmal ist eine Pause ganz gut. Dann kann man mal in sich gehen und sich fragen, was einem eine bestimmte Freundschaft überhaupt bedeutet«, antwortet sie mit starrem Blick geradeaus. »Ich meine, dann merkt man vielleicht, ob man diese Freundschaft so sehr braucht, dass man sogar bereit wäre, sich tagein, tagaus Gewäsch über Strampelanzüge, das erste ›Da da‹ und quer sitzende Pupse anzuhören.«

Mein Hals wird eng.

»Wie meinst du das?«, frage ich vorsichtig. »Hast du in der Zeit, in der wir uns kaum gesehen haben, etwa festgestellt, dass unsere Freundschaft dir nichts mehr bedeutet?«

Ellen pustet sich eine Strähne aus dem Gesicht.

»Fahre ich jetzt mit dir zu diesem grässlichen Wassergeturne, ja oder nein?«, erwidert sie dann.

Das reicht mir als Antwort vorerst.

»Ich dachte, es sei eine gute Idee, dich danach zu fragen. Schließlich bist du doch immer eine echte Wasserratte gewesen. Ehrlich gesagt habe ich mit mehr Begeisterung gerechnet«, grinse ich.

»Du hast doch nicht allen Ernstes geglaubt, dass es mir Spaß machen würde, zwischen lauter verspannten Schwangeren und pinkelnden Kleinkindern im lauwarmen Wasser herumzuhüpfen?«, kontert Ellen bissig.

Ich schüttele den Kopf. »Was ist denn daran so schlimm? Du reagierst so ablehnend, dass ich auf die Idee kommen könnte, dass du vor lauter Angst die Hosen voll hast. Aber wieso denn nur, frage ich mich.«

Ellen zuckt eckig die Achseln.

»Es ist mir einfach unangenehm. Etwas anderes kann ich dir dazu nicht sagen.«

»Und warum ist es dir unangenehm?«, bohre ich. »Das Ganze ist doch nicht ansteckend.«

Ellens Miene verdüstert sich, und ich beschließe, lieber ein anderes Thema anzuschneiden.

Also erzähle ich ihr von Lenas neuem Versuch, Angela ein schlechtes Gewissen zu machen. So kann Ellen wenigstens einen Teil ihrer dunklen Energie dahinein legen, sich über Lena auszulassen, die sie unreif, egozentrisch und einfach lächerlich findet.

Ich stimme ihr in allen Punkten zu. Behalte aber für

mich, dass ich ihr eigenes Verhalten der letzten Wochen ziemlich ähnlich fand.

Als wir über den Parkplatz gehen, hake ich mich bei ihr ein, wie ich es früher auch immer getan habe.

»Du bibberst ja richtig«, stelle ich verwundert fest und ziehe sie enger an mich. »So kalt ist es heute doch gar nicht.«

»Ich bin aufgeregt«, murrt Ellen, offenbar mürrisch, weil sie so etwas zugeben muss. »Ich bin noch nie mit so vielen werdenden Müttern zusammen gewesen.«

»Es gibt für alles ein erstes Mal«, erwidere ich und klopfe im Bauchbereich auf meine dicke Thermojacke.

Ellen folgt meiner Hand mit dem Blick und guckt grimmig. »Für mich sicher nicht.«

Nachdem wir unsere Karten gezogen und durch die Drehtür hineingelangt sind, komme ich noch mal darauf zurück. Zu reden beruhigt mich ein bisschen. Denn auch ich bin nervös. Wenn auch aus ganz anderen Gründen als Ellen.

Ich wurde leider als Schülerin durch grottenschrecklichen Schwimmunterricht auf Badeanstalten negativ geprägt. Nun wird mir schon ein bisschen flau, wenn ich diese gewisse Konzentration von Chlor in der Luft rieche.

»Wieso bist du eigentlich so penetrant störrisch, was das Kinderkriegen angeht? Wenn du es für dich selbst nicht willst, ist das ja wirklich deine Angelegenheit. Aber allein schon für unsere Renten sollte es dir doch wichtig sein, dass alle anderen Babys machen.«

Wir biegen in eine Umkleidekabine ein und belegen

zwei Schränke gleich nebeneinander. Die abschließbaren Umkleiden sind beide belegt. Also entblättern wir uns hier.

Ellen schält sich aus ihrer dicken Jacke und quält sich aus den Stiefeln. »Ich kann's dir nicht genau sagen, Michelin. Es ist mir irgendwie gruselig. Du bist mir immer so nah gewesen – auch nach unserer Beziehung. Du bist so eine Art Schwester für mich … nein, das ist nicht richtig, keine Schwester. Eher wie ein Spiegelbild. Ja, ein Spiegelbild, in dem ich mich selbst immer gern angesehen habe.«

Ich hänge meine Jacke in den Schrank und ziehe mir den Pulli über den Kopf.

»Verstehe. Und das schwangere Spiegelbild gefällt dir nicht, wie?«

Ellen knubbelt energisch ihre Socken zusammen: »Ich kapier das einfach nicht! Wenn ich mir das für mich vorstelle … also, das geht einfach nicht in meinen Kopf! Ich werde doch nicht meine Figur ruinieren, nur um leichenblass, übersät mit Pigmentstörungen und Atombrüsten selig lächelnd durch die Welt zu laufen und zu verkünden, dass ich jetzt auch ›Mama‹ bin!«

Ich will gerade etwas Passendes antworten, als an einer der beiden abschließbaren Umkleiden die Tür entriegelt wird und eine junge Frau herauskommt.

Sie trägt einen beachtlichen Bauch und zwei durch einen formstabilen Badeanzug gut geschützte riesige Brüste vor sich her. Bestimmt mindestens Zwillinge.

Außerdem ist sie tatsächlich leichenblass, und ihr Gesicht sowie ihre Arme und Beine sind mit unschönen mehr oder weniger dunklen braunen Flecken übersät.

Nur ihr Gesicht ist knallrot. Wahrscheinlich, weil sie unsere flapsige Unterhaltung notgedrungen mit anhören musste.

Die Frau watschelt in Badeschlappen zu einem Schließschrank, verstaut ihre Sachen dort und geht dann hoch erhobenen Hauptes an uns vorbei.

Als die fremde Schwangere um die Ecke gebogen ist, wendet Ellen sich an mich.

»Ich wusste, der Abend würde auf die eine oder andere Art eine echte Blamage für mich«, meint sie trocken. Doch dann bleibt ihr Blick an mir hängen. Genauer gesagt an meiner Körpermitte. Noch genauer gesagt: an meinem Bauch.

»Wow!«, macht sie und reißt den Blick endlich wieder los, um mir in die Augen zu schauen. »Hey, du … du siehst ja schon richtig schwanger aus.«

»Ja?«

»Ja, im Ernst. Ich meine, guck dir meinen Bauch an. So sah deiner vor Kurzem auch noch aus.«

»Das beunruhigt mich jetzt gerade überhaupt nicht«, erwidere ich gelassen und schlüpfe in meinen neuen Badeanzug, der angeblich mit dem Baby mitwachsen wird.

Ellen trägt einen hippen Zweiteiler, in dem ihre schlanke Figur wunderbar zur Geltung kommt.

Aber ehrlich gesagt möchte ich trotzdem nicht mit ihr tauschen.

Wir folgen der armen hochschwangeren Frau, deren Selbstbewusstsein Ellen für diesen Abend wohl gründlich untergraben hat, den gekachelten Flur entlang bis zu den Duschen. Hier treffen wir die Dame tatsächlich wieder.

Ellen bemüht sich redlich, freundlich und aufgeschlossen zu wirken. Aber trotzdem gehe ich davon aus, dass diese Kursteilnehmerin nicht weiter scharf auf ihre Bekanntschaft sein wird.

Pünktlich um siebzehn Uhr versammeln wir uns am hinteren Beckenrand.

Wir sind elf Frauen, deren Bäuche sich in den unterschiedlichsten Wölbungsstadien befinden.

Elf Frauen und Ellen. Die genant und mit gesenktem Blick neben mir steht und sich bei der Begrüßung damit entschuldigt, dass sie mich bei der ersten Stunde nur begleiten wollte, um mir den Einstieg zu erleichtern.

Die Kursleiterin stellt sich als Ina Hoffmann vor und kommt in null Komma nichts zur Sache. Ehe ich mich versehe, hänge ich im Wasser auf einer Schaumschlange, die ich im Rhythmus der Musik unter die Oberfläche drücken soll.

Es folgen fünfundvierzig Minuten Gymnastik, die mir von vorne bis hinten tatsächlich Spaß machen. Kein Vergleich mit den grässlichen Schwimmstunden meiner Teenagerzeit.

Kurz bevor wir die Stunde beenden, tröpfeln aus den Duschen ein paar Frauen, die jeweils kleine fleischige Klopse dabeihaben.

Manche der Klopse kreischen bereits begeistert. Offenbar mögen sie das Babyschwimmen.

»Können wir vielleicht noch einen Moment zusehen?«, erkundige ich mich bei Ina, als sie uns aus dem Wasser entlässt und die fünf Mütter mit ihren Säuglingen hinüber ins kleinere Becken begleitet.

»Sicher«, lächelt sie. »Da kann es wohl eine so gar nicht abwarten, wie?«

Ellen ist so erleichtert darüber, dass sie die Stunde ohne eine weitere Blamage oder eine eventuelle Schwangeren-Ansteckung überstanden hat, dass sie brav neben mir hertrottet.

»Und diesen Kurs wirst du dann machen, wenn du …?«, fragt sie.

»Wenn das Kind da ist, ja«, beende ich ihren Satz und muss lachen. Wie kann sich eine erwachsene Frau, die sonst doch nicht so auf den Mund gefallen ist, derart beklommen benehmen, sobald es ums Kinderkriegen geht?

Wir stehen am Beckenrand und sehen ein paar Minuten lang zu, wie die Mütter ihre Babys im Wasser herumschwenken oder sogar mit ihnen gemeinsam untertauchen.

»Wenn wir geboren werden, können wir tauchen«, erklärt uns Ina, als wir darüber so offensichtlich staunen. »Wir verlernen es nur einfach wieder.«

»Ich sag's ja immer«, meint Ellen, als wir kurze Zeit später zu den Duschen zurückschlendern. »Im Grunde sind wir nichts anderes als Amphibien mit zwei Daumen und einem Sprachzentrum. Das ist der ganze Zauber.«

Wir kichern darüber wie zwei Zwölfjährige.

Eine Welle der Erleichterung durchflutet mich. Ein seliger Zustand des Glücks, weil ich meine gute, liebe Freundin endlich wiederhabe.

Als wir in den großen Duschraum treten, kommt von

der anderen Seite gerade eine sehr junge Frau herein, die auf der Hüfte ein Baby und auf dem Kopf überhaupt keine Haare trägt. Ihre Arme und Füße sind mit Schlingpflanzen tätowiert und auf ihrer Kopfhaut sitzt scheinbar ein wilder Gecko.

Ich wundere mich gerade, dass so eine Type zum Babyschwimmen geht, als sie uns anspricht: »Haben die schon angefangen?«

Ellen nickt grinsend.

Sie steht auf solche Sinead O'Connor-Mädels.

Die Gecko-Frau stöhnt auf. »Oh, Mist! Immer bin ich zu spät. Und jetzt hab ich auch noch Fins Schwimmring vergessen. Kannst du mal halten?«

Bevor Ellen auch nur den Kopf schütteln kann, hat die junge unkonventionelle Mutti ihr ihren kleinen Sohn in den Arm gedrückt und ist wieder verschwunden.

Ellen sieht aus, als sei sie kurz vorm hysterischen Schreien.

Ich gebe mir Mühe so zu tun, als sei es völlig normal, dass eine wildfremde Frau Ellen mal eben ihr Baby anvertraut, und trete interessiert näher.

»Wie winzig er ist«, staune ich und betrachte die Miniaturhändchen.

Ellen wagt es nicht, den Blick von dem kleinen Fin zu heben, und nickt nur stumm.

»Halte ich ihn richtig?«, fragt sie unsicher.

»Woher soll ich das wissen?«, erwidere ich. Doch dann erbarme ich mich: »Doch, ich denke schon. Du musst seinen Kopf ein bisschen stützen, weißt du. Nein, mit der anderen Hand. Ja, so ist es gut.«

Jetzt hebt Ellen kurz den Kopf und sieht mich rasch an. In ihrem Blick liegt etwas, das ich noch nie gesehen habe. Eine Art von Faszination, die ich Ellen nicht zugetraut hätte. Ich will ehrlich sein: Sie sieht geradezu dämlich selig aus.

Verdutzt glotze ich sie an.

Gott sei Dank bemerkt sie mein Starren nicht, denn sie ist vollkommen damit beschäftigt, den Säugling auch bloß richtig zu halten.

Sie hält ihn nah an sich gedrückt.

So ein kleiner, fremder Mensch, so nackt und nah an ihrer Haut.

Das muss wirklich sonderbar sein.

Ellens hellblondes Haar, das sie gerade noch fast vollkommen trocken unter ihrer Badekappe hervorgezaubert hat, fällt jetzt in Wellen hinunter auf sein Gesicht. Verwundert betrachtet er diese Pracht. Das kennt er von seiner Mami ganz sicher nicht. Dann streckt er abrupt die kleinen Hände danach aus und gibt einen lauten Quietscher von sich.

»Er hat mich angelacht«, stellt Ellen mit vor Verblüffung bebender Stimme fest. Sie sieht mich mit großen blauen Augen an. »Hast du gehört? Er hat gelacht.«

»Er mag deine Haare«, mutmaße ich.

»Meine Haare«, murmelt Ellen und hält Fin wie eine Porzellanfigur, die droht in tausend Teile zu zerspringen, wenn sie auch nur eine falsche Bewegung damit macht.

Fünfzehntes Kapitel

Irgendwie geht mir dieser Anblick von Ellen mit dem kleinen Fin auf dem Arm gar nicht mehr aus dem Kopf.

Angela lächelt nur wissend, als ich ihr davon erzähle. Aber sie kann machen, was sie will: Ihr Erfahrungsvorsprung schrumpft mit jeder Woche ein bisschen mehr. Und über kurz oder lang muss meine Liebste einsehen, dass die eine Schwangerschaft offenbar nicht mit der anderen zu vergleichen ist.

Sie sagt, dass sie sich damals jede Sekunde bewusst gewesen sei, dass sie ein Kind erwarte. Alle Welt habe ihr zugeredet, sich zu schonen, sich mit einer bestimmten Diät zu ernähren und bloß jegliche Anstrengung zu vermeiden.

Ich glaube, in dieser Hinsicht haben sich die Zeiten einfach geändert.

»Ein Schwangerschaft ist doch keine Krankheit«, erklärt Frau Dr. Ploch, meine Ärztin, als es vierzehn Tage später schon Zeit für die zweite Ultraschalluntersuchung ist. »Von mir aus können Sie ruhig so lange Sport machen, Spaziergänge unternehmen oder tanzen gehen wie Sie Spaß daran haben. Die Kotz-Phase ist ja wohl inzwischen überwunden?«

Ich mag sie deshalb so gerne, weil sie so erfrischend

direkt ist. Also nicke ich mit betont erleichterter Miene, und sie lacht.

»Generell ist es eigentlich immer so, dass die Kinder umso entspannter sind, je relaxter die Mütter drauf sind. Ich wette, diesmal machen wir einen richtig coolen Fototermin!«, freut sie sich.

Beim letzten Mal war nämlich nicht viel zu erkennen. Wir konnten den Herzschlag unseres Kindes sehen, was schon eine echte Sensation ist für eine wie mich, die so was noch nie und überhaupt gar nicht mitgemacht hat. Aber Aufnahmen, wie ich sie zum Beispiel mal im Fernsehen gesehen hatte und auf denen zu erkennen ist, dass sich das kleine Wunder in meinem Bauch tatsächlich in Richtung menschliches Wesen entwickelt, waren nicht drin.

Darauf hoffen wir heute.

Mittlerweile wölbt sich mein Bauch tatsächlich schon deutlich. Irgendwie verrückt. Früher kam es mir immer nur drauf an, dass er schön flach und sexy ist. Und jetzt freu ich mich darüber, wenn ich runterschaue und diese kleine Rundung da unten sehe.

»Na, von außen ist ja deutlich was zu erkennen«, lächelt Frau Ploch. »Dann wollen wir mal schauen, wie es drinnen so aussieht.«

Nach der üblichen Untersuchung, beziehe ich Stellung auf der Liege am Ultraschallgerät. Angela sitzt auf dem Papa-Hocker – wie Frau Ploch ihn liebevoll nennt – neben mir. Beide starren wir gebannt auf den Monitor, als Frau Ploch mit dem Gerät über meine frisch gegelte Bauchdecke fährt.

Wir halten beide den Atem an.

Tatsächlich.

Da ist es.

Wir können es ganz deutlich erkennen.

»Hallo!«, sagt Angela leise und beugt sich ein wenig vor, um besser sehen zu können.

Es ist ihr schönstes, ihr hellstes ›Hallo‹, das sie nur dann zu jemandem sagt, wenn sie ganz sicher ist, dass gegenseitiges Mögen vorprogrammiert ist.

Ich starre auf den Bildschirm.

Kann weder ›Hallo‹ noch sonst etwas sagen. Meine Kehle ist sehr eng. Mein Baby. Unser Kind.

Frau Ploch nickt. »Oh, ja, heute ist man wesentlich zugänglicher als beim letzten Mal. Schauen Sie mal! Man lächelt!«

Wirklich. Es ist das Gesicht zu erkennen. Und die Mundwinkel, da gibt es keinen Irrtum, sind deutlich nach oben gezogen. Frau Ploch friert das Bild auf dem Monitor ein und betätigt den kleinen Schalter des Druckers.

»Ein erstes Bild haben wir schon mal!«, freut sie sich und strahlt uns kurz an.

Ob sie bei jedem Pärchen so viel Anteil nimmt?

Oder ob es auch für sie etwas Besonderes ist, dass hier zwei Frauen gemeinsam ein Kind erwarten?

Unser Fototermin wird jedenfalls ein voller Erfolg.

Am Ende haben wir neun kleine Schwarz-Weiß-Bildchen, auf denen unser Kind zu sehen ist. Genau das Kind, das ich mich jetzt schon im Arm zu halten sehne, das an unseren Händen die ersten Schritte tun wird und das es gefälligst lieben wird, wenn ich ihm abends am Bett etwas vorlese.

»Aha!«, sagt Frau Ploch da plötzlich und lächelt geheimnisvoll. »Hier haben wir ja einen kleinen Hinweis, mit wem Sie es zu tun bekommen. Möchten Sie es wissen?«

»Was denn?«, frage ich verwundert.

Angela lacht laut auf. »Ob es ein Mädchen oder ein Junge ist!«

»Ja!«, sage ich rasch und sehe sie fragend an. Angela nickt.

Wie aus einem Mund sagen wir zu Frau Ploch: »Ja, wir wollen es wissen!« und müssen alle drei darüber lachen.

Frau Ploch deutet auf dem Bildschirm auf eine winzig kleine helle Stelle, um die herum das graue Flackern weiter wabbert.

»Sehen Sie das hier? Ich denke, Sie können sich auf einen kleinen Jungen freuen!«

»Wunderbar!«, haucht Angela. Sie klingt nicht nur erfreut, es zu wissen, sondern beinahe erleichtert.

Zum ersten Mal kommt mir der Gedanke, dass eine zweite Tochter für sie vielleicht eine merkwürdige Idee gewesen wäre. Eine weitere Tochter nach Lena? Nein, das schließt sich irgendwie aus.

Ich muss mich räuspern, bevor ich sage: »Toll. Dann wissen wir doch jetzt, nach welchem Namen wir suchen müssen.«

Ein kleiner Junge. Ein Sohn. Wir werden einen Sohn haben.

* * *

»Und was tun wir jetzt mit dem Rest vom Tag?«, strahlt Angela unternehmungslustig, als wir unten auf der Straße stehen.

»Wie wäre es, wenn wir zu dir in die Wohnung fahren und eine richtig geile Umzugskartons-Orgie veranstalten?!«, schlage ich vor.

Angela seufzt dramatisch, gibt sich dann aber geschlagen.

Das ist nämlich die zweite Geschichte, die uns nun seit drei Wochen beschäftigt: Angelas Umzug in meine, bald unsere gemeinsame Wohnung. Angela soll sich schließlich schon eingelebt haben, wenn das Baby bei uns einzieht.

»Irgendwann möchte ich mit dir und unserem Kind in einem Haus wohnen«, erkläre ich ihr, als wir vor ihrer Tür aus dem Auto steigen.

»Au ja!« Angela nimmt meine Hand, und während wir die Treppe hinaufsteigen, malen wir uns auf die Schnelle aus, wie unser Haus aussehen würde. Verrückterweise haben wir ganz ähnliche Vorstellungen. Vorstellungen, die wahrscheinlich alle haben, die von so etwas träumen: Im Grünen soll es liegen, mit einem schönen großen Garten, gerne ein älteres Gebäude, mit Charme und Charakter, aber natürlich gut in Schuss.

»Ist ja irre«, wundere ich mich. »Früher fand ich die Vorstellung, ein Haus zu haben, eher abschreckend. Ich wollte mich nicht so festlegen, mich nicht so binden. Aber jetzt, mit dir zusammen, finde ich diese Vorstellung total romantisch!«

»Das sind die Hormone«, grinst Angela. »Oder das

Alter. So oder so: du bist in der Nestbauphase angelangt.«

Wir kommen gerade zur Tür herein, da geht das Telefon.

»Das ist bestimmt Jana«, sagt Angela und hebt beschwingt ab. Fast augenblicklich verdüstert sich ihre Miene.

Ich betrachte sie forschend.

Tippe auf Exmann oder … nein, wahrscheinlich eher Mutter.

Und tatsächlich formt Angela in meine Richtung mit den Lippen das bewusste Wort.

Dann hört sie eine Weile einfach nur zu.

Ich nehme ihr den Mantel ab, schiebe sie in den Korbsessel, der im wohnlich eingerichteten großen Flur steht, und ziehe ihr die dicken Winterboots aus.

Sie lächelt mich an und brummt ab und zu in den Hörer »Hm« oder »Aha« oder »So?«.

Ihre Mutter ist in dieser Hinsicht – aber auch ausschließlich nur in dieser Hinsicht – mit wenig zufrieden. Sie zieht es vor, in Unterhaltungen selbst zu reden.

Doch als ich gerade in die Küche gehen will, um uns schon mal einen Tee aufzusetzen, ändert sich plötzlich Angelas Körperspannung. Sie nimmt sozusagen Habtachtstellung ein. Hätte gar nicht gedacht, dass das im Sitzen in einem bequemen Sessel überhaupt möglich ist.

»Was soll das heißen, Lena hat so gewisse Befürchtungen?«, hakt sie noch einmal nach – offenbar um mich über den Stand ihrer Unterhaltung zu unterrichten – und schaltet den Hörer auf Lautsprecher.

»Das soll heißen … was rauscht das denn plötzlich so in der Leitung? Angela?«

»Ich bin noch da.«

»Hörst du das auch? Da ist so ein Rauschen.«

»Ich höre nichts.«

»Du hast doch nicht etwa den Lautsprecher angestellt?«

»Aber nein!«, sagt Angela mit Überzeugung und ohne eine Spur schlechten Gewissens. »Wie war das also mit Lena und ihren Befürchtungen?«

Angelas Mutter räuspert sich. »Aber nicht, dass du denkst, dass das auf meinem Mist gewachsen ist. Deine Tochter kann durchaus selbstständig denken. Und ich finde, es ist tatsächlich berechtigt, was sie da überlegt …«

»Worum handelt es sich bei diesen Überlegungen denn?«, will Angela ungeduldig wissen.

»Na ja, ich denke, Lena fürchtet, dass du sie ein wenig vergisst über dem Baby. Oder dass du nicht wirklich vorausschauend handeln könntest … schließlich ist da ja eine Menge Euphorie im Spiel bei allem, was ich so höre.«

»Was hörst du denn?«

»Angela, ich bitte dich! Ein Kind mit über vierzig!«

Angela seufzt tief. »Mutter, ich dachte, dass wir diese Diskussion hinter uns hätten.«

Die Stimme aus dem Lautsprecher schnarrt. »Sicher. Mach du nur, was du für richtig hältst. Ich finde nur, du darfst deine eigene Tochter dabei nicht vergessen!«

»Ich vergesse Lena nicht!«, kocht Angela. »Sie ist eine erwachsene Frau und steht auf eigenen Beinen. Aber trotzdem wird sie immer meine Tochter bleiben. Und davon abgesehen wird dieses Kind auch mein eigenes Kind sein. Nur für den Fall, dass du das seit unserem letzten Gespräch zu dem Thema schon wieder vergessen haben solltest.«

Ihre Mutter ächzt verhalten. Das Geräusch kenne ich inzwischen recht gut. Mit diesem Ächzen tut sie stets kund, dass es ihr nicht gut geht und irgendwer sich bitte um sie zu kümmern habe.

»Ach, Angela, ich versteh das einfach nicht. Du bekommst dieses Kind doch nicht. Und sein Vater bist du schließlich auch nicht. Also?«

»Also bin ich trotzdem seine Mutter!«, blafft Angela.

»Und deine Freundin?«

»Ist seine leibliche Mutter. Wir sind zwei Mütter für ein Kind. Ist das denn so schwer zu verstehen?«

Angelas Mutter gibt einen Ton von sich, als tue ihr etwas plötzlich sehr weh.

»Und könnte ich jetzt bitte endlich mal erfahren, worüber sich Lena denn nun so berechtigte Sorgen macht?«, erkundigt meine Freundin sich, mühsam beherrscht.

Ein paar Sekunden ist es still am Telefon.

»Ich meine es ja nur gut«, beginnt ihre Mutter dann. »Und daher macht man sich natürlich auch mal Gedanken darüber, was eigentlich geschehen würde, wenn dir irgendwann mal was geschieht.«

Angela wechselt deutlich sichtbar die Farbe.

»Wenn mir etwas geschieht?«, wiederholt sie langsam.

Angelas Mutter ist zwar oft ein echter Holzklotz, was das Innenleben ihrer eigenen Tochter angeht. Doch dieser

Unterton in Angelas Stimme kann selbst ihr nicht verborgen bleiben.

»Natürlich, natürlich, darüber denkt man in deinem Alter eigentlich noch nicht nach. Aber wenn du mal so alt bist wie ich …«

»Mutter!«, unterbricht Angela sie. »Das glaube ich nicht! Willst du mir jetzt ernsthaft erzählen, dass Lena und du, dass ihr zwei euch darüber Gedanken macht, wer mich beerben wird, falls ich demnächst ins Gras beiße?«

Aus dem Hörer erklingt nur ein Räuspern.

»Vielen Dank für diese aufrichtige Teilnahme an meiner momentanen Lebenssituation. Geteilte Freude ist doch immer doppelte Freude. Euer Mitgefühl wird mir immer unvergessen bleiben!«, faucht Angela in den Hörer und legt auf.

Nur um sofort wieder eine Nummer in den Hörer zu tippen, die sie offenbar auswendig kennt.

»Au weia«, murmele ich und versuche, ihren Blick aufzufangen. Noch nie zuvor habe ich ihr gegenüber eine Assoziation gehabt, die an einen großen, wilden Stier erinnerte. Aber jetzt gerade schimmert er ganz deutlich durch ihre grüne Funken sprühenden Augen und die dunklen Haare, die sich mit jeder Sekunde mehr zu sträuben scheinen.

»Anrufbeantworter«, knurrt Angela nach kurzer Zeit. Doch sie legt nicht auf, sondern säuselt nach dem auch für mich deutlich hörbaren ›Piep‹: »Lena, ich denke, du weißt, wer dran ist. Würdest du die Güte haben und ans Telefon gehen?«

Offenbar wird ihre Bitte nicht erhört.

»Okay«, schnaubt Angela und lässt ihre mühsame Zurückhaltung fahren. »Offenbar willst du mir vormachen, dass du die finanzielle Unterstützung deiner Eltern dazu nutzt, brav an der Uni zu sitzen. Hör zu, meine Liebe. Wenn du also aus der Stadt, vom Einkaufsbummel oder einem gemütlichen Schwatz im Café heimkommst, dann ruf mich doch bitte dringend mal an. Ich habe etwas mit dir … zu besprechen!«

Als sie auch dieses Telefonat mit einem heftigen Knopfdruck am Hörer beendet hat, hebt sie den Blick und sieht mich grimmig an.

»Ich schlage vor, dass wir morgen Abend tanzen gehen«, sagt sie mit Nachdruck.

»Was?«

Mit allem hätte ich gerechnet, aber nicht damit, dass sie sich jetzt Gedanken über unsere Abendgestaltung der nächsten Tage macht.

»Ja, wieso nicht? In Kürze werden wir nicht mehr zusammen ausgehen können. Lass uns noch mal so richtig auf die Kacke hauen! Und falls mir so ganz nebenbei meine süße Tochter über den Weg läuft, dann soll es mir auch recht sein – denn auf meinen Anruf hin wird sie sich hundertprozentig nicht melden. Und so bekomme ich die Gelegenheit, sie unverhofft zu fassen zu kriegen.«

Ich kann für Lena nur hoffen, dass sie beschlossen hat, sich morgen Abend gemütliche Stunden daheim zu machen.

* * *

»Weißt du, was das Wunderbare daran ist, dass wir seit unserem Beschluss, ein Kind zu bekommen, ständig Ärger mit Freundinnen, Töchtern oder Müttern haben?«, überlege ich laut, als wir am nächsten Abend Arm in Arm auf die Tür des Kulturbahnhofs zugehen, in dem die Frauenparty stattfindet.

Natürlich hat Lena sich am Abend vorher und den ganzen heutigen nicht bei ihrer Mutter gemeldet. Wahrscheinlich ist sie durch ihre Oma unterrichtet und zieht es vor, sich in Schweigen zu hüllen, bis der erste Vulkanausbruch abgeklungen ist. Sehr unklug von ihr.

»Was denn?«, erkundigt sich Angela verwundert, die dem besagten Ärger offenbar ganz und gar nichts Positives abgewinnen kann.

»Wir zwei verstehen uns dadurch blendend«, erkläre ich ihr beschwingt. »Das ist ein ganz einfaches Prinzip: Wenn von außen ein Feind naht, schließen sich die Verbündeten eng zusammen und sind sich einiger als je zuvor. Das gibt mir so ein Gefühl, als seien wir unverletzbar.«

Angela schaut mich verdutzt an. Dann grinst sie breit.

»Dann wollen wir mal hoffen, dass der Strom der Skeptiker nicht abreißt. Damit wir uns auch immer wohlgesonnen bleiben, mein Schatz!«

»Darüber musst du dir gewiss keine Sorgen machen!«, versichere ich ihr. »Sieh mal, da vorn gehen Jackie und Ellen.«

Ich spitze die Lippen und pfeife laut. Meine Freundinnen erkennen das natürlich gleich.

Sie bleiben stehen und warten, bis wir heran sind.

Wir umarmen einander zur Begrüßung.

»Was machst du denn hier?«, fragt Jackie mich mit großen Augen im Weitergehen.

Wir kommen an der Eingangstür an, und sie hält sie mir auf.

Ich runzele verständnislos die Stirn. »Wieso sollte ich nicht hier sein? Heute ist Nichtraucherinnentag. Mir geht's blendend. Endlich hat die Kotzerei ein Ende! – so hat es jedenfalls Frau Dr. Ploch ausgedrückt. Jetzt will ich meine Schwangerschaft auch mal ein bisschen genießen.«

Als ich jetzt den Reißverschluss meiner Jacke aufziehe, sieht Jackie skeptisch an mir herunter. »Nicht dass ich deinen runden Bauch nicht sexy fände. Aber meinst du nicht, es ist zu laut hier für das Kind?«, fragt sie.

Angela lacht auf. Dafür, dass sie diesen Abend als Racheengel begonnen hat, zeigt sie jetzt überraschend gute Laune.

»Er wird bestimmt besonders musikalisch«, meint sie und zahlt an der Kasse für uns beide.

Die Frau, die mir den Stempel auf den Handrücken drückt, stempelt fast daneben, denn ihr Blick klebt an meinem sich spannenden T-Shirt.

Das kann ja heiter werden.

»Oder er wird so ein Geräuscheneurotiker, der nachts mit Ohropax schläft, weil er das Knarren der Holzdielen nicht ertragen kann«, grinse ich.

»Wieso eigentlich immer ›er‹?«, fragt Ellen, nachdem die beiden auch gezahlt und sich ihren Eintrittsstempel abgeholt haben. »Er, der Nachwuchs, oder wie?«

Angela und ich wechseln einen raschen Blick.

»Er, unser Sohn«, antworte ich ihr dann. »Wir waren gestern doch bei der zweiten Ultraschalluntersuchung. Nach allem, was wir da sehen konnten, ist die Wahrscheinlichkeit recht groß.«

»Ein Junge! Ich werd nicht mehr!«, strahlt Jackie. Angela strahlt zurück.

»Ist das sicher? Ich meine, ist da das letzte Wort schon gesprochen?«, erkundigt sich Ellen vorsichtig.

Ich zucke die Achseln. »Weißt du, ich glaube nicht, dass du das mit ihm ausdiskutieren kannst.«

»Was ist so schlimm an einem Jungen?«, will Angela verwundert wissen. Sie war schließlich bei unserer ersten Diskussion zu diesem Thema nicht dabei. Und wohlweislich hatte ich ihr Ellens Bedenken hierzu verschwiegen. Die Kontra-Kinder-Meinung einer meiner besten Freundinnen war mir meiner Liebsten gegenüber schon peinlich genug.

»Ich bin keine Wahrsagerin, aber aller Voraussicht nach werden sie irgendwann Männer«, gibt Ellen mit der für sie typischen Arroganz von sich.

Angela sieht schockiert aus. Vielleicht hätte ich sie hinsichtlich Ellens brüsker Einstellung doch warnen sollen?

»Es gibt doch auch nette Männer«, überlegt Jackie.

Gott sei Dank fruchtet das Training von früher immer noch: Als die beiden noch kein Paar, sondern nur meine beiden guten Freundinnen waren, hatten sie sich stets einen Spaß daraus gemacht, immer die entgegengesetzte Meinung zur jeweils anderen zu vertreten. Also kann ich auf Nummer sicher gehen: Eine von ihnen ist bestimmt meiner Ansicht!

Ellen manövriert uns in eine Ecke hinter einer Säule, in der wir von den Musikboxen etwas abgeschirmt sind und wir uns trotz der lauten Musik auch zu viert unterhalten können.

Lässig grüßt sie zum Büchertisch hinüber und wendet sich dann wieder Angela und mir zu.

»Solange sie klein sind, macht es ja so gut wie keinen Unterschied. Aber stellt euch nur vor, wie es wird, wenn er etwas älter wird ... Ihr müsst die Pubertät von einem Jungen mitmachen, der mit elf Jahren nachts seinen ersten Erguss auf eurem Laken hat und mit dreizehn erklärter Fan von Teresa Orlowski wird. Mit fünfzehn tritt er dem Schützenverein bei. Mit sechzehn behauptet er, es sei cool, zur Bundeswehr zu gehen. Mit siebzehn schwängert er eine seiner ungezählten Freundinnen. Und mit zweiundzwanzig fährt er sich mit seiner Yamaha tot. So sind sie eben«, erklärt Ellen uns mit einer Miene, die keinen Widerspruch duldet. Darum kümmert sich meine Liebste natürlich einen feuchten Kehricht.

»Unser Sohn«, sagt sie und betont dabei jede Silbe, »wird ein Weichei. Er wird Tiere, die Natur, klassische Musik und selbstverständlich das Theater lieben, hat keine Angst vorm Weinen und hilft gerne älteren Menschen über die Straße. Wenn er erwachsen ist, geht er respektvoll mit allen Frauen um, übernimmt in seiner Partnerschaft die Hälfte der Hausarbeit und kauft sein Auto nicht nach PS-Zahl, sondern danach, wie viele Wasserkästen man darin transportieren kann.«

»Du meinst, er wird schwul werden? Woher kannst du das jetzt schon wissen?«, wundert sich Jackie.

»Tatsache ist, dass nichts hundertprozentig klar ist«, sage ich, bevor Angela gleich explodieren wird. Ihr Gesicht nimmt bereits eine bedrohlich kräftige Tönung an. »Ute meint, dass häufig Frauen in den Kreißsaal kommen und der felsenfesten Meinung sind, dass sie auf einen Prinzen oder eben auf eine Prinzessin warten – und dann kommt doch was anderes raus.«

»Wenigstens gibt es nur zwei Möglichkeiten«, überlegt Jackie an Ellen gewandt. Offenbar ist sie der Meinung, dass ihre Freundin für eine weitere Alternative auch eine Menge unguter Weissagungen parat hätte.

Ellen hört sich alles mit hochgezogenen, dunkel gefärbten Brauen an. Dann befeuchtet sie ihre Lippen mit der Zungenspitze und gibt dabei einen Ton von sich, der nachdenklich klingt.

»Ellen, denk an den kleinen Fin!«, rate ich ihr, bevor sie etwas sagen kann.

Meine gute Freundin sieht mich einen Moment lang an, bevor ihr Blick versonnen in die Ferne schweift.

»Das tat ich gerade«, sagt sie mit überraschend leiser und verwunderter Stimme.

Ich glaube, in ihren Augen ein stilles Leuchten gesehen zu haben. Was auch immer das bedeuten mag.

Angela hat glücklicherweise keine Zeit mehr, sich noch weiter mit Ellens Aversion gegen pubertierende Jungs zu beschäftigen, denn plötzlich verengen sich ihre schönen grünen Augen, und sie späht konzentriert an mir vorbei.

Das kann eigentlich nur eins bedeuten.

Ich wende mich um. Und tatsächlich: Keine fünf Meter von uns entfernt, mitten in einem Klumpen von Bekannten steht Lena und lacht.

Ihr Anblick auf dem Schwoof ist mir immer noch ein bisschen sonderbar.

Auch wenn es mehr als zwei Jahre her ist, kann ich mich noch gut erinnern, wie hypnotisiert ich mich fühlte, als ich sie hier zum ersten Mal sah.

Sie schien mir die schönste Frau zu sein, die ich je gesehen hatte. Und dass sie offensichtlich so viel jünger war als ich, hatte ich in meinem Wahn zunächst komplett ignoriert.

Mittlerweile bin ich es gewöhnt, sie an vielen anderen Orten zu sehen, an denen ihr Anblick mir vertraut ist und wo ich nie etwas anderes als Angelas Tochter in ihr sehe.

Doch hier, auf diesem Terrain, wo alles begann, wird mir bei einem Treffen mit ihr immer noch ein wenig unbehaglich.

Lena hat uns aufgrund der Säule, die uns halb verbirgt, noch nicht gesehen. Davon abgesehen ist sie sowieso eher der Typ Frau, der gesehen wird.

Daher baut Angela auf den Überraschungseffekt, strafft die Schultern und schreitet zu der kleinen Gruppe hinüber.

Die Frauen, die ihr im Weg stehen, machen gern Platz. Denn obwohl sie 20 Jahre älter ist als die meisten Mädels hier, ist sie einfach eine beeindruckend attraktive Erscheinung, der einige von den jungen Hühnern auch tatsächlich hinterherglotzen.

Ich beobachte mit Spannung, wie Angela ihrer Tochter die Hand auf die Schulter legt und diese sich zu ihr umdreht.

Angela steht mit dem Rücken zu mir. Doch ich weiß, was sie Lena sagen will.

›Ich hab gestern mit deiner Großmutter telefoniert. Sie hat erzählt, dass du dir offenbar schlimme Sorgen um mich machst.‹ Oder so in etwa.

Lena erwidert nur ein Wort, das ich als »Tatsächlich?« deute, und ihre Miene wirkt dabei äußerst misstrauisch.

»Hi ihr! Na, warum denn so betrübte Gesichter?«, ruft da eine Stimme neben mir.

Es ist Frederike, die Jackie, Ellen und mich fröhlich anstrahlt.

»Unsere kleine Lieblingsautorin!«, freut sich Jackie und umarmt sie.

»Oh ja! Vielleicht solltest du demnächst mal ein Buch schreiben mit dem Titel: ›Was Hormone mit uns anstellen‹ oder so ähnlich«, schlägt Ellen so laut vor, dass ich es auf alle Fälle verstehen kann. Dazu lächelt sie aber.

»Hi Frederike!«, begrüße ich meine langjährige Freundin und spähe derweil weiterhin zu Angela hinüber, die jetzt mit Lena und deren neuer Weißblondierten in ein interessantes Gespräch vertieft zu sein scheint.

Nach den steilen Falten auf allen drei Stirnen zu urteilen, scheint es richtig zur Sache zu gehen. Ich hoffe nur, Lenas Freundin ist schlau genug, sich aus dieser Mutter-Tochter-Nummer rauszuhalten. Nicht dass wir sie später in pulverisierter Form zusammenfegen müssen.

»Also, ich besorg uns jetzt erst mal eine Erfrischung. Ne Runde Apfelschorle gefällig?«, sagt Ellen und schaut uns auffordernd an. Jackie, Frederike und ich nicken. Ellen schwebt davon. Jackie beeilt sich, ihr zu folgen – damit Ellen sich später nicht beschweren kann, dass sie alle Getränke allein tragen musste.

Frederike schmunzelt: »Hey Mami, was ist denn hier los?«

Ich grunze und mache eine wegwerfende Handbewegung. »Ach, das Schlimmste hast du ja gar nicht mitbekommen. Wir sind über die Phase ja jetzt hinweg, aber zunächst war Ellen der Meinung, dass es einer Katastrophe ähnlich dem Abwurf einer Atombombe über Bochum gleichkommt, wenn unser Baby ein Junge wird.«

Frederike reißt die Augen auf. Das hat bei ihr aufgrund der unterschiedlichen Augenfarben immer eine ganz besondere Wirkung.

»Tatsächlich? Wieso denn?«

»Da musst du sie schon selbst fragen. Ich bin von ihren Argumenten immer so erschlagen, dass ich nur eins behalte. Und das geht in Richtung Ejakulat auf frisch gewaschenem Spannbettlaken«, murre ich.

Frederike macht ein nachdenkliches Gesicht. »Und was hat sie damit gemeint, dass ich ein Buch schreiben soll, das von Hormonen handelt?«

Ich zucke unschuldig die Achseln und schiele wieder zur Kampfarena fünf Meter entfernt hinüber, wo Angela gerade ihre Frisur in Unordnung bringt, weil sie sich wiederholt mit den Fingern in die Haare fährt.

»Ellens merkwürdige Spinnerei ist noch nicht alles. Lena hat Angst, dass sie nur die Hälfte erben wird, sollte Angela ins Gras beißen …«

In Frederikes Augen glimmt ein mir wohlbekanntes Interesse auf, und sie schaut neugierig zu Angela und ihrer Tochter hinüber, um die sich gerade ein kleiner freier Kreis zu bilden beginnt.

»Das ist ja eine fantastische Geschichte!«, sagt sie dann mit ehrlicher Begeisterung.

Ich schnaube.

»Irrtum!«, sage ich. »Es ist gar keine Geschichte. Es ist mein Leben. Und ich verbiete dir, irgendetwas darüber in eines deiner Bücher zu schreiben.«

Frederike zuckt die Achseln. »Wie kommst du denn darauf?«

Aber in ihrem Gesicht steht geschrieben, dass sie bereits erste Sätze formuliert. Ich hasse es, wenn sie so guckt.

Nachdem sie eine Weile nachdenklich zu Angela und der zeternden Lena hinübergeschaut und dabei wahrscheinlich bereits den spannenden Handlungsstrang ihres nächsten Romans im Kopf entworfen hat, wendet sie sich mir wieder zu.

Einen Moment betrachtet sie mich eingehend.

»Du siehst aus, als ginge es dir nicht gut«, sagt sie schließlich, indem sie sich zu mir beugt und sicherheitshalber meinen Arm nimmt.

Ich lege eine Hand auf meinen Bauch und verziehe das Gesicht.

»Mir scheint, hier schlägt mir einiges auf den Magen … oder auf den Darm. Ich muss mal aufs Klo.«

»Soll ich dich begleiten?«, bietet Frederike teilnahmsvoll an.

Also bugsiert sie mich sicher durch die Menge bis zu den Toiletten und schiebt mich hinein.

»Sag Bescheid, wenn du Hilfe brauchst!«

»Alles klar.«

Ich schiebe mich durch die Tür in den Toilettenraum und bin erleichtert, dass die Kabinen alle leer sind.

Irgendwie fühle ich mich tatsächlich sehr merkwürdig.

Dabei habe ich heute gar nichts Besonderes gegessen.

Aber in meinem Bauch rumpelt und pumpelt es herum, als wäre da drinnen Rumpelstilzchen zugange und …

Ich lasse mich verdattert auf die Klobrille sinken.

Rumpelstilzchen?

Moment mal! Kann das sein, dass mit etwas über 5 Monaten mein Kind schon rumpöbelt?

Ich versuche, ganz stillzuhalten. Mit beiden Händen auf meinem Bauch lausche ich in mich hinein.

In den vielen Zeitschriften, die Angela für uns rangeschleppt hat, wird beschrieben, dass manche Frauen die Kindsbewegungen schon in einem sehr frühen Stadium wahrnehmen.

Kann es sein, dass hier gar nicht mein Darm rumort, sondern mein Sohn?

Ich muss laut kichern.

Ausgerechnet als gerade die Toilettentür wieder geöffnet wird und jemand hereinkommt.

»Michelin?«, ertönt eine mir sehr vertraute Stimme.

Es ist Angela. Und sie klingt aufgelöst.

»Frederike sagt … ist alles in Ordnung, Liebes?«

»Und wie!«, lache ich und entriegele die Kabinentür. »Ich wette, Daniel hat doch das Rennen gemacht. Stell dir vor: Der Kleine spielt jetzt schon Fußball!«

Sechzehntes Kapitel

Beim Umzug Mitte März kann ich selbst natürlich nicht mithelfen, sondern stehe den anderen im Weg herum und gebe unnütze Anweisungen, in welches Zimmer welcher beschriftete Karton gehört.

Nicht, dass ich mich darum reißen würde, Umzugskisten zu schleppen. Aber so ganz und gar nutzlos zu sein, deprimiert mich ein bisschen.

Dabei gehe ich immer noch zum Sport, besuche brav meinen Schwangerschafts-Aqua-Kurs und arbeite nach wie vor gemeinsam mit Frauke an unseren Magazinbeiträgen.

Aber bei dieser Hauruckaktion, Angelas Hab und Gut in meine – ab jetzt unsere gemeinsame – Wohnung zu schaffen, kann ich mich einfach nicht beteiligen. Während Armin, Daniel, Angela, Frauke, Antonie, Ellen und Jackie die schwere Arbeit tun, sitze ich wie ein gestrandeter Wal in der Küche auf einem Stuhl und halte in allen Ecken Ausschau nach Staub oder Dreck.

Angela hatte recht. Offenbar haben mich die Hormone tatsächlich in eine Art Nestbaustimmung versetzt. Jedenfalls kam mir der Gedanke, als ich kürzlich anfing, alle Handtücher im Schrank noch einmal zu waschen und dann sorgfältig Kante auf Kante zu falten.

Ich habe täglich Lust auf einen richtigen Großputz, wienere im Bad die Wandfliesen, prokele in Heizkörpern herum oder jage mit einer alten Zahnbürste auch das letzte Kalkrestchen am Wasserkran in der Küche.

Angela schmunzelt darüber und findet, dass wir davon doch nur profitieren.

Jackie überlegt, ob ich nicht mal eine Woche Urlaub in ihrer Wohnung machen möchte.

Ellen macht sich Sorgen, dass ich auch nach der Geburt eine Art Putzteufel bleiben werde.

Frauke kommt jeden Morgen ins Büro und schmettert mir einen weiteren Namen entgegen.

»Julian!«, sagt sie heute Morgen. »Das klingt so positiv. So verspielt und doch mit notwendigem Ernst. Findest du nicht?«

»Das hast du gestern von Wendelin auch behauptet«, erinnere ich sie.

»Aber stell dir vor, Wendelin hat unglücklicherweise auch noch abstehende Ohren. Es gibt in unserer Generation einfach viel zu viele, die früher ›Der große Preis‹ im Fernsehen geguckt haben und die den kleinen dicken Elefanten kennen.«

Ich verdrehe die Augen. »Ich glaub, auch ohne Stehohren möchte ich nicht, dass unser Sohn so heißt wie ein kleiner, dicker Elefant.«

Frauke zuckt die Achseln.

Für sie kein Problem. Schließlich gibt es ungefähr 30.000 weitere Namen, die noch infrage kommen.

»Du wirkst so griesgrämig in den letzten Tagen«, stellt sie mit Kennerinnenmine fest. »Ist was?«

Ich seufze.

»Nicht wirklich. Aber ehrlich gesagt habe ich langsam das Gefühl, alles in meinem Leben dreht sich nur noch um das Kind. Alle Welt redet mit mir nur noch darüber. Jede und jeder hat eine Menge guter Tipps, Fragen zu meinem Zustand, den Geburtsvorbereitungen und der Hebamme. Irgendwie bleibt so langsam ein bisschen das ganz normale Leben auf der Strecke.«

Frauke betrachtet mich nachdenklich.

»Du warst doch erst gerade noch auf dem Schwoof«, erinnert sie mich.

»Das war vor drei Wochen«, stelle ich richtig. »Und so der Hit war dieser Abend auch nicht. Die bedeutungsvollen, entsetzten oder neugierigen Blicke auf meinen Bauch hätten mir schon gereicht. Aber dann hatte sich unser Sohn ja auch noch dazu entschieden, ausgerechnet an diesem Abend zum ersten Mal Randale zu veranstalten.«

»Vielleicht mochte er die Musik nicht?«, überlegt Frauke. »Ich finde auch, dass die DJ in den letzten Monaten erheblich nachgelassen hat.« Doch dann wird sie beim Blick in mein Gesicht wieder ernst.

»Du fühlst dich wirklich nicht so besonders, hm?«, fragt sie.

Ich schüttele den Kopf.

»Hast du Angst?«, will sie einfühlsam wissen.

Wir sehen uns über unsere Schreibtische hinweg an.

Schließlich schüttele ich wieder den Kopf. »Nein. Es ist nur … ich bin einfach …«

»Gelangweilt?«, schlägt Frauke vor.

Und diesmal nicke ich.

Meine Arbeitskollegin knipst ihren Kugelschreiber

an und wieder aus. Ich kann ihr ansehen, dass es in ihrem Kopf rattert. Wahrscheinlich fühlt sie sich gerade in meine Mitleid erregende Situation ein und sucht nach einem Ausweg aus der Schwangerschaftslangeweile.

»Weißt du was?«, sagt sie schließlich, und ihre Augen leuchten auf. »Ich glaub, ich hab ne Idee. Ich muss aber erst abchecken, ob es geht.«

»Was denn?«, will ich neugierig wissen.

»Lass dich einfach überraschen«, erwidert Frauke geheimnisvoll lächelnd.

* * *

Zwei Tage später, ein weiteres Wochenende ist herangekommen, das Angela und ich wahrscheinlich gemütlich und gähnend auf dem Sofa verbringen werden, klingelt es nach dem ausgedehnten Frühstück an der Tür.

Ich sehe verwundert auf.

Verwundert vor allem deswegen, weil Angela so tut, als habe sie nichts gehört.

Ich bin es mittlerweile gewöhnt, dass sie in solchen Situationen stets aufspringt, um mir den zusätzlichen Gang abzunehmen. Doch diesmal lächelt sie nur still in sich hinein und sieht mich mit hochgezogener linker Augenbraue auffordernd an.

Also erhebe ich mich und eile zur Wohnungstür, wo ich die Gegensprechanlage betätige.

»Huhu!«, ruft von unten Fraukes Stimme und im Hintergrund kann ich undeutlich das Gemurmel von ein paar weiteren Menschen erkennen. »Kommt ihr runter?«

»Wieso denn? Wohin wollt ihr denn?«, erwidere ich und sehe hinunter auf meine bequemen, aber leider sehr altbackenen Hauspuschen aus dicker Wolle.

»Überraschung!«, jubelt Jackies Stimme.

»Okay«, lache ich. »Ich muss mich nur noch richtig anziehen.«

Als Angela und ich zehn Minuten später vor die Haustür treten, sind dort alle versammelt: Frauke und Antonie, Jackie und Ellen, und Armin mit Daniel.

»Hey, was geht hier denn ab?«, lache ich verwundert, während eine gewaltige Umarmung-zur-Begrüßungs-Aktion uns alle für geraume Zeit zu beschäftigen droht.

»Wir fahren jetzt alle zusammen Zuckerwatte kaufen«, verrät mir Armin, der dabei übers ganze Gesicht strahlt, als sei er gerade erst eingeschult worden.

»Kirmes?«, frage ich verdutzt.

»Unsinn!«, quäkt Jackie und reißt dann die Klappe weit auf, um hinauszuschmettern: »Riesengroße, megaheftige Frühjahrskirmes!«

Alle lachen und plappern durcheinander. Ich fühle mich ein bisschen überrannt und betäubt. Aber als wir uns endlich auf die Autos verteilt haben und in Kolonne losfahren, breitet sich in mir eine unbändige Vorfreude, gekoppelt mit tiefer Rührung aus.

Meine Freundinnen und Freunde haben sich tatsächlich Gedanken gemacht, wie sie mir mein schwangeres Leben für einen Tag versüßen können.

Und weil sie alle wissen, dass ich eine Schwäche für klebrigen Süßkram, Losbuden und gebrannte Mandeln habe, ist ihnen genau das Richtige eingefallen.

An der Kirmes angekommen, werde ich direkt mit allen lebenswichtigen Dingen versorgt. Zuerst gibt's rosa Zuckerwatte und dann den fahrbaren Toilettenwagen für meine miniaturisierte Schwangerenblase.

Wir schlendern in unserer ausgelassenen Gruppe mal hierhin, mal dorthin. Bis wir schließlich vor einem Fahrgeschäft stehen bleiben, das mir noch vor einem halben Jahr das Blut in den Adern hätte gefrieren lassen.

Doch heute betrachte ich die kreisenden Kabinen, die auf Schienen kleine, steile Berge hoch- und wieder runtersausen, mit großem Interesse.

»Das sieht echt gruselig aus«, meint Antonie anerkennend und wirft Frauke einen fragenden Blick zu.

Frauke schluckt sichtbar und nickt dann. »Okay, ich mach mit.«

In null Komma nichts haben sich meine Freundinnen und Freunde alle gegenseitig dazu überredet, den Höllentrip zu versuchen.

Als klar ist, dass sie alle gehen wollen, werden plötzlich erste ratlose Stimmen laut.

»Und Michelin?«, fragt Armin.

»Ja, wir können doch die Hauptperson nicht einfach allein hier stehen lassen«, bemerkt Ellen. »Ich werde bei dir bleiben, Schätzchen.«

»Ach, was, wenn eine verzichten muss, dann sollte ich das tun«, weiß Angela einzuwerfen.

»Ich würde auch hierbleiben, wenn ihr zwei gern dabei sein wollt«, schlägt Daniel ritterhaft vor.

»Wisst ihr was? Ich komm einfach mit!«, sage ich und schreite mutig voran.

»Auf keinen Fall!«, entscheidet Angela und stellt sich mir in den Weg.

»Wieso denn nicht?«

»Doch nicht mit dem Bauch!«

»Und wieso nicht?«, hake ich mit unschuldigem Augenaufschlag nach. »Ist das Ding etwa nicht sicher? Du würdest doch selbst nicht in so ein Teil steigen und mich hier unten warten lassen, wenn du befürchten würdest, dass ich am Ende unser Kind allein aufziehen müsste, oder?«

»Natürlich nicht«, antwortet Angela rasch und sieht dann verzagt aus. Offenbar fällt ihr kein Argument ein.

»Die Frau an der Kasse wird doch wissen, ob das Ding für dicke Bäuche gefährlich ist«, mutmaßt Jackie und stampft los.

Doch es stellt sich heraus, dass die Frau hinter der Kasse nichts gegen eine Fahrt mit schwarzem Passagier einzuwenden hat.

Also kaufen wir unsere Fahr-Chips und suchen uns in der folgenden Pause Plätze.

Angela und ich sitzen mit Armin und Frauke zusammen in einer Kabine.

Und beide sind im Grimassenschneiden einsame Spitze, wie ich in den nächsten vier Minuten feststellen kann.

Es geht hoch und runter, hin und her, vorwärts und rückwärts. Alles in einer Geschwindigkeit, die mir die Haare ums Gesicht weht.

Ich kreische wie eine Blöde. Dazu gehört schließlich nicht viel. Kopf in den Nacken legen, Mund weit auf und schreien, was das Zeug hält.

Nie hätte ich gedacht, dass so ein Fegefeuergerät derartig die Stimmung heben könnte.

Ich fühle mich, als würde ich den Frust der letzten Wochen, sämtlichen bestandenen Ärger, alle Zweifel und alle Ängste einfach rausbrüllen. Herrlich! Das tut gut!

Als schließlich die Geschwindigkeit wieder gedrosselt wird und unsere wilde Fahrt ein Ende hat, spüre ich sogar eine kleine Enttäuschung, dass es schon vorüber ist.

Plötzlich kann ich gar nicht mehr verstehen, wieso ich mich früher diesem gewaltigen Spaß derart konsequent verschlossen habe.

Ich lache immer noch wie im Wahn und wende mich an Angela, um ihr meine Begeisterung kundzutun. Doch als ich mich zur Seite drehe und meine Liebste fragen will, ob diese Veränderung etwa auch mit den Hormonen zusammenhängt, blicke ich in ein blassgrünes Gesicht, in das die stumme Dankbarkeit über das Ende unserer Fahrt gemeißelt scheint.

Ich muss breit grinsen.

Und während Angela sich mühsam aus dem Sitz schält, um einem kaugummikauenden Sechzehnjährigen Platz zu machen, muss ich mir die eine oder andere fiese Bemerkung verkneifen.

Egal, woran es liegt. Dieses Erlebnis allein war eine Schwangerschaft wert.

Nachdem wir etliche Fahrgeschäfte, Karussells, Losbuden, Pommesbuden und Süßkramstände ausprobiert haben, fühle ich mich herrlich entspannt und tatsächlich fast so wie früher.

Auch die anderen scheinen meinen Sonderstatus während dieser Stunden zu vergessen. Wir lachen, scherzen, ziehen uns gegenseitig auf. Kurz: Es ist genau so, wie ein gelungener Samstagnachmittag unter besten Freunden sein sollte.

Hungrig fallen wir bei unserem Lieblingsspanier ein, lassen uns dort von Lothars neuer Freundin Alina freundlich begrüßen, teilen uns schwester- und brüderlich etwa eine Tonne Tapas und sind immer noch nicht in der Stimmung, heimzukehren.

Also beschließen wir, die benachbarte Karaoke-Bar zu entern.

Ellen führt ein klärendes Gespräch mit dem Mann hinter dem Musikpult, und fortan beschert er uns lauter Songs, in denen – wie auch immer – Babys vorkommen.

Nachdem ich mit Angela zusammen »I love you Baby« geschmettert habe, säuselt Armin mit sentimentalem Augenaufschlag »Sugar Baby Love«, und Ellen wagt sich in einem ihr angemessenen Auftritt vor der Nebelmaschine mit »I got you Babe« auf die Bühne, begleitet von einem kleinen Chor, bestehend aus Antonie und Frauke. Daniel entzückt uns alle mit einer sensationellen Interpretation des Monroe Songs »Every Baby needs a Daddaddaddy« …

Wir lachen so sehr und so viel, dass nicht nur mir der Bauch wehtut.

Irgendwann am Abend werden die Songs immer ruhiger und besinnlicher. Nur wenige Karaoke-Fans außer uns sitzen noch in der Bar.

Zusammen mit der Musik verändert sich auch meine Stimmung. Ich werde nachdenklich. Betrachte meine Freundinnen und bin erfüllt von einer schwachsinnigen Dankbarkeit, dass ich sie habe. Sie bedeuten mir so viel wie eine Familie. In die hinein in wenigen Monaten mein Kind geboren wird. Ich wünschte nur, denke ich plötzlich, dass es in diesem geborgenen Kreis aufwachsen könnte und niemals etwas Schlechtes erleben müsste.

»Und? Haben wir dich für einen Tag auf andere Gedanken gebracht?«, lächelt Ellen mich über den Tisch hinweg an. Ich könnte wetten, dass sie in meinem Gesicht gelesen hat, dass ich gerade etwas Tiefschürfendes gedacht habe.

Ich lächele zurück und dann einmal im Kreis. »Ja, das war wirklich ein wundervoller Tag. Vielen Dank an euch alle!«

Es regnet Beteuerungen, dass es doch allen Spaß gemacht habe, dass so was doch selbstverständlich sei, dass ich schließlich auch Tolles verdient habe.

Ich muss schlucken. Verfluchte Hormone!

»Wenn ich mit euch zusammen bin, dann erscheint mir alles so leicht. So als könnte auch gar nichts Schlimmes passieren«, sage ich und höre selbst, dass in meiner Stimme etwas mitschwingt, das nach Sorge klingt. Und das nach so einem Abend!

»Was soll denn Schlimmes passieren?«, erkundigt sich Daniel, als sei diese Idee tatsächlich völlig abwegig.

Ich antworte nicht gleich, sondern schaue auf meine ineinander verschlungenen Hände.

Der Zufall will es, dass plötzlich alle schweigen und mich aufmerksam ansehen.

»Wisst ihr, hier drinnen scheint ja alles in Ordnung zu sein.« Ich deute um uns in die Bar. »Aber da draußen gibt es ja noch eine andere Welt, in der nicht alle so viel Spaß haben, wenn es um Lesben und Schwule geht. Und an diesen Teil der Welt denke ich manchmal, wenn ich mir vorstelle, dass unser Kind nicht nur zwei Lesben als Mütter, sondern auch zwei Schwule als Väter haben wird …«, sage ich vorsichtig. »Manchmal fällt mir das ein, und dann ist es wie ein heißer Schreck, der mich durchfährt. Weil ich mir plötzlich sicher bin, dass unser Kind darunter leiden wird. Unter seiner Lebenssituation, in die wir es einfach hineinwerfen. Es kann sich ja nicht dafür entscheiden oder dagegen. Es ist einfach, wie es ist. Damit muss es fertig werden. Auch mit Spott und Anfeindungen, mit dem Gefühl, anders zu sein als die anderen …«

»Meinst du nicht, dass die Toleranz immer mehr zunimmt?«, startet Jackie einen Versuch, es nicht zu düster aussehen zu lassen. Das ist wieder typisch für sie. Jackie kann es nicht ertragen, wenn jemand dunkle Zukunftsbilder malt. »Ich glaube nicht, dass es so furchtbar schlimme Anfeindungen geben wird.«

»Das denkst du«, antworte ich resigniert. »Aber Kinder können auch grausam sein. Sie schnappen zu Hause bei den Eltern etwas auf und tragen es ungefiltert und gnadenlos weiter.«

Da beugt Ellen sich vor und legt ihre Hand an meinen Arm.

Vier Jahre meines Lebens habe ich als ihre Partnerin mit ihr verbracht.

Vier Jahre lang habe ich die Erfahrung gemacht, dass Ellen eine anstrengende, sehr fordernde Partie ist. Auch nach unserer Beziehung, als wir zu guten Freundinnen wurden, habe ich mehr als einmal erlebt, dass sie mit ihren extremen Meinungen oft aneckt. Dass sie so offen und ehrlich ist, dass es manchmal an Körperverletzung grenzt.

Und dass ihre Hand an meinem Arm der größte Trost, die wunderbarste Wärme und die liebevollste Geste unter der Sonne sein kann.

»Michelin«, sagt Ellen da. Die gute Freundin, die mir monatelang meinen Herzenswunsch, Mutter zu werden, mies zu reden versuchte. »Du darfst aber eins nicht vergessen: Euer Kind wird immer wissen, wie sehr ihr es gewollt habt. Dass ihr euch mit ganzem Herzen für es entschieden habt. Und es wird ein Zuhause haben, voll mit Liebe, Vertrauen und Fröhlichkeit, um das es so manche Klassenkameraden beneiden werden. Da bin ich ganz sicher.«

Manchmal ist sie einfach unersetzlich.

Siebzehntes Kapitel

Am 26. April komme ich nachmittags mit meinem schon beachtlichen Siebter-Monats-Bauch wieder zurück in die Wohnung.

Loulou begrüßt mich überschwänglich an der Tür. Frauke hat heute einen Dreh, und ich hatte angeboten, für die langbeinige, gescheckte Hyäne zu sorgen.

Ich nehme mir die Zeit, sie ausgiebig zu streicheln und zu beschmusen. Dazu erzähle ich ihr als Erster – noch bevor ich gleich Angela anrufen werde –, dass das Leben einfach verrückt ist, dass alle Technik uns manchmal trügen kann und dass ich ziemlich durcheinander bin.

Angelas Nummer ist besetzt.

Ich lege den Hörer wieder zur Seite und gehe in die Küche, um mir eine Limonade anzurühren. Dabei lasse ich noch mal den gerade erlebten Besuch bei Frau Dr. Ploch an mir vorüberziehen.

Sie war keineswegs überrascht gewesen. So was kommt wohl tatsächlich öfter vor. Gelacht hatte sie, über mein verblüfftes Gesicht.

Während ich noch verklärt in mein Limoglas starre, klingelt das Telefon.

Ich melde mich mit dem Büronamen.

»Ich bin es, nur keine Förmlichkeiten, bitte«, unterbricht mich Ellen. »Wollte dich fragen, ob du Lust hast, heute Abend mit mir ins Kino zu gehen.«

»Ehm …«, mache ich und versuche mich zu orientieren. Meine Gedanken weilten doch gerade noch in ganz anderen Sphären.

»Kann ich das als ›Ja‹ deuten? Bestenfalls als ›Das kommt auf den Film an‹?«, fragt Ellen.

»Ja«, antworte ich einsilbig.

»Ist ein französischer. Jackie kann damit ja so gar nichts anfangen, wie du weißt. Hat wirklich gute Kritiken bekommen. Es geht um einen Zoobetreiber, der plötzlich beginnt, aus der Sicht seiner inhaftierten Tiere zu träumen. Klingt doch ziemlich … besonders. Läuft im Programmkino um Viertel nach sieben.«

Sie macht eine kurze Pause, um meine Reaktion abzuwarten.

»Ja, klingt gut. Ich hab noch nichts vor«, erwidere ich. »Holst du mich ab?«

»Kann ich machen.«

Es entsteht eine kleine Pause.

»Und sonst so?«, sagt Ellen schließlich. »Hattest du heute nicht wieder so einen Ultraschalltermin?«

Ihr Tonfall klingt so nebensächlich, dass mir der Verdacht kommt, dass sie eigentlich angerufen hat, um zu erfahren, ob bei meinem Arzttermin alles gut gelaufen ist, und das Kino nur ein Vorwand war.

Sie ist wirklich zu niedlich.

Ich zögere kurz.

»Ja, stimmt. Ich bin grad erst wieder heimgekommen«, erwidere ich dann langsam.

»Und?« Ellen ist irritiert. Und vielleicht täusche ich mich, aber klingt sie nicht auch ein bisschen besorgt?

»Ellen«, sage ich in den Hörer und kann hören, wie sie tatsächlich die Luft anhält. »Ich weiß selbst noch gar nicht, was ich davon halten soll ... Angela weiß es auch noch nicht. Ich konnte sie gerade im Büro nicht erreichen. Also ...«

»Was denn?«, drängt Ellen.

»Na ja, die Ultraschalluntersuchung hat gezeigt, dass ...« Ich mache noch einmal eine kleine Pause. »Möglicherweise ist es doch ein Mädchen.«

Ellen gibt ein Geräusch von sich wie eine Luftmatratze, aus der der Stöpsel gezogen wird.

»Du machst Witze!«, sagt sie trocken.

»Nein, ich ... ich dachte, du freust dich ...« Ich bin verwirrt. Noch verwirrter als vorher schon.

»Wieso das denn?«, pflaumt Ellen.

»Ehm«, mache ich noch einmal.

»Hauptsache ist doch, dass es glücklich ist, oder?«, antwortet Ellen darauf mit Überzeugung.

»Ja, tja, das war es eigentlich auch, was ich die ganze Zeit dachte. Aber anfangs hattest du ja so deine Probleme mit einem Jungen, und da dachte ich ...«

»Du machst doch sowieso, was du willst!«, unterbricht Ellen mich, und ich verkneife mir, sie darauf hinzuweisen, dass es keineswegs meiner bewussten Entscheidung unterliegt, ob ich einen Sohn oder eine Tochter bekommen werde. »Bloß gut, dass wir alle darauf geachtet haben, die Babysachen in neutralen Farben zu kaufen.«

»Ja, das war wirklich sehr weitblickend von euch«, erwidere ich mit einer Grimasse, die sie Gott sei Dank nicht sehen kann.

Ellen schnalzt mit der Zunge. »Weißt du, woran ich jetzt allerdings als Erstes gedacht habe?«

»Woran?«

»An Frauke«, erwidert Ellen. »Soviel ich weiß, hat sie doch bisher nur nach Jungennamen gesucht.«

* * *

Schon bald zeigt sich, dass Fraukes selbstgewähltes Schicksal, einen Namen finden zu müssen, kein Problem, sondern eine echte Leidenschaft ist.

Ich habe tatsächlich den Eindruck, als stürze sie sich plötzlich wieder mit neu entfachter Begeisterung auf diese Aufgabe. Schließlich hatte sie inzwischen mindestens zwanzig wunderschöne Jungennamen auf ihre Liste gesetzt, die sie Angela und mir feierlich überreicht – nur um sich gleich an die Erstellung einer ebenso langen mit hübschen Mädchennamen zu machen.

Angela meint dazu: »Wir werden am Ende losen.«

Zum Ergebnis der Untersuchung und der dadurch plötzlich veränderten Zukunftsperspektive hat die Co-Mutti nicht sehr viel mehr zu sagen als: »Wundervoll!«, was mit einer langen, warmen Umarmung kombiniert wird.

Meine Befürchtung, sie könne sich auf ein Mädchen weniger freuen, weil ihre erwachsene Tochter ihr wie ein mahnendes Beispiel vor Augen stünde, wird nicht bestätigt.

Ehrlich gesagt, habe ich den Verdacht, dass mir – falls Angela es entscheiden könnte – eine Zwillingsgeburt bevorstehen würde, mit je einem von jeder Sorte.

Ich selbst finde es mit jedem Tag schöner, dass unser Kind uns ein bisschen zum Narren hält und nicht wirklich verraten will, was denn nun auf uns zukommt.

Die Neugier und diese letzte kleine Ungewissheit machen die Zeit des Wartens für mich etwas interessanter.

Die folgenden Wochen vergehen nämlich derart langsam, dass sie gefühlt mindestens ebenso lange dauern wie die vorangegangenen sieben Monate.

Und das liegt nicht nur daran, dass ich mir langsam, aber sicher nicht mehr selbst die Schnürbänder an meinen Schuhen zumachen kann.

Es ist eine brutale Endzeitspannung, die sich langsam breitzumachen beginnt.

So wie ich anfangs am liebsten meine Schwangerschaft auf etwa zwei Jahre ausgeweitet hätte, weil alle Entwicklungen mir so neu waren und ich gar nicht genug davon bekommen konnte, alles auszukosten – mit Ausnahme der anfänglichen Kotzerei, auf die ich gerne verzichtet hätte –, genau so langweilt es mich mittlerweile.

Neun Monate, 38 Wochen, sind eine verdammt lange Zeit.

Ich meine, wir sind fast alle in der Zwischenzeit ein Jahr älter geworden, es gab den goldenen Oktober, den stürmischen Herbst, Weihnachten, Neujahr, Schnee, erste Krokusse, Ostern, Magnolienblüte, Kirschblüte, Wiesenschaumkrautblüte, und nachdem alles geblüht hat, was so blühen kann, den Auftakt zur Freibadsaison.

Mein schöner, dicker Bauch ist mittlerweile nicht immer lustig.

Zum Beispiel dann nicht, wenn ich einen Wadenkrampf bekomme.

Auch dann nicht, wenn Madame oder Monsieur sich so ungeschickt darin wendet, dass mir erst mal minutenlang die Luft wegbleibt.

Blöd sind auch die Nächte, in denen ich gern schlafen würde, unser Kind aber beschließt, für den Aufstieg in die Bundesliga zu trainieren – egal ob Männer- oder Frauenverein.

Frau Dr. Ploch lacht über meine Wehwehchen, die ich ihr mit Leidensmiene vortrage.

Es ist der 8. Juni, knapp die 37. Woche, und ich kann es inzwischen kaum erwarten, die erlösenden Worte zu hören: »Bald geht's los!«

Doch als ich mal wieder zur Untersuchung bei ihr bin, tut Frau Ploch einen Teufel, diesen kleinen, knackigen, ersehnten Satz zu sagen.

»Es läuft doch alles super«, kommentiert sie meine Schwangeren-Langeweile. »Aber ich kann Ihnen keine Hoffnung machen, dass es fixer gehen wird als erwartet. Der Muttermund ist noch recht hart. Auf zwei Wochen können Sie sich bestimmt noch einstellen. Es wird wohl über den errechneten Termin gehen.«

»Na, super«, sage ich kleinlaut. »Wenigstens wird meine Mutter sich freuen. Sie ist seit gestern hier zu Besuch und möchte mich gerne für drei Tage nach Holland entführen.«

»Herrlich!«, strahlt Frau Ploch. »Nehmen Sie das auf

alle Fälle mit! Die Seeluft wird Ihnen guttun. Und dann kommen Sie ein bisschen auf andere Gedanken und drehen nicht nur Däumchen.«

»Oh, woher wissen Sie?«, antworte ich lakonisch.

Aus Sicherheitsgründen habe ich schon vor drei Wochen mit den Drehs fürs Fernsehen aufgehört. Angela hat auf mich eingeredet, und auch Frauke meinte, es sei einfach zu anstrengend, den ganzen Tag mit dem Team unterwegs zu sein.

Nun bleibt mir nur noch ein bisschen Büroarbeit und die Beantwortung des Telefons. Wirklich sehr spannend.

Also gut, dann werde ich eben mit meiner Mutter nach Holland fahren. Sie freut sich schon darauf, selbst ans Meer zu kommen und ein paar Tage mit ihrer kleinen Tochter allein zu haben – bevor die dann holtakapolta selbst Mama wird.

Als ich daheim in die Wohnung komme, empfängt mich lautes Stimmengewirr aus der Küche.

Loulou wuselt mir um die Beine. Am großen Küchentisch sitzt meine Mutter zusammen mit Armin, Daniel, Frauke, Jackie und Ellen.

»Was ist denn hier los?«, will ich verwundert wissen.

»Nichts, was du jetzt schon wissen müsstest«, hüllt meine Mutter sich geheimnisvoll in Schweigen und bedeutet den anderen sehr wichtig, bloß nichts zu verraten.

Alle tun sich gegenseitig mit wichtigen Mienen kund, dass sie mir gewiss nicht sagen werden, warum sich hier in meiner Abwesenheit alle zu einem konspirativen Treffen zusammengefunden haben.

Ich will über ihren Eifer lächeln, doch mein Gesicht gerät wohl eher zu einer Grimasse.

»Alles okay?«, erkundigt sich Armin gleich besorgt. Er ist ein solches Sensibelchen, dass ich ihm die Idee, bei der Geburt dabei sein zu wollen, schon vor ein paar Wochen lieber ausgeredet habe. Dafür bekommt er aber auch wirklich jede kleinste Regung mit, die sich in mir tut.

»Ach, meine Ärztin meint, es dauert bestimmt noch zwei Wochen«, seufze ich, und meine Mutter quietscht auf.

»Dann können wir morgen ja nach Holland fahren!«

Ich nicke ihr zu.

»Wie beneidenswert!«, jammert Ellen, und sofort bricht eine Diskussion los, in welchen Ort und welches Hotel wir am besten reisen sollen, wo die schönsten Strände, die nettesten Cafés, die interessantesten Einkaufszeilen zu finden sind. Ich habe den Eindruck, am liebsten würden sie alle mit uns kommen.

»Wisst ihr was, ich ruf mal rasch Angela an. Damit sie Bescheid weiß, dass alles okay ist«, murmele ich und stehe auf.

In dem Augenblick gibt es einen ›Wusch‹ und ich zucke zusammen.

Ich glaub, jetzt hat meine Schwangerenblase endgültig versagt.

Fühlt sich ziemlich nass an.

»Ist was?«, fragt meine Mutter.

»Alles in Ordnung. Ich muss nur mal zur Toilette«, antworte ich möglichst gelassen und bin froh, dass die anderen sich immer noch in Beschreibungen von Dünen und Vanille-Vla ergehen.

Auf der Toilette stelle ich fest, dass es keineswegs mein Blasenschließmuskel war, der den Geist aufgegeben hat.

Aber wenn es das nicht war, was war es dann?

Ich wechsele die Unterhose, und während ich wieder in den Flur trete, mein weites Kleid zurechtzupfend, spüre ich plötzlich im unteren Rücken einen stechenden Schmerz.

»Verflucht!«, entfährt es mir lauthals. Ich presse die Hände auf die heftig schmerzende Stelle und hole tief Atem.

Schlagartig sind die Stimmen in der Küche verstummt.

»Michelin?«, ruft Ellen.

Das Gesicht meiner Mutter erscheint im Türrahmen.

»Schätzchen?« Sie sieht besorgt aus, wie sie mich hier so verkrampft stehen sieht.

Gerade lässt der Schmerz langsam nach, und ich bringe ein schräges Lächeln zustande.

»Verflixt«, sage ich. »Ich glaub, ich hab mich gerade wohl ein bisschen verdreht oder so. Mensch, tat das weh.

»Wo tat es weh?«, fragt meine Mutter interessiert und kommt näher.

Hinter ihr tauchen Armin und Frauke auf. Die beiden saßen gerade noch am nächsten zur Tür.

»Hier.« Ich deute auf die Stelle im Lendenwirbelbereich, wo ich gerade offenbar nur knapp an einem Hexenschuss vorbeigeschrappt bin.

Als ich Muttis Gesicht sehe, wird es mir selbst plötzlich ganz seltsam zumute.

»Oder kann das was damit zu tun haben, dass ich gerade einen Schwall Flüssigkeit verloren habe?«

Armin sieht von einer Sekunde auf die andere so aus, als würde er gleich ohnmächtig.

»Flüssigkeit? So, so«, brummt meine Mutter und nimmt meine Hand. »Du setzt dich jetzt besser irgendwo bequem hin. Und ich ruf deine Angela an. Ich könnte mir vorstellen, dass sie besser schon mal auf der Arbeit Bescheid sagt, dass sie womöglich heute nicht bis zum Feierabend bleiben kann.«

»Wie meinst du das?«, will ich alarmiert wissen.

Aber meine Mutter hat mich bereits in Armins Obhut übergeben. Mein Freund schafft es tatsächlich, mich in die Küche zu bugsieren, wo Jackie und Daniel bereits aufgesprungen sind und einen Stuhl bereithalten, auf den sie mich jetzt mit vereinten Kräften drücken. Armin sinkt gegen die Wand.

»Danke. Es geht schon. Ist ja wieder alles in Ordnung«, maule ich und versuche, mich ein bisschen gegen diesen kollektiven Druck zu wehren. Aber vergeblich.

»Tut dir immer noch was weh?«, erkundigt sich Jackie besorgt.

Armin sieht sehr blass aus.

Ich bekomme aus dem Augenwinkel mit, wie Daniel kurz den Arm um ihn legt und ihn aufmunternd an sich drückt.

Meine Mutter erscheint wieder in der Küche und sieht etwas aufgelöst aus.

»Ich konnte sie nicht daran hindern«, sagt sie und zuckt die Achseln. »Sie kommt sofort her.«

›Ach, meine Angela!‹ ist mein erster Gedanke.

Und der zweite: »Sie kommt her? Aber dazu besteht

doch gar kein Grund. Es geht mir wieder gut. Echt. Wahrscheinlich hab ich mich nur einfach ungeschickt gedreht oder so. Ich hab das schon öfter gehabt. Dann zwickt es hier mal ganz doll und dreißig Sekunden später ist alles wieder okay. Ist doch wohl klar, dass der Rücken sich beschwert, wenn er so viel zusätzliches Gewicht schleppen muss, oder?«

Frauke nickt zuversichtlich, und auch Ellen bestätigt, dass ihr dieses Argument vollkommen einleuchtet.

Doch meine Mutter guckt skeptisch drein und schaut unauffällig auf die Uhr.

Das tut sie in der nächsten Viertelstunde immer öfter.

Und als ich gerade fragen will, ob sie noch eine Verabredung hat, spüre ich plötzlich wieder so ein merkwürdiges Ziehen im Rücken. Es ist genau die gleiche Stelle wie gerade.

Ich atme möglichst ruhig und gleichmäßig.

Wenn ich mir nichts anmerken lasse, sind die anderen nicht gleich wieder beunruhigt.

Doch aus diesem Vorhaben wird nichts. Nach einer halben Minute hat sich die Intensität des Schmerzes derart gesteigert, dass ich leise stöhne und das Gesicht verziehe.

Meine Mutter hat nichts anderes zu tun, als wieder auf die Uhr zu schauen und zu nicken.

»Dachte ich es mir doch«, sagt sie. »Wehen im Abstand von zwanzig Minuten. So geht es los.«

»Was?«, fahre ich sie an und schnappe dann wieder nach Luft. Erst als der Schmerz langsam nachlässt, kann ich weiterreden. Meine Freundinnen und Freunde sitzen mit großen Augen am Tisch und beobachten mich ängstlich. »Aber der Termin ist doch erst am 17. Und Frau Dr. Ploch hat doch gerade noch gesagt, dass es noch dauern wird. Wie kann denn jetzt …«

»Wahrscheinlich hat mein Enkelkind seinen ganz eigenen Kopf«, meint meine Mutter dazu und lächelt weise. »Das liegt wohl in der Familie.«

Dann steht sie auf und sieht Frauke an.

»Weißt du, wo Michelin ihre Wäsche aufbewahrt? Ich denke, wir sollten mal alles Notwendige packen.«

Frauke springt eifrig auf und schießt durch den Flur ins Schlafzimmer, froh, etwas tun zu können.

»Wehen?«, wiederhole ich langsam und schüttele den Kopf.

»Fühlt es sich nicht an wie Wehen?«, erkundigt sich Jackie.

»Nein«, sage ich. »Ich meine, es tut schon ziemlich weh und so. Aber ich dachte, es sei schlimmer, ehrlich gesagt.«

Einen Augenblick lang herrscht Stille in der Küche. Alle sehen sich gegenseitig an.

»Na ja, ich vermute mal, dass es wohl noch schlimmer wird …«, wagt Ellen schließlich zu sagen und presst dann fest die Lippen zusammen, als müsse sie sich eine Bemerkung darüber verkneifen, dass sie mir ja von Anfang an von dieser Unternehmung abgeraten habe.

Gerade als meine Mutter und Jackie mit einer fertig gepackten kleinen Reisetasche wieder in der Küche erscheinen, hören wir alle einen hektisch ins Schloss gefummelten Schlüssel an der Wohnungstür.

Loulou rennt sofort hin.

Allerdings wird sie nicht, wie sonst üblich, gebührend von Angela begrüßt. Stattdessen kommt meine Liebste wie ein Komet in die Küche geschossen und bleibt atemlos vor mir stehen.

»Und?«, sagt sie und schnappt nach Luft. »Wie viele Minuten liegen dazwischen?«

»Hallo, mein Herzblatt«, antworte ich lässig und schaue nun genauso betont auf die Uhr, wie meine Mutter es vorhin getan hat. »Bisher gab es nur zwei kleine Krämpfe. Den letzten vor fast zehn Minuten. Ich glaube ja nicht, dass es eine Wehe war. Aber alle hier sind in Alarmbereitschaft.«

Angela lächelt nervös. »Ich wollte das damals auch nicht glauben. Meine Güte, bei Lena ging es auch etwa eine Woche früher los als ausgerechnet.«

Ich muss sagen, jetzt bin ich doch plötzlich ein wenig beunruhigt.

»Wie wäre es, wenn wir uns dann mal auf den Weg machen? Soll ich ein Taxi rufen?«, fragt meine Mutter.

»Unsinn!«, erwidert Daniel ruhig. »Wir sind doch mit dem Wagen da. Ich fahr sie.«

»Ich will mitkommen!«, quäkt Armin mit heiserer Stimme.

Angela sieht ihn skeptisch an. »Bist du sicher?«

»Ja!«, räuspert der Fünfzig-Prozent-Vater sich.

Daniel, dem die anderen 50 Prozent Anteil gehören, strahlt.

»Oh, dann bleibe ich hier und bereite schon mal alles vor«, entscheidet meine Mutter. »Ich koch was Anständiges für dich, Angela. Und wenn alles gut geht, kommt ihr ja morgen schon zu dritt wieder hier an. Dann ist alles tiptop, versprochen.«

Mit einem Mal fühle ich mich ziemlich kläglich.

Ich würde meine Mutter gern an der Hand fassen und sie bitten, uns zu begleiten. Sie war doch bei allen großen Ereignissen in meinem Leben dabei. Immer hat sie mir beigestanden. Angefangen bei aufgeschlagenen Knien, über ersten Liebeskummer, der Tod unseres Katers, die Abiturfeier, die Beerdigung eines guten Freundes ... all diese Ereignisse habe ich mit ihr zusammen durchgestanden.

Plötzlich kommt es mir sonderbar vor, dass sie hier nicht dabei sein wird.

Aber vielleicht ist das einfach so, überlege ich, als wir alle gemeinsam die Treppe hinuntergehen. Angela links, meine Mutter recht bei mir eingehakt.

Vielleicht haben nun andere Menschen in meinem Leben ihre Stelle eingenommen. Und ich kann schon mal üben für all die vielen Momente, in denen ich als Mama meinem Kind beistehen werde.

Daniel joggt rasch die Straße hinunter, um seinen Wagen zu holen, den er weiter entfernt geparkt hat.

Wir anderen stehen etwas ratlos herum.

Eine kleine Versammlung der besten Freunde und lieben Menschen, die nicht wissen, was jetzt zu tun oder zu sagen ist. So etwas erleben wir alle zum ersten Mal.

Schließlich kommt Daniel in seinem Kombi die Straße entlang. Er hält genau vor uns.

»Ich steig hinten ein«, sage ich zu Armin, der mir galant die vordere Tür aufhält. »Wegen des Airbags.«

Der wahre Grund, aus dem ich lieber hinten sitzen möchte, ist, dass ich gerade sehr dringend Angela neben mir brauche. Ihre Hand in meiner wird mich beruhigen. Denn mittlerweile bin auch ich ziemlich nervös.

»Jackie, kannst du bitte Ute anrufen und ihr sagen, dass wir auf dem Weg zum Krankenhaus sind? Sie rechnet heute ja noch gar nicht damit. Sag ihr, wir treffen sie dann im Kreißsaal«, wendet Angela sich an Jackie, die sofort dienstbeflissen nickt und nach ihrem Handy kramt.

Das Bild des Kreißsaals taucht wieder vor mir auf. Der hatte so ganz anders ausgesehen, als ich mir einen Kreißsaal vorgestellt hatte. Da waren solche Bilder durch meinen Kopf gegeistert von OP-Räumen, in denen weiße Fliesen vom Boden bis zur Decke reichen, fußballplatzhellen Scheinwerfern und weißbekittelten Ärzten und Krankenschwestern.

Bei der Besichtigung vor ein paar Wochen hatte ich dann erfahren, dass der Kreißsaal ganz anders ist als diese klinische Horrorvision: er ist in schönen harmonischen Farben gestaltet, in sanftes Licht getaucht, verfügt über eine geräumige Badewanne, fröhliche Bilder an den Wänden und diverse angenehme Details.

Die Vorstellung dort den Tag zu verbringen, scheint mir in Ordnung. Doch bei der Erwähnung meiner Hebamme fällt mir noch etwas anderes ein.

»Ich hab mich ja noch gar nicht entschieden, ob ich auf diesem Ring sitzen will oder ob ich das Bett nehme«, stammele ich.

»Probier doch einfach beides mal aus, und dann kannst du uns ja berichten und den einen oder anderen Tipp geben. So was kann man immer gebrauchen«, sagt Ellen mit einem leisen Lächeln.

Jackie, die gerade ihr Handyadressbuch nach Utes Nummer durchforstet, hebt ruckartig den Kopf und starrt ihrer Freundin ins Gesicht.

»Was soll das heißen?«, will ich wissen, während ich mich von Angela ins Auto manövrieren lasse. »Was bedeutet ›einen Tipp geben‹? Weißt du, wie das klingt, Ellen?«

»Wie denn?«, fragt meine liebe Freundin und ehemalige Lebensabschnittsgefährtin vom Bürgersteig aus zu mir herein.

»Als wolltet ihr auch ein Baby haben!«, stöhne ich und halte mir den Bauch.

»So was kann ansteckend sein«, sagt meine Mutter kichernd.

»Wollen wir nicht losfahren?«, drängelt Armin vom Beifahrersitz. Mittlerweile ist sein Gesicht nicht mehr aschfahl, sondern rot wie ein Hummer. Er sieht nicht aus, als sei sein Verstand noch klar genug, um dem soeben stattfindenden Gespräch zu folgen.

»Warte!«, sage ich und greife nach Ellens Hand. »Ellen, was bedeutet ›einen Tipp geben‹?«

Ellen drückt meine Hand und lächelt: »Wir sehen uns ganz bald. Ich freu mich auf die Kleine!« Jetzt grinst sie frech. »Oder auf den Kleinen.« Dann schlägt sie die Tür zu.

»Fahr vorsichtig, Papa«, sagt Angela zu Daniel und legt ihre Hand auf meine.

»Ich werd doch meinen Sohn nicht gefährden!«, meint Daniel, betont cool, und startet den Wagen.

»Oder meine Tochter«, sagt Armin.

Ein weiterer Krampf zieht im Rücken herauf, verebbt aber kurz darauf wieder. Ich fasse Angelas Hand fester.

»Völlig egal!«, schleudere ich zu den beiden nach vorn. »Hauptsache schnell!«

Daniel fädelt in den Verkehr ein und gibt Gas.

Ich schaue aus dem Seitenfenster und winke den dort auf dem Bürgersteig Stehenden zu.

Jackie, Ellen, Frauke und meiner kleinen Mutti.

Sie winken alle vier zurück. Ihre Gesichter voller Anspannung, Zuversicht und Liebe.

Da wird mir klar, dass es nicht heißen wird ›Jetzt zu dritt‹.

Zu meinem Leben gehören so felsenfest diese Menschen da draußen, dass Angela, unser Kind und ich niemals ›nur‹ zu dritt sein werden.

Es wird immer noch andere geben, die bei uns sind, uns zur Seite stehen, an uns denken, mit uns leben.

Dieser Gedanke breitet sich wohlig warm in mir aus. Er zaubert sogar ein Lächeln auf mein Gesicht, obwohl bereits erneut ein Ziehen im Rücken aufsteigt.

Denn eins ist ja wohl klar: An einem Tag, an dem ich eine solche Erkenntnis gewonnen habe, kann doch eigentlich nur alles gut ausgehen.

Euch möchte ich danken:

Anke, die mir detailliert schilderte, wie das war mit dem Kinderkriegen.

Der weltbesten Hebamme Ute für alle Infos, die ich von ihr bekommen habe.

Inge Fischle, die ihr Baby aus Dänemark »abholte«, für den Bericht über die Klinik.

Yenia und Annika für die Tipps und die Inspiration: Ihr zwei werdet euer Baby glücklich machen!

Kontaktanzeigen und andere Versuchungen –
Im Labyrinth der Liebe geht's munter zu

Mirjam Müntefering
EMMAS STORY
Roman
304 Seiten
ISBN-13: 978-3-404-15480-7
ISBN-10: 3-404-15480-0

Emma hat eine langjährige Beziehung hinter sich und ist hoffnungslos in ihre Chat-Bekanntschaft Frauke verliebt. Leider ist die jedoch schon vergeben. Statt sich nach neuen Möglichkeiten umzusehen, pflegt sie ein eher ungewöhnliches Hobby: Sie besichtigt jedes Wochenende Wohnungen – obwohl sie eigentlich gar nicht umziehen will. Dabei trifft sie Lu wieder, ihre verhasste Schulkameradin und Nachbarin aus der Jugendzeit. Als Emma sich schließlich auf eine witzige Kontaktanzeige im In-Blättchen der Stadt meldet, ahnt sie nicht, was dieser Schritt nach sich ziehen wird …

Bastei Lübbe Taschenbuch

Ein eindringlicher Roman um Frauenfreundschaft und -liebe

Mirjam Müntefering
ADA SUCHT EVA
Roman
272 Seiten
ISBN: 3-404-12878-8

Die Szene-Lesbe Frederike, Schöngeist und Träumernatur, trifft die ernsthafte Karolin – und ist fasziniert. Prompt beginnt Frederikes Clique zu meutern, denn Karolin paßt nicht in die eingeschworene Gemeinschaft. Frederikes Ex-Geliebte Pe wittert Konkurrenz und greift zu unfairen Mitteln. Und auch Ilona, ihre beste Freundin, verhält sich mit einemmal merkwürdig, als gehe es um etwas sehr Wichtiges – etwa eine unerklärte Liebe …

Turbulenter Frauenroman und eine etwas andere Liebesgeschichte

Mirjam Müntefering
DAS GEGENTEIL VON SCHOKOLADE
Roman
304 Seiten
ISBN: 3-404-14854-1

Sich mit Anfang dreißig vom langjährigen Freund zu trennen, ist schon ein Hammer. Auch wenn dabei alles recht friedlich zugeht, ist die dreißigjährige Frauke um jeden Tipp zur Ablenkung dankbar. Als ihre lesbische Arbeitskollegin Michelin ein paar Internet-Adressen empfiehlt, zögert Frauke daher nicht lange. Und tatsächlich lernt sie auf diesem Wege rasch die witzige und charmante Emma kennen. Doch schon bald geht es bei den immer häufigeren virtuellen Treffen nicht mehr nur darum, den Kummer zu vergessen. Dieses gewisse Herzflattern, das Frauke bei den wunderbaren Chats mit Emma spürt, ist ihr nur zu gut bekannt. Und als Emma ein wirkliches Kennenlernen vorschlägt, steht plötzlich nicht nur Fraukes Welt auf dem Kopf …

Bastei Lübbe Taschenbuch

Vergnügliche Beziehungskiste zwischen Frauen.

Mirjam Müntefering
DIE SCHÖNEN MÜTTER
ANDERER TÖCHTER
Roman
336 Seiten
ISBN: 3-404-14557-7

Nichts ist so wichtig wie sich zeitweise von allem und allen zurückzuziehen – oder wie die dreißigjährige Michelin es nennt: ›auf der Alm zu sein‹. Ihr Lesben-Single-Dasein kümmert sie wenig. Schließlich hat sie ihre lieben Freundinnen und einen ausfüllenden Beruf beim Fernsehen. Doch Michelins beste Freundin Jackie hat anderes im Kopf als ›den heiligen Seelenfrieden‹: Sie will endlich die Frau fürs Leben kennenlernen!

Doch dann geschieht das Wunder: Michelin verliebt sich auf den ersten Blick – ausgerechnet in Lena, neunzehn Jahre jung und ein begeisterter Szene-Frischling. Gleich bei der ersten Verabredung wird Michelin von ihr versetzt: Aug in Aug mit Lenas attraktiver Mutter. Diese Begegnung bleibt nicht ohne Folgen. Und bald sieht Lena sich ungewöhnlicher Konkurrenz gegenüber. Eine turbulente Zeit beginnt ...